Knaur.

2

Knaur.

Im Knaur Taschenbuch Verlag ist von dem Autor bereits erschienen:
Nackte Seelen

Über den Autor:
Luc Deflo ist mit seiner inzwischen sechsbändigen Reihe um den Untersuchungsrichter Jos Bosmans und Kommissar Dirk Deleu nicht nur in Belgien auf die Bestsellerliste abonniert. Der erste Band der Reihe, *Nackte Seelen,* wurde in Belgien für den renommierten Hercule-Poirot-Preis nominiert. Luc Deflo lebt mit seiner Familie in Brüssel
Weitere Informationen zu Buch und Autor finden Sie unter: www.knaur.de.
Luc Deflo freut sich über Zuschriften an: Luc.Deflo@gmail.com
www.deflo.be

Luc Deflo

TOTENSPUR

Thriller

Aus dem Flämischen von
Stefanie Schäfer

Knaur Taschenbuch Verlag

Originaltitel: *Bevroren Hart*
Originalverlag: *Uitgeverij Manteau / Standaard Uitgeverij nv*

Vollständige Taschenbuchausgabe Mai 2008
Knaur Taschenbuch.
Ein Unternehmen der Droemerschen Verlagsanstalt
Th. Knaur Nachf. GmbH & Co. KG, München.

Redaktion: Angela Troni
Umschlaggestaltung: ZERO Werbeagentur, München
Satz: Adobe InDesign im Verlag
Druck und Bindung: CPI – Clausen & Bosse, Leck
Printed in Germany
ISBN 978-3-426-63567-4

2 4 5 3 1

Für Diane, Tess und Tris

Mein Dank gilt Johan Herings,
Geert Van Rompuy und Guy Wilms

1

Endlich allein. Nadine Versluys musterte Mieke Demunter wie ein Zuhälter seine zukünftige Einkommensquelle: der gleiche Körperbau, vielleicht ein wenig schmaler; die gleichen grünen Augen, nur blasser; die gleichen blonden Haare, wenn auch etwas länger und für ihren Geschmack zu modisch geschnitten. Wenn dieser scheue Hundeblick und dieser widerlich verlegene Gesichtsausdruck nicht wären ... Und dann dieser Name: Mieke.

Nadine Versluys verzog die Lippen, studierte ihre sorgfältig manikürten Fingernägel, richtete sich auf, strich eine nicht vorhandene Falte in ihrem Gucci-Minirock glatt und fragte: »Sherry?«

»Äh ...«

»Oder möchtest du lieber etwas anderes trinken?«

»Ja, Cola bitte.«

Nadine ging aufrecht und mit einem Lächeln auf den Lippen hinüber zur Bar. Ihre wohlgeformten Brüste zeichneten sich provokant unter der hauchzarten Armani-Seidenbluse ab. Sie spürte die verstohlenen Blicke von Mieke im Rücken und genoss, wie elegant sie selbst bei jedem Schritt die Füße auf eine imaginäre gerade Linie setzte. Sie schenkte gerade den Sherry und die Cola ein, als sie eine Tür zuschlagen hörte. Kurz darauf kam Rachel Noens, Miekes Mutter, zurück ins Wohnzimmer. Noch nicht einmal die Hände hatte sie sich gewaschen. Diese offensichtlich asoziale Kuh drohte ihr alles zu verderben.

»Kann ich Ihnen auch etwas anbieten?«, fragte Nadine Versluys kühl.

»Ich hätte gern ein Bier.«

Mit diesen Worten ließ sich Miekes Mutter auf das Designersofa mit dem Zebramuster sinken und strich mit der flachen Hand bewundernd über die Rückenlehne: »Richtig schick wohnen Sie hier!«

Gereizt holte Nadine eine Flasche Weizenbier aus der in die Wand eingelassenen Minibar und wollte gerade nach einem Glas greifen.

»Schon gut, ich trink aus der Flasche, dann gibt es weniger zu spülen.«

Einem aufmerksamen Beobachter wäre das Aufblitzen in Nadines Augen nicht entgangen, doch Rachel Noens, die den Blick neugierig über die Einrichtung wandern ließ, merkte nichts. Sie war sich hundertprozentig sicher, dass die feine Dame des Hauses lesbisch war, und nahm sich daher vor, ihr erst einmal auf den Zahn zu fühlen, bevor sie ihrer Tochter erlaubte, hier einzuziehen.

Nadine stellte die Getränke auf den Tisch und nahm neben ihrem Gast auf dem Sofa Platz. Ihr entging deren Neugier nicht, genauso wenig wie die begehrlichen Blicke, die Miekes Mutter auf ihre Pumps warf.

»Was für schöne Schuhe! Wo haben Sie die gekauft?«, fragte Rachel Noens denn auch prompt. »So was kann ich nicht tragen.« Sie nahm einen Schluck von ihrem Weizenbier. »Ich hab nämlich Hühneraugen.«

Nadine Versluys unterdrückte ihren Ekel, nippte am Sherry und beobachtete verstohlen, wie Mieke nervös auf ihren Nägeln kaute und sich immer tiefer in das Sofa duckte. Wie ein verletztes kleines Tier, wie die ideale Mitbewohnerin.

»Ach, ich glaube, in Löwen«, antwortete sie gleichgültig, als Miekes Mutter sie unverwandt ansah und offensichtlich auf eine Antwort wartete.

»Ja, da kann man gut einkaufen, finde ich.«

Miekes Einwurf kam fast im Flüsterton.

»Wir können ja mal zusammen dort einkaufen«, schlug Nadine vor. »Wenn du erst hier eingezogen bist. Ich suche eine Mitbewohnerin, mit der ich mir die Kosten für die Wohnung teilen kann. Ich bin nämlich viel auf Reisen.«

»Das hört sich gut an«, unterbrach sie Miekes Mutter.

Nadine warf ihr einen durchdringenden Blick zu, bei dem Mieke unwillkürlich zusammenzuckte. Ihr war die Verwandlung nicht entgangen. Es war, als säße sie Dr. Jekyll gegenüber, der gerade zu Mr. Hyde geworden war.

Nimm dich in Acht, Nadine! Aber es wird ja sowieso nichts draus, schoss es der jungen Frau durch den Kopf.
Doch zum Glück redete da schon wieder Rachel Noens drauflos. »Leben Sie allein?«
»Ja. Hier geht es durchaus ruhig und gesittet zu.«
»Kann ich mir die Wohnung noch mal ansehen?« Rachel Noens marschierte bei diesen Worten bereits ungeniert in Richtung Flur.
»Ich kann gut verstehen, warum du zu Hause weg willst, mein Kind«, erklärte Nadine nach ein paar Augenblicken beklemmender Stille.
»Ach, so schlimm ist meine Mutter gar nicht. Ich glaube, sie hat einfach Angst vor dem Alleinsein.«
»Wie viel verdienst du eigentlich?«
»Na ja, nicht viel, als Friseurin.«
»Hm. Steh doch bitte mal auf.«
Mieke gehorchte zögernd.
»Komm mal her.«
Nadine stellte sich mit dem Mädchen vor einen imposanten Art-déco-Spiegel. Mieke war etwas kleiner als sie. Ein farbloser Abklatsch. »Was erwartest du dir eigentlich?«
Mieke blickte zu Boden, drehte verlegen eine Fußspitze hin und her und flüsterte: »Vielleicht könnten wir ja so was wie Freundinnen werden.«
»Warum hast du dann deine Mutter mitgebracht?«, fragte Nadine spitz. »Das war gegen unsere Abmachung. Bei unserem ersten Telefongespräch hast du

behauptet, du seist allein auf der Welt, und als wir uns im Café getroffen haben, hast du mir erzählt, du hättest den Kontakt zu deiner Familie abgebrochen. Und jetzt bringst du deine Mutter mit! Ich kann es nicht leiden, wenn man mich anlügt!«
Mieke schoss das Blut ins Gesicht. Mist! Hoffentlich hatte ihre Mutter ihr nicht alles verdorben. Ausgerechnet jetzt musste sie wieder ins Zimmer gestürmt kommen.
»Sehr nett, wirklich. Aber wir wollen jetzt gehen.«
Nadine sah zum Fenster, an dem das Wasser in Strömen hinunterfloss. »Ja, das wäre gut, wir telefonieren dann noch mal wegen der Details«, sagte sie.
»Ich glaube nicht, dass wir das wollen. Mieke, komm!« Sie zerrte ihre Tochter hinter sich her. »Nur damit Sie es wissen: Meine Tochter lasse ich nicht zu Ihnen ziehen. Sie haben offensichtlich häufig Männerbesuch. Von wegen ruhig und gesittet. Ihr Nachtschränkchen ist voller Kondome, und im Badezimmer habe ich Rasierschaum und einen Rasierpinsel entdeckt!«
Da trat ihr Nadine geschmeidig in den Weg, versetzte der Frau einen Tritt in den Magen, packte dann ihren Arm und drehte ihn ihr in einer fließenden Bewegung auf den Rücken.
Rachel Noens fiel bäuchlings auf den hochflorigen Perserteppich. Als sie dabei an den Tisch stieß, fiel die leere Bierflasche herunter und zerbrach. Verzweifelt rang sie nach Luft. Ein nadelspitzer Pfennigabsatz drückte ihr die Kehle zu.

Als sie den Blick hob und die abgebrochene Bierflache in Nadines Hand auf sich zukommen sah, riss sie wie hypnotisiert die Augen auf – und fing laut an zu schreien. Denn im Blick der unberechenbaren Frau flackerte pure Mordlust.

»Ich glaube, Sie sollten jetzt wirklich besser nach Hause gehen«, zischte Nadine. Achtlos ließ sie die Bierflasche auf den Boden fallen. Dann riss sie Rachel Noens am Arm hoch und bugsierte sie in Richtung Wohnungstür.

»Bitte mach doch mal auf, Mieke«, sagte sie dann betont freundlich zu dem blonden Mädchen, das zitternd in der Diele stand. »Möchtest du, dass ich euch ein Taxi rufe?«, fügte sie zuckersüß hinzu.

Mieke Demunter brachte kein Wort hervor. Sie nahm ihre verstörte Mutter am Arm und führte sie zum Aufzug. Beruhigend gab sie ihr einen Kuss auf die Stirn.

Voller Abscheu beobachtete Nadine das pathetische Schauspiel. Mieke blickte sich noch ein letztes Mal um.

»Karate!«, rief Nadine. »Sehr nützlich für eine allein lebende Frau. Man weiß nie, wann man es mal gebrauchen kann!« Mit einem liebenswürdigen Lächeln um die vollen Lippen und Glanz in den wunderschönen, tiefgründigen Augen schloss sie die Wohnungstür hinter sich.

Diese blöde Kuh von einer Mutter hatte in ihren Schränken herumgeschnüffelt. Ihr blieb wohl nichts anderes übrig, als umzuziehen. Schon wieder! Aber wer hätte gedacht, dass diese dumme, kleine Gans ihre Mutter mitbringen würde? Das nächste Mal musste sie bei der Beantwortung der Wohnungssuchanzeigen noch vorsichtiger sein. Noch gezielter nach einer Frau ohne Angehörige Ausschau halten.

Nadine gönnte sich einen letzten Schluck Sherry, nahm die Samstagsausgabe von *Het Laatste Nieuws* zur Hand und strich die eingekreiste Anzeige durch. Sie warf einen kritischen Blick in den Spiegel und fragte sich, ob sie nicht lieber nach einer Frau in den Dreißigern statt in den Zwanzigern suchen sollte.

2

Lächelnd betrachtete Jos Bosmans das Baby, beugte sich nach vorn und kitzelte mit einem Finger über die zartrosa Wange.

Prompt öffnete der Säugling die Augen und lächelte. Mein Gott, was für wunderschöne Augen, blaugrün mit einem hauchzarten schwarzen Ring rund um die Iris. Bosmans sah sich verstohlen zu dem strahlenden Dirk Deleu um. Dem stolzen Vater war der gehetzte Blick seines Chefs nicht entgangen. Jos Bosmans hatte ihm eben ins Ohr geflüstert, dass er ihn gerne unter vier Augen sprechen wolle. Deleu betrachtete seine Frau Barbara, die Maud begeistert das Taufkleidchen von Onkel Octaaf zeigte. Und bei dem Anblick wurde ihm warm ums Herz. Jos und Maud gemeinsam hier bei ihnen im Krankenhaus, anlässlich der Geburt seiner Tochter. Zurzeit wohnten die beiden noch getrennt, aber nach den Worten von Jos konnte sich das schon bald ändern, vielleicht bereits in den nächsten Tagen. Ein Glück für seinen Freund. Er mochte beruf-

lich ein knallharter Typ sein, im Privatleben dagegen war er völlig hilflos.
Jos brauchte eine Frau, oder besser: Er war nicht dazu geschaffen, allein zu sein.
Bosmans ging hinaus auf den Flur, sobald es die Situation erlaubte. Bevor er die Tür schloss, hörte er seinen Freund sagen: »Du, Schatz, ich geh mal kurz mit Jos in der Bar was trinken. In Ordnung?«
»Hier gibt's nur eine Cafeteria!«, verbesserte Barbara ihren Mann amüsiert.
»Meine ich doch, in der Cafeteria«, antwortete Deleu, der den Wink verstanden hatte.
»Aber bleib bitte nicht zu lange, mein Lieber, gleich kommt bestimmt noch Besuch …«, bat Barbara und warf Maud ein verschmitztes Lächeln zu.
»Nein, natürlich nicht.«
Maud fasste Barbara an der Schulter und seufzte vielsagend: »Männer!«
Barbara schüttelte müde den Kopf, lächelte wieder und sagte gespielt streng: »Mal wieder typisch.«
Maud kicherte, und die Lachfältchen um ihre Augen vertieften sich.
»Ach, Maud, ich freue mich so für euch. Ihr seid füreinander bestimmt, trotz allem. Was sagen denn eigentlich eure Kinder dazu? Die freuen sich doch auch, oder?«
»Ja, ich glaube schon. Sie lassen es sich nur nicht so anmerken. Dafür sind sie zu erwachsen.«
»Ja, die sind längst groß. Aber schau mich an – in

meinem Alter noch einmal Mutter werden! Guck mal, wie sie daliegt, die kleine Maus.«
»Sie ist wahnsinnig süß!«
Doch auf dem Rückweg von der Frühchenstation, wo das Kind im Brutkasten lag, ins Krankenzimmer im anderen Gebäudetrakt, fing Barbara auf einmal leise an zu weinen.
»Was hast du denn?«
»Ach, nichts«, sagte Barbara. »Es ist nichts.«
Maud runzelte die Stirn, legte ihrer besten Freundin den Arm um die Schultern und verlangsamte ihre Schritte.
Barbara befreite sich schluchzend. »Ist schon gut ... Lass nur.«
»Jetzt warte doch mal. Komm, setz dich einen Moment auf die Bank. Hier sind wir ungestört.« Maud nahm Platz, und Barbara folgte ihrem Beispiel.
Sie seufzte aus tiefstem Herzen und wiederholte: »Es ist wirklich alles in Ordnung. Mir geht es schon wieder besser. Komm, wir gehen. Es könnte sein, dass Besuch kommt ...«
Aber Maud hielt sie zurück. »Jetzt bleib doch mal sitzen und erhol dich einen Moment. Sie ist ein wunderbares Baby. Hübsch und gesund.«
»Ja, aber so klein und so hilflos!«, schluchzte Barbara. »Der Gynäkologe hat sich verrechnet. Ich wusste, dass es noch zu früh war. Und jetzt ...«
Maud antwortete nicht, aber in ihrem Blick lag so viel Verständnis, dass Barbara sich rasch wieder beruhigte.

Sie schneuzte sich ausgiebig die Nase und lächelte.
»Sie ist doch nur hundert Gramm zu leicht, oder?«, fragte Maud. »Aber ich weiß, wie du dich fühlst.«
Barbara nickte.
Maud drückte ihr die Hand. »Unsere Truus hat nur zweitausendsiebenhundert Gramm gewogen.«
»Dreihundert Gramm zu wenig.«
»Sieben Wochen musste sie im Brutkasten bleiben. Sieben Wochen lang bin ich drei Mal am Tag hin und her gefahren. Und Jos … Na ja, du weißt schon. Was habe ich da geweint, die ganze Zeit nur geweint.«
Maud reichte ihrer Freundin die Hand und zog sie mit einem kräftigen Ruck hoch.
Arm in Arm schlenderten sie durch den mit Kinderzeichnungen geschmückten Flur.
Maud blieb vor jeder Tür stehen und bewunderte die oft farbenfrohen Geburtsanzeigen. Auf einmal fing sie an zu lachen.
»Was ist denn?«
»Guck doch mal hier!«
Barbara beugte sich zur Tür und prustete los. Sie schlug die Hand vor den Mund und zog Maud mit sich den Flur entlang. »Komm, sonst hören uns die Leute am Ende noch!«
»Aber die sind doch selbst schuld! ›Kjeille‹ fand ich ja schon heftig, aber ›Pallieter‹! Das schlägt doch dem Fass den Boden aus. Mein Gott, das arme Kind! Sein Leben lang muss es mit diesem Namen herumlaufen.«
Als hätten sie es herausgefordert, schwang die betref-

fende Zimmertür auf. Ein beleibter Mann um die fünfundvierzig mit wirren kupferroten Locken und einer altmodischen Brille auf der Nase schaute träge in ihre Richtung.

»Mein Gott, der Vater von ›Pallieter‹! Unser Heimatdichter Felix Timmermans!«, flüsterte Maud ein klein wenig zu laut.

Barbara lief feuerrot an, nahm ihre Freundin an der Hand und zog sie mit sich. Sie flitzten um die Ecke, blieben keuchend stehen, schauten sich mit Tränen in den Augen an, und während ein verirrter Sonnenstrahl Barbaras Haar zum Leuchten brachte, brachen beide in schallendes Gelächter aus.

Jos Bosmans lotste Dirk Deleu zu einem Tisch ganz hinten in der überfüllten Cafeteria, zog einige zerknitterte Blätter aus der Innentasche seiner Jacke und legte die Papiere vor Deleu auf den Tisch. »Hier, lies dir das mal durch.«

»Jawohl!«, antwortete Deleu, strich die Blätter glatt, setzte sich mit der freien Hand die Lesebrille auf und studierte den Polizeibericht.

Stadt Mechelen **POLIZEI**

Nr. S-422

Bericht über:

(Vermutlich) VERSLUYS, Nadine Marie

geboren in: Zele am: 14.03.1969

Familienstand: Ledig

Vollständige Adresse: Mechelen, K. Astridlaan 44

Beruf: Keinen

Beschuldigt oder verdächtigt: ERMORDET

Zeugen: Keine

Geboren in: am:

Familienstand:

Vollständige Adresse:

Beruf:

Bericht wurde aufgenommen am: 06.02.1999.

und ist bereits Gegenstand folgender Akte:

Keiner

Angelegt von am

In

Weitergeleitet an die Staatsanwaltschaft

Gelesen und versendet z. Hd. Generalstaatsanwalt

DRINGEND

Gewaltsamer Tod

PRO JUSTITIA

Mechelen, 6. Februar 1999

Der Unterzeichnende, Adjunct-Commissaris Paul Vandeuren, ordentlicher Beauftragter des Polizeipräsidenten, erhielt am o. g.

Datum von seinen Untergebenen, den Agenten Julius De Vroe und August Verbesselt, folgenden Bericht:

»Heute, am 06. Februar 1999 um 13:25 Uhr, erhielten wir den Auftrag, einer Beschwerde wegen Geruchsbelästigung in der K. Astridlaan 44 nachzugehen. Vor Ort erklärte einer der Hausbewohner, *Mijnheer* Dirk Maris, wohnhaft in der K. Astridlaan 44b, ein Stockwerk über Nr. 44, geboren in Beringen am 11.06.1958, in seiner Küche sei seit einiger Zeit ein penetranter Gestank wahrzunehmen, der seiner Ansicht nach aus der Wohnung unter der seinen kam. Wir konnten uns vor Ort selbst davon überzeugen. Mijnheer Maris erklärte, seine Nachbarin noch nie gesehen zu haben. Dies sei jedoch nicht ungewöhnlich. Generell bestünden zwischen den Bewohnern aufgrund des anonymen Charakters des Gebäudes keine nachbarschaftlichen Kontakte.
Wir, die Unterzeichnenden, konnten feststellen, dass tatsächlich ein Stockwerk tiefer unter der Tür von Apartment 44 Verwesungsgeruch hervordrang. Die Wohnungstür war abgeschlossen, der Schlüssel steckte von innen. Weder auf Klingeln noch auf Anklopfen erfolgte eine Reaktion. Da der Hausmeister nicht aufzufinden war, nahmen wir über Funk Kontakt mit dem diensthabenden Offizier auf und erhielten die Genehmigung, die Tür aufzubrechen, die dabei leicht beschädigt wurde.
Weder im Wohnzimmer noch im Schlafzimmer waren auf den ersten Blick Spuren eines Einbruchs oder von Vandalismus erkennbar, jedoch nahm der Verwesungsgeruch hier deutlich zu. Wir folgten ihm Richtung Badezimmer.
Dort fanden wir die Leiche einer Frau.
Die Leiche fühlte sich beim Betasten weich an. Lage: auf dem

Rücken in der Badewanne. Das rechte Bein hing über den Rand, die linke Hand lag über der Brust. Der Mund war rechts und links aufgeschnitten, die Zähne fehlten. Die Genitalien wurden entfernt.
Da es sich offensichtlich um Tod durch Gewalteinwirkung handelte, informierten wir umgehend unseren Vorgesetzten, Hoofdinspecteur erster Klasse Ludo Naegels.
Wir, die Unterzeichnenden, bewachten bis zum Eintreffen der Kollegen die Wohnung und hielten neugierige Nachbarn fern.

Unterschrift:
Agent *Julius De Vroe* Agent *August Verbesselt*

Ruf nach Verstärkung eingegangen um 14:50 Uhr. Der Unterzeichnende, Adjunct-Commissaris Vandeuren, trifft in Begleitung der Hoofdinspecteurs Joris Droeshout und Guy Francken um 15:06 Uhr am Tatort ein, ebenso Hoofdinspecteur erster Klasse Ludo Naegels.
Außer der Frau im Badezimmer wurden in der Wohnung keine weiteren Leichen gefunden.
Die Tote weist eine tiefe Wunde auf der linken Kopfseite auf, Kopfhaut und Haare fehlen. Die Augenhöhlen sind leer. Die Wangen sind in Höhe der Mundwinkel aufwärts eingeschnitten; alle Zähne fehlen. Das Zahnfleisch ist abgelöst und stark verletzt. Vermutlich wurden die Zähne mit einem spitzen Gegenstand (vielleicht einem Beitel?) aus den Kiefern gebrochen. Der Kopf liegt nach links geneigt, die linke Hand ruht auf der rechten Brust. Bei leichtem Anheben des Kopfes ist zu erkennen, dass

die linke Seite des Kopfes von oben bis unten aufklafft und der Inhalt herausquillt.
Außerdem weist das Opfer eine lange Wunde quer über den Hals auf, so dass die Todesursache nicht eindeutig feststellbar ist. Die Badezimmerwand ist in Höhe des Kopfes mit Blut und schleimiger Substanz beschmutzt (Schädelinhalt), ansonsten wurde auffällig wenig Blut gefunden, was darauf hinweisen könnte, dass das Opfer erst post mortem in die Badewanne gelegt wurde. Die Wunden scheinen noch nicht alt zu sein, allerdings weist die Leiche bereits eine fahlweiße Farbe sowie Leichenflecken an der rechten Ferse auf.
Der Schädel wurde vermutlich mit einem stumpfen Gegenstand eingeschlagen. Im Badezimmer wurden weder ein solcher Gegenstand noch ein Messer gefunden.
Die Schamlippen der Frau wurden mit Hilfe eines scharfen Gegenstandes entfernt.

Weitere Feststellungen:
Wie bei Mordverdacht üblich, verzichteten wir auf jede weitere Untersuchung der Leiche und der angrenzenden Räume, um keine Spuren zu vernichten. Hoofdinspecteur erster Klasse Naegels blieb zur Bewachung des Tatorts in der Wohnung.

Nach der Rückkehr in mein Büro informierte ich sogleich die Staatsanwaltschaft.
Staatsanwalt Verspaille wurde telefonisch über den Leichenfund und darüber in Kenntnis gesetzt, dass die Spurensicherung zum Tatort unterwegs sei.
Staatsanwalt Verspaille ersuchte mich, in meinem Büro zu blei-

ben und die Ankunftszeit der Mitarbeiter der Staatsanwaltschaft zu Protokoll zu nehmen. Um 15:48 Uhr erhielt ich den Anruf, dass man das Eintreffen des Staatsanwalts gegen 16:40 Uhr erwarte.
Daraufhin informierte ich den diensthabenden Commissaris Cuypers über den Vorfall, der sich nach Eintreffen des Staatsanwalts ebenfalls zum Tatort begeben wollte.
Am Tatort war zu diesem Zeitpunkt bereits mein Kollege Adjunct-Commissaris Peter Pot von der Mordkommission eingetroffen. Er teilte uns mit, dass die Aussage des Nachbarn aufgenommen würde (Protokoll Nr. S423/99), die als Anlage zur Akte der Staatsanwaltschaft vorliegt.

Eintreffen der Spurensicherung (Mijnheer Schildermans) um 16:25 Uhr.
Um 17:12 Uhr Eintreffen der Kriminalpolizei sowie Staatsanwalt Koopman. Begehung des Tatorts durch den Commissaris.
Aufgrund der unklaren Todesursache wurde bereits zu einem früheren Zeitpunkt der Gerichtsmediziner Dr. A. Somers, Populierendreef 27, Mechelen, zum Tatort bestellt. Dr. Somers stellte um 15:38 Uhr den Tod fest und stellte die Sterbeurkunde aus.
Um 17:20 Uhr Eintreffen des diensthabenden Commissaris Cuypers sowie des Untersuchungsrichters De Groef – in Vertretung von UR Bosmans, der nicht erreichbar war – und Staatsanwalt Verspaille samt Assistent. Beschluss des UR nach Begehung des Tatorts:

Alle wichtigen Beweismittel werden von der Kriminalpolizei beschlagnahmt.

Lage und Zustand der Leiche sollen dokumentiert werden.
Eine Blutprobe soll entnommen werden.
Ausfertigung der nötigen Dokumente durch den Gerichtsmediziner.
In der Wohnung soll aus Sicherheitsgründen das Gas abgestellt und nach Verlassen die Eingangstür versiegelt werden.

Anschließend erfolgte die Versiegelung des Leichensacks und der Abtransport der sterblichen Überreste der Toten in die Vrouwvlietstraat. Im Anschluss Versiegelung der Tiefgarage des Opfers. Kein Kfz darin abgestellt.
Adjunct-Commissaris Apers teilt um 18:10 Uhr mit – was der inzwischen eingetroffene Hausmeister bestätigt –, dass es sich bei der Mieterin der Wohnung um Mevrouw Nadine Versluys handelt, ledig, Personalausweisnummer IK 113 0058196 11.
Seiner Aussage nach könnte es sich bei dem Opfer um Nadine Versluys handeln, doch Art und Grad der Verstümmelungen lassen keine eindeutige Identifizierung zu. Bei der Obduktion soll nach weiteren Identitätsmerkmalen gesucht werden.
Die von Adjunct-Commissaris Apers ermittelten Ergebnisse sowie eine Fotokopie des Mietvertrags sind als Anlage beigefügt.

Unterzeichnet:
Adjunct-Commissaris P. Vandeuren

Anlagen:
Bestätigung über Blutentnahme des Opfers (vermutlich Nadine Versluys), Nr. 03258

Vorläufiger Befund und Beleg über entstandene Kosten für die Blutuntersuchung
Eidesstattliche Erklärung des Gerichtsmediziners
Sterbeurkunde für mutmaßliches Opfer Nadine Versluys
Beschreibung des Tatorts, Wohnung K. Astridlaan 44, 2800 Mechelen
Umschlag mit Fotokopie des Wohnungsmietvertrags sowie Fotokopie des Personalausweises von Nadine Versluys
Rechnung des Gerichtsmediziners Dr. A. Somers

Mechelen, 6. Februar 1999

3

Mein Gott, was für ein Korinthenkacker!«, fluchte Deleu vor sich hin. »Lobt ihn weg oder werft ihn endlich raus!«

Jos Bosmans verschluckte sich an seinem Hoegaarden-Bier und prustete nur so vor Lachen. Er unternahm einen halbherzigen Versuch, die Biertropfen mit dem Ärmel vom Tisch zu wischen, blickte sich um und zwinkerte scherzhaft der vollschlanken Dame am Nebentisch zu, die wie hypnotisiert in ihren Windbeutel biss.

»Jetzt beruhige dich mal wieder, Dirk.«, sagte Bosmans.

»War das alles, Jos?«

Bosmans lächelte schief, als eine der Bedienungen sich die Bescherung ansehen wollte. »Nein, nein, den Rest habe ich zu Hause gelassen. Noch mindestens zwanzig Seiten.«

Dirk Deleu rieb sich über den Dreitagebart, überflog den Bericht ein zweites Mal und kratzte sich am Hals.

»Sieht nicht gut aus. Warum wurde eine Blutprobe entnommen?«
»Keine Ahnung. Die Frau war schon seit einer Ewigkeit tot, erstaunlich, dass überhaupt noch ein Tropfen Blut vorhanden war.«
Dirk Deleu rümpfte die Nase und musterte seinen Freund kopfschüttelnd. »Ein bisschen mehr Pietät bitte, lieber Kollege.«
Bosmans kippte mit großen Schlucken den Rest seines Hoegaarden in sich hinein und rülpste vernehmlich.
»Was hier in der Akte jedenfalls fehlt, ist der Auftritt eines gewissen Jos Bosmans«, frotzelte Deleu. »War nicht erreichbar, hm ...«
»Der Akku meines Handys war leer«, konterte Bosmans triumphierend.
»He, das war meine Ausrede!«, erwiderte Deleu und lief rot an bei der Erinnerung an seine Verabredung mit Danielle Orolavi, der Halb-Ruanderin, die ihn bei einem früheren Fall in ernsthafte Schwierigkeiten gebracht hatte.
Deleu brach als Erster das verlegene Schweigen. »Was ist mit dem Auto der Toten? Wurde es inzwischen gefunden?«
»Nein, noch nicht, aber es wird über Interpol danach gefahndet. Ein roter Mercedes laut Straßenverkehrsamt.«
»Hat es sich denn tatsächlich um Nadine Versluys gehandelt?«
»Das wissen wir immer noch nicht genau. Wir sollten

in …« Bosmans schaute auf die Uhr. »… um halb vier in der Pathologie sein. Irgendetwas stimmt da ganz und gar nicht …«

»Verdammt, Jos! Wieso wir? Hast du denn überhaupt keine Hemmungen? Barbara hat erst vorgestern ein Kind bekommen!«

»Ach, so schlimm ist das doch nicht. Maud kann ja so lange bei Barbara bleiben. Bis wann geht denn die Besuchszeit?«

»Von vier bis sechs, das weißt du genauso gut wie ich.«

»Mir fällt da schon was ein. Komm, lass uns gehen.«

4

Dirk Deleu trat das Gaspedal durch. Der Golf schoss mit quietschenden Reifen vom Parkplatz. Ein ohrenbetäubendes Klirren ertönte. »Mist, die leeren Colaflaschen! Hatte ich ganz vergessen.«
»Ach, die können was vertragen. Los, gib Gas! Ich muss in fünf Minuten da sein.«
»Wenn das nicht auch gelogen ist«, brummte Deleu leise. »Verdammt, Jos, das war fies. Behauptest den beiden Frauen gegenüber einfach, du hättest den Herd angelassen. Und dazu noch dieser hilflose Blick und der Schmollmund. Du hättest Schauspieler werden sollen!«
»Ach, und was ist mit dir? Du warst ja wohl auch nicht schlecht. ›Schätzchen, was meinst du?‹« Bosmans äffte Deleus Falsett nach. »›Soll ich Jos schnell hinfahren? Oder willst du meinen Wagen nehmen, Maud?‹ Also wirklich! Heuchlerischer geht es ja gar nicht.«
Dirk Deleu pulte sich mit dem Zeigefinger in der Ohrmuschel und betrachtete anschließend nachdenklich

den Fingernagel. »Die Sache kommt mir eben komisch vor. Irgendetwas stinkt da gewaltig.«
»Wie scharfsinnig. Stand schließlich im Bericht. Ein toller Ermittler bist du.«
Deleus Faust traf Bosmans, der sich unwillkürlich duckte, an der Schulter. »Mistkerl«, grinste er. »Dass Maud wieder mit dir zusammenleben will ... Kaum zu glauben. Was treibt sie bloß dazu, sich erneut mit so einem eiskalten Typen einzulassen?«
»Es geht dabei nur um Sex«, antwortete Bosmans großspurig.
Dirk Deleu betrachtete seinen Freund, die sich lichtenden, wirren Haare, die dicken Ringe unter den Hängelidern, die auffälligen blaurosa Adern, die sich wie dicke Würmer über die Schläfen wanden. Unwillkürlich musste er lächeln.
Jos Bosmans verzog keine Miene und blickte starr geradeaus.
Deleu schüttelte den Kopf und konzentrierte sich auf die Straße, die zwei nebeneinander radelnde Fahrradfahrer versperrten. Fluchend schaltete er einen Gang herunter. »Zähne ausgebrochen, Leiche schon älter, Augen ausgestochen ... Fingerabdrücke ... Stimmen die Fingerabdrücke eigentlich überein?«
»Woher sollen wir das wissen. Die ganze Wohnung war blitzblank gewischt. Kein einziger brauchbarer Abdruck zu finden.«
»Aber warum? Warum nur?« Deleu kratzte sich am Kopf. Er spürte die Müdigkeit. Die letzten Tage hatten

ihn an seine Grenzen gebracht. Die Vorbereitungen, die Hin- und Herfahrerei ins Krankenhaus. Barbara sollte übermorgen entlassen werden, und allein schon bei dem Gedanken brach ihm der kalte Schweiß aus. In ihrem Herrenhaus in Mechelen sah es aus wie auf der Müllkippe. Rob … Das war die Lösung. Er musste seinen Sohn Rob anrufen.

»Die Stadtwerke haben der Wohnung drei Tage vor dem Fund der Leiche den Strom abgestellt«, riss ihn Bosmans aus seinen Gedanken.

»Hatte die Frau finanzielle Probleme?«

»Ist noch nicht geklärt«, sagte Bosmans.

»Angehörige?«

»Keine.«

»Arbeit?«

»Von Beruf Tochter, die Eltern haben ihr ein Vermögen hinterlassen, sind bereits tot, keine Geschwister.«

»Irgendwelche Freunde?«

»Sie galt als Einzelgängerin.«

»Und das Motiv. Gab es ein Motiv?«, fragte Deleu gespannt.

»Keine Ahnung. Das Ganze ist eine echte Sauerei.«

»Ein Serienmörder.« Es klang wie eine Feststellung. »Wann kann ich mir die Wohnung ansehen?«, fügte Deleu seufzend hinzu und taxierte dabei seinen Chef wie ein Steuerfahnder, dem ein Schinken und eine Flasche Whiskey angeboten werden.

»Morgen.«

5

Die Miene des Gerichtsmediziners Van Grieken stand bereits auf Schlechtwetter, als die siamesischen Zwillinge Bosmans und Deleu hereinstürmten. Ihre Ankunft verbesserte seine Laune keineswegs. Van Grieken runzelte die Stirn und lud die beiden mürrisch ein, Platz zu nehmen.

»Ist es so schlimm?«, fragte Bosmans gespielt besorgt.

Der Gerichtsmediziner holte tief Luft, fixierte die Streifentapete und verkündete: »Die Leiche ist tiefgefroren gewesen, Mijnheer Untersuchungsrichter.«

Bosmans und Deleu schauten sich wie vom Donner gerührt an.

»Tiefgefroren …«, stotterte Jos Bosmans als Erster. Er wirkte mit einem Schlag um zehn Jahre älter.

»Tiefgefroren, Mijnheer Bosmans.«

»Wie lange ist sie tot?«, fragte Deleu.

»Das lässt sich unmöglich feststellen. Einen Tag, eine Woche, einen Monat? Keine Ahnung. Zwischen einem Tag und einem Monat, schätze ich. Übrigens stand nicht in dem Bericht, dass ihr auf dem rechten Schulterblatt ein Stück Haut herausgeschnitten wurde. Wussten Sie davon?«

»Ein Stück Haut herausgeschnitten?«, wiederholte Bosmans.

»Ja, etwa drei Quadratzentimeter. Vermutlich eine Tätowierung.«

Bosmans rieb sich die Augen und kratzte unbeholfen über seinen Dreitagebart.

»Handelt es sich denn um Nadine Versluys?«, hakte Deleu nach.

»Das kann ich Ihnen nicht mit Sicherheit sagen«, antwortete der Arzt entschieden, »wenn wir uns mit diesem alten Passfoto begnügen müssen ... Kann ich keine aktuelleren Fotos bekommen? Informationen vom Hausarzt, dem Zahnarzt, etwas in der Richtung? Fingerabdrücke, Speichel, irgendwas?«

»Wir vernehmen augenblicklich Freunde und Bekannte. Ich lasse Ihnen sämtliche Informationen zukommen, deren wir habhaft werden können. Den Todeszeitpunkt können Sie also überhaupt nicht einschätzen?«

»Im Moment nicht, meine Herren.«

»Nicht einmal ungefähr?«, bettelte Bosmans. »Ihrem Gefühl nach?«

»Meinem Gefühl nach? Auf Spekulationen lasse ich mich grundsätzlich nicht ein.« Van Grieken knetete mit Daumen und Zeigefinger seine Nasenwurzel und zog die Oberlippe hoch, bis sie die Nasenspitze berührte.

Nach ein paar Augenblicken, die Deleu wie eine Ewigkeit vorkamen, fällte er das nüchterne Urteil: »Ein Steak sieht nach einem Jahr in der Tiefkühltruhe auch immer noch appetitlich aus, meine Herren!«
Unwillkürlich entfuhr Jos Bosmans ein Fluch. Die Hoffnung auf eine schnelle Lösung des Falls entschwand in weite Ferne, ebenso die Hoffnung auf einen Mord im Affekt. »Kein Wort über den Fall zu den Medien«, ordnete er an.
Sowohl der Gerichtsmediziner als auch Dirk Deleu schraken aus ihren Gedanken auf.
»Tut mir leid«, sagte Bosmans, der Anstalten machte aufzustehen.
»Was war die Todesursache?«, fragte Deleu.
»Schädelfraktur«, antwortete Van Grieken trocken.
»Und die durchschnittene Kehle?«, wollte Bosmans wissen.
»Die Wunde wurde ihr später zugefügt. Wie viel später, kann ich unmöglich feststellen. Es war ein echtes Kunststück, herauszufinden, welche Verletzung zum Tode geführt hat. Sie war tiefgefroren, vergessen Sie das nicht.«
Van Grieken zog langsam eine Schreibtischschublade auf und entnahm ihr eine blaugrüne Mappe.
»Hier steht alles drin, Mijnheer Untersuchungsrichter. Bis ins letzte Detail. Wir haben getan, was wir konnten«, sagte er resigniert. »Wenn Sie mich jetzt bitte entschuldigen würden? Ich muss noch zu einer Autopsie.« Van Grieken klatschte Bosmans die Mappe vor

die Brust und verschwand ohne weiteren Gruß durch die Tür.
Deleu zog ein Päckchen Belga aus der Innentasche seines Mantels. Während er routiniert das Zippo aus der Hosentasche kramte und aufklappte, griff Bosmans dankbar zu.
Nach ein paar tiefen Zügen fragte er entschlossen durch den blaugrauen Dunst hindurch: »Okay, also was haben wir bis jetzt?«
Deleu schaute auf. Wenn sein Chef so energisch klang, wartete Arbeit auf sie. Es ging los.

6

Karel Vangeffelen, Ende dreißig, Filialleiter der KASB-Banken- und Versicherungsgruppe in Vilvoorde, setzte entnervt die moderne Lesebrille auf die Nase, die ihm an einer Goldkette um den Hals baumelte. Argwöhnisch beäugte er das amtliche Schreiben und räusperte sich.

»Würden Sie mich jetzt bitte hereinlassen?«, brummte Dirk Deleu lauter als beabsichtigt. »Ich warte seit einer Ewigkeit.«

Vangeffelen blickte sich um wie ein gehetzter Hase, atmete auf, als er keine Kunden im Schalterbereich entdeckte, und wies einen Angestellten mit autoritärem Nicken an, die Schleusentür zu entriegeln.

Anschließend führte er Deleu rasch in sein geräumiges Büro und bot ihm einen Clubsessel an. Als der Ermittler sich setzte, glitt die Mattglastür von selbst zu, geräuschlos wie eine Auster. Irgendwo musste sich ein verborgener Schalter befinden.

Deleu schaute den Filialleiter an und bemerkte dessen

amüsierten Blick. Schon klar, Mijnheer Vangeffelen, wenn sich die Kripo den Luxus einer solchen gut geölten Infrastruktur erlauben könnte, würden einige Fälle sicher schneller gelöst werden, dachte er bei sich.

»Kann ich Ihnen etwas zu trinken anbieten?«

»Gern, einen Whiskey-Cola bitte«, antwortete Deleu lässig.

Vangeffelen, für einen Augenblick aus dem Gleichgewicht gebracht, blickte ihn erstaunt an.

Okay, dachte der Ermittler, eins zu eins.

»Cola, Limonade oder Mineralwasser? Oder lieber Kaffee?«, fragte Vangeffelen mit einem breiten Lächeln und einem Funkeln in den berechnenden Fischaugen.

»Gar nichts, danke. Lassen Sie uns lieber gleich zur Sache kommen.«

»Tja«, seufzte Vangeffelen. »Das wird aber gar nicht so einfach sein.«

Deleu schnalzte nur mit der Zunge, ohne sich zu einer Antwort herabzulassen. Er fragte sich, worauf dieser aalglatte Typ hinauswollte.

»Unser Rechnungsprüfer hat sich krankgemeldet, und ohne ihn können wir leider gar nichts machen.«

»Was wollen Sie damit sagen?«, fragte Deleu mit eisiger Ruhe.

»Nun ja, jede offizielle Mitteilung eines Mitarbeiters im Namen unserer Banken- und Versicherungsgruppe muss vorher sowohl von unserer Rechnungsabteilung als auch von der Pressestelle genehmigt werden.«

»Also vom Pressechef«, korrigierte Deleu lächelnd.

»Im Grunde hätte ich Sie nicht mal hereinlassen dürfen.«

»Wäre Ihnen lieber, ich ließe Ihr Büro versiegeln? Oder möchten Sie mich gern aufs Präsidium begleiten, Mijnheer Vangeffelen? Sie haben die Wahl.«

Deleu hielt demonstrativ ein amtliches Schreiben in die Höhe und fügte hinzu: »Ich kann auch einen Durchsuchungsbeschluss vorweisen. Vor diesem Besuch habe ich mir nämlich vom Innenministerium sämtliche Dokumente besorgt. Mit anderen Worten: Ich habe freie Hand. Wie gesagt, es liegt an Ihnen.«

Vangeffelen verschüttete ein wenig Wasser, wischte sich mit dem Taschentuch erst übers Kinn und dann den glänzend polierten Schreibtisch trocken und murmelte: »Augenblick, bitte.« Er verschwand im Nebenraum.

Der Ermittler presste das Ohr an die Zwischentür.

»Ein Durchsuchungsbeschluss für eine Bank! Das ist doch das Allerletzte!«, ereiferte sich Vangeffelen.

Als er den Hörer auf die Gabel knallte, eilte Deleu wieder zurück zu seinem Sessel. An dem scharfen Blick des Filialleiters erkannte er, dass dieser sein Lauschen bemerkt hatte.

Mit sichtlichem Widerwillen holte Vangeffelen aus einem Aktenschrank eine rote Mappe und übergab sie Deleu. »Hier ist die komplette Akte, Inspecteur. Eine Umsatzübersicht mit sämtlichen Kontobewegungen, die Unterschriftenkarte, dazu Bonitätsnachweis und Kundenprofil.«

Der Filialleiter stand auf, strich seinen Nadelstreifen-Maßanzug glatt und streckte dem Ermittler die schlaffe Hand hin.

»Momentchen mal«, sagte Deleu, der keinerlei Anstalten machte aufzustehen und Vangeffelens Versuch, ihn hinauszuwerfen, ganz einfach ignorierte. Er schlug die Mappe auf. »Möchten Sie mich lieber in mein Büro begleiten, oder sollen wir die Sache hier weiterbesprechen?«

»Ich bin ein viel beschäftigter Mann!«, sträubte sich der Filialleiter.

»Jetzt hören Sie mir mal gut zu, Mijnheer Vangeffelen, ich brauche diese Informationen unbedingt, und zwar jetzt! JETZT SOFORT! Verstehen Sie? Es stehen Menschenleben auf dem Spiel!«

Deleu stieß dem Filialleiter mit den Fingerknöcheln kurz, aber kräftig vor die Brust, so dass dieser wie ein nasser Wischlappen auf seinen Bürostuhl fiel.

Vangeffelen holte tief Luft und seufzte: »Gut. Geben Sie mir fünf Minuten. Ich sage meine Termine ab.« Er stand auf, rückte die Krawatte zurecht, als bereite er sich auf eine Videokonferenz vor, und schlüpfte mit einem Timer unter dem Arm in den angrenzenden Raum.

Als sich die Tür geräuschlos hinter ihm geschlossen hatte, begann Deleu rasch, die Mappe durchzublättern. Einzelne Dokumente legte er der Größe nach geordnet auf Vangeffelens glänzenden Schreibtisch. Dann suchte er den fast einen Meter langen Ausdruck mit

der Umsatzübersicht heraus und studierte ihn eingehend.
Die Daten und die Beträge waren eindeutig, die Codeziffern daneben jedoch völlig unverständlich. Für einen Laien ein absolutes Rätsel. Genauso gut hätte er im Kaffeesatz lesen können.
Deleu schob die Umsatzübersicht beiseite und ging die übrigen Dokumente durch, fand aber nichts, was ihm half, den dreistelligen Code zu dechiffrieren. Seufzend stützte er den Kopf in beide Hände und konzentrierte sich auf die Abbuchungen.
Im letzten Monat waren mehrmals sehr hohe Beträge vom Girokonto abgebucht worden: einmal 850 Euro und am 22. Dezember 1998 jeweils einmal 1500 und einmal 25 000 Euro.
Deleu schob das buchhalterische Rätsel beiseite und griff nach der Unterschriftenkarte aus Karton. An dieser waren die Antragsformulare für die Eröffnung eines Schließfachs festgetackert.
Während Deleu noch die Unterschrift betrachtete, kehrte Vangeffelen zurück.
Er stellte seinen Bürostuhl ein wenig höher ein, hob die Hände und sagte: »Schießen Sie los, Inspecteur!«
»Das Schließfach, Mijnheer Vangeffelen. Nadine Versluys hatte ein Schließfach bei Ihnen?«
»In der Tat. Außerdem hat sie hin und wieder bei uns Geld angelegt. Juffrouw Versluys war«, er zog die rechte Augenbraue hoch und warf einen Blick auf die Umsatzübersicht, »ziemlich vermögend.«

»Wissen Sie, was sich in dem Schließfach befindet?«
»Befand!«, erwiderte Vangeffelen mit überheblichem Grinsen. »Befand, Inspecteur. Wir haben es aufbohren lassen, und es war leer.« Er betrachtete schweigend die sorgfältig manikürten Fingernägel.
»Wann, wenn ich fragen darf, haben Sie das Schließfach aufbohren lassen?«, fragte Deleu gezwungen höflich.
»Vor vierzehn Tagen.«
»Aus welchem Grund?«
»Weil sämtliche Konten überzogen waren«, antwortete Vangeffelen mit einem Hauch von Spott in der Stimme.
»Das ist für Sie Grund genug, solch drastische Maßnahmen zu ergreifen?«, fragte Deleu ungläubig. »Da haben Sie aber nicht lange gefackelt, muss ich sagen.«
»Tja, Wirtschaftlichkeit steht für uns eben immer an erster Stelle. Das ist nun mal die beste Garantie für den Erfolg eines Unternehmens.«
Der Ermittler staunte über diese Unverfrorenheit.
»Ganz im Interesse unserer Kunden natürlich«, ergänzte Vangeffelen selbstgefällig. »Natürlich sind wir streng nach Vorschrift vorgegangen. Wir haben Juffrouw Versluys drei Mal ein Einschreiben geschickt, jedoch keine Antwort erhalten. Außerdem …«
»Waren Sie dabei, als das Schließfach geöffnet wurde«, unterbrach ihn Deleu.
Vangeffelen redete jedoch einfach weiter: »… geschah alles im Beisein eines Gerichtsvollziehers sowie eines

Beauftragten des Finanzministeriums, wie es sich gehört. Ich kann Ihnen Kopien der offiziellen Dokumente zukommen lassen, wenn Sie es wünschen.«
Seine Augen funkelten boshaft. »Ist sonst noch etwas, Inspecteur?«, fragte er nonchalant.
»Fingerabdrücke!«, murmelte Deleu, mehr zu sich selbst als zum Filialleiter. »Wann schließt die Bank?«
»Heute um achtzehn Uhr dreißig.«
»Von jetzt an darf niemand mehr in den Raum mit den Schließfächern«, ordnete er barsch an. »Darf ich mal kurz telefonieren?«
Er wartete die Antwort gar nicht erst ab, sondern wählte die Nummer von Jos Bosmans und zog eine Zigarette aus seiner Tasche. Er spürte, wie ihm das Adrenalin durch die Adern pulsierte, als nach dem dreizehnten Klingeln endlich abgenommen wurde.
Deleu bat Bosmans, so schnell wie möglich ein Team der Spurensicherung vorbeizuschicken. »Vielleicht finden wir hier noch brauchbare Fingerabdrücke.« Dann hörte er gespannt zu, was der Untersuchungsrichter für Neuigkeiten für ihn hatte.
Währenddessen rutschte Vangeffelen nervös auf seinem Stuhl hin und her. Was die Direktion wohl zu dieser Farce sagen würde?
»An und im Schließfach. Ja, okay. Ja, Jos!« Nach dem Telefonat starrte Deleu noch eine Weile gedankenverloren vor sich hin.
»War das alles? Sind wir jetzt fertig?« Vangeffelen versuchte zum dritten Mal, das Gespräch zu beenden.

»Noch lange nicht. Sie können schon mal Ihre Frau anrufen und Bescheid sagen, dass es später wird«, antwortete Deleu unbeeindruckt.

Der Filialleiter schnappte nach Luft wie ein Fisch auf dem Trockenen und stammelte: »Was soll das heißen?«

»Ein Team von der Spurensicherung kommt gleich vorbei, um das Schließfach auf Fingerabdrücke zu untersuchen.«

Seufzend fasste sich der Filialleiter an die ergrauenden Schläfen und versank noch tiefer in seinem Bürostuhl. Wie ein misslungenes Soufflé, dachte Dirk Deleu und musste über diesen spontanen Vergleich lächeln.

Vangeffelen, das personifizierte Selbstmitleid, sah das abendliche Tennisspiel ins Wasser fallen und murmelte: »Verdammter Mist.«

»Na schön«, wischte Deleu Vangeffelens Stoßseufzer beiseite, »und jetzt zur Sache. Ich gehe mal davon aus, dass Nadine Versluys hin und wieder Aktien bei Ihnen gekauft hat?«, fragte Deleu. »Darüber brauche ich sämtliche verfügbaren Informationen. Von welchen Unternehmen, Stückzahl, Wert, Seriennummern, kurzum, alles.«

»Danach müssen Sie unseren Börsenspezialisten Bert Jacobs fragen. Der weiß über alle Investitionen von Juffrouw Versluys Bescheid. Aber auch das dürfte Ihnen nicht weiterhelfen, denn soweit ich weiß, hatte sie bei uns ein ganz normales Depot.«

Deleu schaute sein Gegenüber fragend an.

»Sie wissen schon«, antwortete der Filialleiter gereizt. »Aktien werden nicht als echte Papiere ausgegeben, sondern immateriell gehandelt.«
Deleu ließ diese Erklärung kurz auf sich wirken.
Als er nicht sofort antwortete, hakte Vangeffelen grinsend nach: »Sie sind mit diesen Formen der Geldanlage wohl nicht vertraut?«
Es klang herablassend, und genauso hatte der Bankier es auch gemeint.
Deleu, dem so schnell keine Erwiderung einfiel, starrte Vangeffelens fantasielose Krawatte an, dunkelgrau mit unauffälligem Streifenmuster, ignorierte die Bemerkung und fragte: »Ist noch etwas drin im Depot?«
»Natürlich nicht«, antwortete Vangeffelen grinsend. Er schien langsam Gefallen an der Situation zu finden. »Sonst hätten wir es längst von uns aus eingefroren.«
»Natürlich«, fauchte Deleu ironisch.
»Hören Sie, Inspecteur, Ihnen muss doch klar sein, dass eine Bank kein Wohltätigkeitsverein ist. Und auch keine Behörde. Wir haben jeden Monat beachtliche Fixkosten …«
»Heben Sie sich Ihre Ansprache lieber für Ihre wohlhabenderen Kunden auf, Mijnheer Vangeffelen. Mir als unterbezahltem Beamten ist damit wirklich nicht gedient.«
Der Filialleiter nieste, wühlte in der Hosentasche herum und schneuzte sich übertrieben laut die Nase. Nachdem er das Taschentuch wieder eingesteckt hatte, betastete er routiniert seinen Scheitel, genauso wie be-

reits zuvor, als Dirk Deleu ihn auf seinen Platz verwiesen hatte.
Deleu lächelte und musterte den Mann von Kopf bis Fuß, bis Vangeffelen nicht mehr wusste, wohin er den Blick wenden sollte.
»Tragen Sie eigentlich ein Toupet, Mijnheer Vangeffelen?«, fragte er dann.
Von der Bemerkung aus dem Konzept gebracht, wurde der Filialleiter blass um die Nase und stotterte: »Hat das einen Einfluss auf Ihre Ermittlungen? Lassen Sie uns lieber bei den Fakten bleiben.«
»Ach ja, richtig. Könnte ich bitte Ihren Börsenspezialisten sprechen?«
Vangeffelen wählte eine Nummer, trommelte mit den polierten Fingernägeln gelangweilt auf dem Schreibtisch herum und verschob ein offiziell aussehendes Dokument um etwa einen Millimeter.
Deleu, der Perfektionisten nicht ausstehen konnte, bekam eine Gänsehaut. Seinem Gefühl nach war das Dokument bereits mit an Wahnsinn grenzender Genauigkeit in eine Ecke eingepasst. Überhaupt sah das ganze Büro so übertrieben sauber und ordentlich aus, als hätte der Mann sonst nichts zu tun. Vielleicht war er doch kein eiskalter Geschäftsmann.
»Bert, wie lange dauert es noch bei dir? Bitte komm anschließend sofort in mein Büro.« Vangeffelen knallte den Hörer auf die Gabel. »Bert Jacobs hat in zehn Minuten Zeit für Sie.«
Deleu zeigte auf die Umsatzübersicht und fragte nach

dem Zahlenschlüssel für die Ziffern neben den abgebuchten Beträgen. Vangeffelen erklärte, dass der Code 198 neben den 800 Euro eine Zahlung mit der goldenen Eurocard bedeutete, die Zahl 150 neben den 1500 Euro eine Zahlung mit Visacard und die 143 neben den 25 000 Euro eine Agi-Überweisung.

»Was ist eine Agi-Überweisung, Mijnheer Vangeffelen?«

»Eine Überweisung an ein anderes Geldinstitut, meist im Ausland.«

»Können Sie mir auch sagen, wo?«

»Nein, aber das könnte ich heraussuchen lassen«, seufzte Vangeffelen und betonte die Wörter »könnte« und »lassen«.

»Wenn ich Sie also richtig verstehe, hat Nadine Versluys im letzten Monat kein Bargeld mehr persönlich abgehoben, jedoch einmal eine Überweisung über fünfundzwanzigtausend Euro getätigt. Wissen Sie, ob Juffrouw Versluys das Überweisungsformular persönlich abgegeben hat?«

»Entschuldigung, das weiß ich nun wirklich nicht. Ich habe anderes zu tun. Mit derartigen Nebensächlichkeiten halte ich mich nicht auf.«

»Aha, eine Überweisung in Höhe meines Jahreseinkommens ist für Sie also eine Nebensächlichkeit?«, erwiderte Deleu spontan. »Mein Gott, da habe ich Sie doch tatsächlich unterschätzt. Aber jetzt mal Spaß beiseite. Ich brauche sämtliche Originaldokumente, möglichst bis morgen.«

»Das wird leider nicht gehen«, verkündete Vangeffelen mit reptilienhaftem Grinsen.
»Ach?«, erwiderte Deleu mindestens ebenso überheblich und fixierte dabei starr den Haaransatz seines Widersachers, der sich unter seinem Blick sichtlich unbehaglich fühlte.
»Solche Unterlagen werden auf Mikrofilm festgehalten und die Originale anschließend sofort vernichtet.«
»Wenn ich als Kunde eine Überweisung reklamiere, können Sie mir demnach nichts zum Beweis vorlegen und müssen mir das Geld zurückzahlen?«, fragte Deleu spöttisch.
Vangeffelen sah dem Ermittler direkt ins Gesicht und sagte: »Das haben schon viele vor Ihnen versucht. Fragen Sie mal Ihren Kollegen Bulthé und seine Mitarbeiter. Ich kann Ihnen jederzeit Fotokopien beschaffen, wenn Sie es wünschen.«
»Tun Sie das. Und bitte bis morgen. Kann ich jetzt mit Ihrem Börsenfachmann sprechen?«
Der Filialleiter seufzte, wählte erneut die Nummer von Bert Jacobs und betastete gedankenverloren seinen Haaransatz.

7

Walter Vereecken manövrierte seinen Rollstuhl ungeschickt durch die schmale Türöffnung. Deleu fasste sogleich nach den Griffen, um dem Kollegen zu helfen, aber Vereeckens vielsagender Blick ließ ihn zögern.

Deleu wusste nicht, wohin mit seinen Händen, und fragte übertrieben fröhlich: »Na, Walter, wie geht's?«

Vereecken stieß einen tiefen Seufzer aus. »Ich kann zufrieden sein, dass ich noch lebe. Was will man mehr?«

Der Ermittler nickte nur und betrachtete verstohlen die Narbe auf Vereeckens Kopf. »Es ist wirklich ein wahres Wunder, dass du das überlebt hast.«

»Die Arbeit im Außendienst kann ich natürlich vergessen. Die Spezialisten haben mir klipp und klar gesagt, dass ich nie wieder laufen werde.«

Deleu rang um die passende Antwort und schwieg verlegen.

»Na ja, jetzt weiß ich wenigstens, woran ich bin«, fügte Vereecken gelassen hinzu.

Dirk Deleu musste sich, schamrot im Gesicht, eingestehen, dass er sich seit dem heimtückischen Überfall auf Walter Vereecken kein bisschen um ihn gekümmert hatte. Das peinliche Schweigen lastete immer schwerer auf ihnen, als zöge sich der Himmel tiefschwarz zu und warte nur auf den erlösenden ersten Blitz.

Plötzlich ging die Tür auf. Jos Bosmans stürmte in sein Büro, unmittelbar gefolgt von einem geradezu überirdisch hübschen weiblichen Wesen: stahlblaue Augen, halblange, asymmetrisch geschnittene Haare, volle Lippen und eine Figur, wie man sie sonst nur auf den Titelseiten der Modezeitschriften fand. Deleu schluckte hörbar. Er sah, wie Vereecken der Unterkiefer herunterklappte. Doch dann zwinkerte dieser ihm zu und salutierte, wodurch sich die Situation augenblicklich entspannte. Deleu knallte die Hacken zusammen und salutierte ebenfalls. Für einen Moment schien es, als ob das attraktive Wesen darauf hereinfallen und ebenfalls grüßen würde. Die Frau runzelte die makellose Stirn, fasste sich aber überraschend schnell wieder und verzog weiter keine Miene.

»Guten Morgen, meine Herren!«, bellte Jos Bosmans. »Darf ich vorstellen? Inspecteur Mendonck, das neueste Mitglied unseres Teams. Sie wird von heute an unseren Kollegen Walter Vereecken ersetzen.«

Der letzte Satz hallte laut und kalt in dem großen, unordentlichen Büro wider. Vereecken und Deleu warfen sich einen vielsagenden Blick zu.

Deleu beugte sich vor und flüsterte: »Sorry, Kumpel, aber wenn ich die Wahl habe …«
Vereecken versetzte ihm einen kameradschaftlichen Stoß.
Noch bevor sich Deleu wieder aufgerichtet hatte, wurde ihm eine Hand unter die Nase gehalten.
»Nadia Mendonck.«
Der Ermittler straffte den Rücken, erwischte sich dabei, dass er die Brust vorwölbte und den Bauchansatz einzog, ergriff die Hand mit den schmalen, langen Fingern und sagte, kurz bevor seine Hand fest gedrückt wurde: »Deleu, Dirk Deleu. Von jetzt an sind wir wohl Kollegen. Willkommen im Team.«
»Sie sind Dirk Deleu? Der Inspecteur, der im Fall des ›Schlächters‹ den entscheidenden Durchbruch erzielt hat?«
»Äh … ja.«
»Ich hatte Sie mir ganz anders vorgestellt. Im Fernsehen und auf Fotos wirken Sie viel intelligenter.«
Deleu schnappte nach Luft, doch bevor ihm eine passende Antwort eingefallen war, saß Nadia Mendonck schon auf dem Stuhl ihm gegenüber, die Beine elegant übereinandergeschlagen. Er starrte die unendlich langen Beine an, insbesondere den zarten Schwung, mit dem die wohlgeformte Wade sanft in den schlanken, zierlichen Knöchel überging. Selbst die Turnschuhe mit den dicken Plateausohlen konnten das Gesamtbild nicht trüben: Nadia Mendonck war eine Wahnsinnsfrau.

Als Deleu zerstreut aufblickte, musterte ihn der Rest der Anwesenden amüsiert.
Bosmans räusperte sich und brach als Erster das beredte Schweigen. »Okay. Juffrouw Mendonck gehört also von jetzt an zu unserem Team. Sie hat übrigens den ersten Auftrag in ihrer neuen Funktion bereits erfüllt. Nicht war?«
»Ganz recht«, antwortete Nadia Mendonck. »Aber bitte nennen Sie mich doch Nadia.« Sie wandte sich an die verdatterten Fahnder: »Meine Herren, ich habe mich in den letzten vierzehn Tagen in die zahlreichen ungelösten«, sie betonte das letzte Wort, »Fälle vertieft, die bei den Akten lagen. Ich glaube, dass ich dabei auf einen gestoßen bin, der mit unserem jetzigen Fall in Zusammenhang steht. Nämlich die Akte ›Lady X‹.« Triumphierend blickte sie sich im Büro um.
Deleu konnte sich gut an diesen Fall erinnern. Es ging um die nackte, kopflose Leiche einer jungen Frau, die in den Antwerpener Docks gefunden worden war. Die Gerichtsmediziner hatten endlos lange herumgestritten, ob der Kopf von einer Schiffsschraube abgetrennt worden war oder nicht. Die Leiche war vor vierzehn Tagen gefunden und bisher nicht identifiziert worden.
»Auffällig ist, dass auch bei dieser jungen Frau aus der Schulter ein Stück Haut herausgeschnitten wurde und dass sie der anderen verblüffend ähnelt. Ich bin überzeugt, dass die beiden Morde miteinander zusammenhängen.«

»Worauf gründet sich Ihre Vermutung?«, fragte Jos Bosmans erstaunt.
»Intuition, die entfernte Tätowierung und natürlich …«, die dramatische Pause und der dazugehörige Schmollmund waren einfach göttlich, »die Fingerabdrücke. Die Leiche hatte nur etwa zwei Tage lang im Wasser gelegen, daher konnten noch brauchbare Fingerabdrücke genommen werden.«
»Und weiter?«, fragte Deleu unwillkürlich.
Nadia Mendonck sah ihn aus zusammengekniffenen Augen an. Sie klimperte mit den langen Wimpern, zeigte ihre schneeweißen Zähne und fuhr fort: »Die Fingerabdrücke stimmen mit denen überein, die wir auf den Dokumenten in der ASB-Bank gefunden haben. Mit anderen Worten: Nadine Versluys lag tot in den Docks und nicht in ihrer Badewanne in der Wohnung am Viehmarkt.«
Die Stille fühlte sich unwirklich an.
Bosmans fand als Erster die Sprache wieder: »Seit wann wissen Sie das?«
»Seit vorgestern. Aber ich wollte erst noch die eine oder andere Einzelheit abklären, bevor ich die Ergebnisse …«
»Inspecteur«, fauchte Bosmans. »Ich dulde keine Einzelgänger! Ich verlange, dass solche Informationen umgehend … dass ich die Informationen auf dem Schreibtisch habe, noch bevor Sie selbst sich über die Tragweite im Klaren sind! Wir sind hier ein Team! Verstanden?«

Die himmlische Erscheinung nickte alles andere als irritiert und sagte: »Ich werde mich in Zukunft daran halten, meine Herren.«
Bosmans schenkte ihr ein selbstgefälliges kleines Lachen und wandte sich anschließend an Vereecken, aber noch bevor er den Mund öffnen konnte, entfuhr es dem Neuzugang der Gruppe: »Ich werde also in Zukunft der Tatsache Rechnung tragen, dass die belgische Justiz noch immer keinen Pragmatismus zu schätzen weiß.«
Bosmans schnappte nach Luft und giftete: »Inspecteur Mendonck, wir sprechen uns nach dieser Unterredung noch, und zwar unter vier Augen. Ist das klar?«
Die aufsässige junge Frau wandte sich empört ab und fixierte jetzt Deleus Schritt.
Deleu hatte den letzten Wortwechsel nicht einmal mitbekommen. Zu viel ging ihm gerade durch den Kopf: Mein Gott, was für ein Schauspiel. Nadine Versluys, das Reicheleutetöchterchen, das keine nahen Angehörigen mehr gehabt hatte, war ermordet, enthauptet und in die Docks geworfen worden. Eine andere junge Frau hatte man unterdessen bis zur Unkenntlichkeit verstümmelt in der Badewanne von Nadine Versluys' Apartment zurückgelassen. »Ähneln sie einander?«, fragte er.
»Wer?«, fuhr Bosmans ihn an.
»Die beiden Leichen«, flüsterte Deleu. »Ich will wissen, ob sich die Leichen gleichen?«
»Ein ziemlich geschmackloses Wortspiel«, bemerkte

Nadia Mendonck, unbeeindruckt von Bosmans' Rüffel.
Jetzt meldete sich auch Walter Vereecken aufgeregt zu Wort: »Nadine Versluys hatte tatsächlich eine Tätowierung auf dem rechten Schulterblatt, so ein modisches Ethno-Motiv! Das wissen wir von einer entfernten Tante, die zurzeit in der Provence lebt. Fotos aus dem Besitz der Dame sind bereits unterwegs zu uns.«
Jos Bosmans murmelte: »Das geht mir zu einfach.«
»Wieso denn?«, Nadia Mendonck ließ nicht locker. »Meiner Meinung nach ist es reiner Zufall, dass die Leiche in den Docks so rasch an die Oberfläche gekommen ist. An einem Arm des Corpus« – in Deleus Ohren klang das Wort »Corpus« zu technisch, ja, zu gefühllos aus dem Mund einer so schönen jungen Frau – »hing ein Seil mit einer Doppelschlinge. Wahrscheinlich war ein schwerer Stein daran befestigt, und durch die Reibung an der Kaimauer hat sich das Seil gelöst, weshalb die Leiche an die Wasseroberfläche trieb. Dies könnte zugleich eine Erklärung für die tiefen Schürfwunden an der rechten Hüfte der Toten sein.«
Jos Bosmans musterte sie forschend, schwieg einen Moment und fragte dann ironisch: »Haben Sie zufällig auch Rechtsmedizin studiert, Nadia?«
»Muss ich denn über jeden meiner Schritte Rechenschaft ablegen, Mijnheer Untersuchungsrichter? Tut mir übrigens leid wegen eben.«

»Schon gut. Sie haben hervorragende Arbeit geleistet. Ich muss mich entschuldigen.«
Auf einmal platzte der schielende Pierre abgehetzt ins Büro. »Hallo, allesamt. Tut mir leid, Stau im Kennedytunnel«, murmelte der beliebte Kollege, der einen wegen seines Sehfehlers nie direkt ansah, außer Atem. Nun starrte er betreten auf die Spitzen seiner abgetragenen Halbschuhe, bereit, einen Tadel zu kassieren.
»Das wäre aber der erste in diesem Jahr«, brummte Bosmans, ohne Pierre auch nur eines Blickes zu würdigen.
Deleu sah automatisch Nadia Mendonck an, und sie schauten sich in die Augen. Ganz kurz nur. Deleu spürte ein Kribbeln in der Magengrube und schielte zu Jos Bosmans hinüber, der nichts bemerkt zu haben schien.
Verlier bloß nicht den Kopf, Deleu. Wie alt mag das Mädchen sein? Sicher gerade erst fertig mit dem Studium, also höchstens drei- oder vierundzwanzig.
»Bei der Allgemeinen ist übrigens tatsächlich eine Lebensversicherung auf den Namen Nadine Versluys abgeschlossen worden. Das Kapital wurde vor einem Monat an eine gewisse Françoise Bourgeois ausgezahlt, eine Französin, die in Anduze lebt. Dieselbe Françoise Bourgeois, die als Empfängerin der fünfundzwanzigtausend Euro genannt ist, die nach Luxemburg überwiesen wurden. Das Geld wurde inzwischen ebenfalls abgehoben. Wir vermuten, dass bei derselben Luxemburger Bank auch die Wertpapiere in Höhe von

etwa fünfundsiebzigtausend zu Geld gemacht wurden, aber wir wissen es noch nicht mit Sicherheit«, erklärte Bosmans, der sich sonst lieber kurz fasste, ungewohnt ausführlich.

»Mist!«, fluchte Deleu. »Dann hat dieser Börsenfachmann also doch recht gehabt!«

»Wie bitte?«, fragte Bosmans.

»Du erinnerst dich doch sicher, dass ich mit dem Anlageberater der ASB-Bank in Vilvoorde gesprochen habe. Von dieser Bank stammen die Unterschriftenkarten, auf denen die Fingerabdrücke gefunden wurden. Ich habe mich dort mit diesem Bert Jacobs unterhalten. Allerdings war kaum etwas Vernünftiges aus ihm herauszubekommen, wahrscheinlich, weil der Filialleiter Vangeffelen bei dem Gespräch die ganze Zeit dabei war. Daraufhin habe ich unauffällig einen Kollegen nach der Adresse von Jacobs gefragt und ihn später am Abend zu Hause aufgesucht. Erst da hat er den Mund aufgemacht. Jacobs behauptet, Nadine Versluys habe sich von ihm beraten lassen, weil sie eine Lebensversicherung in Luxemburg abschließen wollte. Er hätte ihr diese Idee aber mit dem Hinweis auf die neuesten Geldwäscheskandale ausgeredet. Bei ihm hat sie dann zwar keine Lebensversicherung abgeschlossen, wohl aber bei der Allgemeinen.«

Jos Bosmans lief rot an und wetterte: »Was soll das denn schon wieder! Gibt es hier nicht einen einzigen Mitarbeiter, der sich bei seinen Ermittlungen noch an die Vorschriften hält? Bin ich hier von einem Haufen

Cow…«, Bosmans schaute von Deleu zur Mendonck und wieder zurück, »Cowboys und -girls umgeben, die erst handeln und dann denken?«
»Jedenfalls hat Nadine Versluys«, unterbrach Deleu ihn unbeeindruckt, »diesen Bert Jacobs darüber in Kenntnis gesetzt, dass sie vorhatte, in Luxemburg eine Lebensversicherung abzuschließen.«
»Und um das herauszubekommen, musstest du ihn unbedingt zu Hause befragen?«, schimpfte Bosmans.
»Ja, so leid es mir tut, das musste sein. Und er hat mich auch ohne Durchsuchungsbefehl hineingelassen. Mir war bei der Befragung in der Bank aufgefallen, dass er irgendetwas auf dem Herzen hatte. Doch je mehr ich nachhakte, desto nichtssagender wurden seine Antworten. Mein Gefühl hat mich nicht getrogen. Es stellte sich heraus, dass er sich im Beisein seines Chefs nicht traute, den Mund aufzumachen, weil es um die Reinvestition des Kapitals aus einer alten Lebensversicherung ging und es ihm nicht gelungen war, die Kundin an die Bank zu binden. So etwas ist für einen Firmendespoten wie diesen Vangeffelen mit seinem Toupet natürlich absolut unverzeihlich.«
»Ich verlange, dass sich von jetzt an alle an die Regeln halten!«, brüllte Jos Bosmans, dass sich seine Stimme überschlug.
Deleu schaute zum Fenster hinüber und nickte schwach. Das verschwörerische Grinsen von Nadia Mendoncks vollen Lippen bescherte ihm erneut ein intensives Kribbeln im Bauch. Warum durfte man im

Leben nur eine einzige Frau lieben und keine andere anrühren? Das würde für immer ein Rätsel bleiben.
Es sah ganz danach aus, als funkten sie auf einer Wellenlänge, er und Nadia Mendonck. Bei der Vorstellung, dass sie von jetzt an zusammenarbeiten würden und er sich regelmäßig in ihrer Nähe aufhalten konnte, bekam er eine Gänsehaut, teils vor Erregung, teils vor Verzweiflung.
»Na schön. Genug geredet. Zusammenfassung!«, verlangte Bosmans. »Motiv!«
»Geld«, behauptete der schielende Pierre.
»Mordwaffe?«, brummte Bosmans.
»Beil«, sagte Nadia Mendonck.
Fragende Blicke.
Die neue Kollegin räusperte sich: »Die Leiche in den Docks, also die von Nadine Versluys, ist meiner Meinung nach mit einem Beil enthauptet worden.«
»Wie kommen Sie darauf?«, fragte Jos Bosmans.
Nadia Mendonck starrte nachdenklich die Tapete an, befeuchtete ihre Lippen und nahm Bosmans mit ihrer Antwort von vornherein den Wind aus den Segeln: »Ich weiß, dass man sich in einem Mordfall nicht von seinen Gefühlen leiten lassen sollte, aber ich glaube einfach, dass ein Schlag mit einem Beil am meisten einer Enthauptung durch eine Schiffsschraube gleicht. Deshalb.«
Bosmans nickte nur und lächelte. Offensichtlich ein Gewinn für das Team, diese Nadia Mendonck. Muss nur den guten Deleu ein bisschen im Auge behalten.

Der reagiert ja auf sie wie der Pawlowsche Hund aufs Glöckchen.

»Na schön, dann muss der Gerichtsmediziner die Leiche eben noch mal auf entsprechende Spuren hin untersuchen«, sagte Bosmans. »Außerdem brauche ich eine DNA-Analyse, und zwar sofort.«

»Zu spät, Chef«, wandte der schielende Pierre ein, »sie wird morgen beerdigt.«

Bosmans fluchte lautstark und ordnete an: »Beerdigung aufschieben! Sofort! Bitte veranlasse alles Nötige, Walter.«

Walter Vereecken seufzte und schwieg. Das war ein Befehl gewesen, keine Bitte. Ein wahrer Berg von Papierkram kam auf ihn zu. Mist! Verfluchter Rollstuhl. Es war zum Heulen. Vereeckens Gedanken schweiften ab zu seiner Frau Maggy, die in diesem Augenblick ihre Fahrprüfung ablegte. Den Führerschein mit 51 Jahren. Sie hatten lange darüber diskutiert, und nach einem handfesten Streit mit Tränen auf beiden Seiten hatte Walter schließlich nachgegeben. Maggy hatte recht. Ohne Auto war man heutzutage einfach nicht mobil, und sie konnten ihrem Ältesten wahrhaftig nicht andauernd zur Last fallen.

Als Vereecken aus seinen Grübeleien aufschrak, stellte er fest, dass er inzwischen allein mit Jos Bosmans war und dass dieser ihn anstarrte. Die anderen waren verschwunden. Er schob die Sorgen beiseite und rang sich ein Grinsen ab.

»Ich hätte gern bis heute Abend einen kompletten

Überblick über die Kontenbewegungen dieser Françoise Bourgeois bei der Luxemburger Bank auf meinem Schreibtisch. Ist das machbar?«, sagte Bosmans.
»Keine Ahnung, Chef. Ich werde jedenfalls mein Bestes tun. Gegen sechzehn Uhr erwarte ich einen Anruf von Peter de Groot, der mit den nötigen offiziellen Dokumenten in der Tasche persönlich nach Luxemburg gefahren ist. Dann erfahre ich, ob die überhaupt irgendwelche Informationen rausrücken.«
»Haben Sie die Dokumente überprüft?«, fragte Bosmans streng.
»Äh, ja.«
»Doppelt und dreifach?«
»De Groot hat alles, was er braucht. Es wird schon schiefgehen. Ich bin da ganz optimistisch.«
»Die Uhr tickt«, seufzte Bosmans.
»Ich weiß, ich weiß. Aber wir machen Fortschritte. Übermorgen werden wir wahrscheinlich Einsicht in die Unterlagen der Versicherung erhalten.«
»Gute Arbeit!«, presste Bosmans zwischen den Zähnen hervor.
Während er hektisch in seinen Papieren herumwühlte, drehte Walter Vereecken an den verchromten Rädern seines Rollstuhls herum und ließ ihn auf und ab wippen. Er zögerte einen Moment, entschloss sich dann aber, seinem Chef den Rücken zuzukehren, und drehte den Rollstuhl mit zwei kurzen Stößen halb um die eigene Achse.
»Walter?«

»Ja?« Er hielt in der Bewegung inne und wandte sich wieder zu Bosmans um.
»Wie geht's denn so zu Hause? Alles klar?«, fragte dieser, ohne aufzublicken.
»Ach, ganz gut. Das Leben geht allmählich wieder seinen gewohnten Gang. Also – alles klar«, imitierte er mit abwesendem Lächeln seinen Chef.
»Wie kommen Sie sonst so zurecht?«, fragte Jos Bosmans und sah ihn über den Rand seiner Lesebrille hinweg an.
Walter Vereecken schluckte und antwortete zögerlich: »Es ist nicht leicht. Ich werde mich wohl nie daran gewöhnen.«
Bosmans seufzte verständnisvoll und fragte: »Und die neue Stelle? Ist die was für Sie?«
»Dafür wollte ich mich sowieso noch bedanken«, flüsterte Walter Vereecken heiser. »Dass Sie mich nicht einfach haben fallen lassen.«
Jos Bosmans putzte seine Brille mit einem keineswegs sauberen Taschentuch und nickte nur.

8

»Bist du eigentlich schwul?«, fragte Nadia ganz im Ernst und übertrieben laut.

Deleu verschluckte sich und spuckte glatt den vorzüglichen Chardonnay wieder aus, teils in sein Glas und teils auf den gefliesten Boden des Cirque Belge, einer In-Kneipe am Antwerpener Groenplaats. Er starrte Nadia Mendonck mit offenem Mund an.

Sie lehnte lässig an der massiven Bar, auf der drei Gogo-Girls mit lasziven Tanzbewegungen tiefe Einblicke gewährten. Dabei musterte sie einen ungehobelten Kerl, Typ Vertreter mit Wurstfingern und Schweinenase, derart verächtlich, dass dieser sich prompt zu seinem grinsenden Kollegen umdrehte.

»Inspecteur?«, fragte Nadia Mendonck erneut und nippte mit kleinen Schlucken an ihrem Corsendonck Agnus. »Oder hab ich dich jetzt gerade in deiner männlichen Ehre gekränkt?«

»Wie kommst du denn darauf?«, fragte Deleu in seinem tiefsten Bass zurück, während er sich umblickte wie ein aufgescheuchtes Rotkehlchen.

Gut, dass es in dem Laden so schummrig war und das Gejaule der Stones-Coverband auf der improvisierten Bühne alle anderen Geräusche übertönte.

»Ich habe dich also nicht gekränkt«, sagte sie grinsend, und ihre stahlblauen Augen blickten dabei tief in seine.

»Weder hast du mich gekränkt noch bin ich schwul«, erwiderte Deleu fest und starrte unverwandt den lallenden Vertreter an.

Keine Reaktion.

»Wie kommst du überhaupt darauf?«, fragte er, nun doch ein klein wenig beleidigt.

»Ach, nur so. Ich finde, du hast so was Sensibles an dir, wie die meisten Schwulen eben. Die sind ja oft spontan und sensibel. Wobei du allerdings nicht besonders spontan bist.«

»Ich habe zwei Kinder, einen siebzehnjährigen Sohn und eine wenige Tage alte Tochter«, sagte Deleu mit einem selbstzufriedenen Grinsen.

»Ach, so alt bist du schon?«

Deleu seufzte, zündete sich noch eine Zigarette an und hielt Nadia Mendonck das Päckchen unter die Nase.

Sie schüttelte den Kopf. »Ich rauche nicht.«

»Stimmt ja, Rauchen ist aus der Mode.«

»Und mit Drogen habe ich auch nichts im Sinn.«

Dirk Deleu inhalierte tief und ging mit seinem Schweigen erneut einer Konfrontation aus dem Wege.

»Bitte entschuldige, dass ich dich so direkt frage, du scheinst nicht an so was gewöhnt zu sein. Es ist einfach

eine Angewohnheit von mir. Ich bin ziemlich frei erzogen worden.«
»Bist du verheiratet?«, fragte Deleu zurück und versuchte damit, das Gespräch in eine andere Richtung zu lenken.
»Um Gottes willen, nein!«, antwortete sie und wippte rhythmisch zu den Klängen von »Angie«, den Blick unverwandt auf den sich windenden, halb nackten Jagger-Verschnitt auf der Bühne gerichtet.
»Stehst du auf solche Oldies?«, brüllte der Ermittler ihr ins Ohr.
Sie beantwortete stattdessen seine vorherige Frage: »Ich habe allerdings einen festen Freund, falls dich das interessiert. Er ist derzeit arbeitslos. Trägt Tätowierungen. Wahrscheinlich hängt er gerade in seiner Stammkneipe halb besoffen über dem Kicker.«
»Über dem was?«
»Dem Kicker … Tischfußball! Du weißt schon, dieses blöde Spiel mit den kleinen Männchen an Stäben, die man andauernd in den Bauch gerammt bekommt, so dass man sich mit dem Öl die Klamotten ruiniert. Viele hübsche Frauen hier, findest du nicht?«
»Äh, ja, schon«, antwortete Dirk Deleu unsicher. Er blickte auf seine Rolex, stellte fest, dass es halb drei Uhr morgens war, und dachte daran, wie früh er am nächsten Tag aufstehen musste. Barbara würde bald entlassen werden, und zu Hause sah es immer noch aus wie bei Hempels unterm Sofa. Verzweifelt fragte er sich, wohin dieses »nach der Arbeit mit der neuen

Kollegin ein Gläschen trinken! noch führen sollte. Nadia Mendonck machte jedenfalls keine Anstalten aufzubrechen, und das Cirque Belge wurde nicht etwa leerer, sondern immer voller.
»Wie alt bist du eigentlich, Nadia?«
»Uralt.«
»Wie uralt?«, fragte Deleu dämlich und schämte sich für seinen kriecherischen Tonfall.
»Fünfundzwanzig.«
»Hm ... Ich habe Hunger. Wollen wir vorne im Restaurant was essen?«
»Gute Idee. Die Männer hier hängen mir sowieso zum Hals raus. Die sind nur auf das Eine aus. – Nicht, dass ich generell dagegen wäre.«
»Wogegen?«, fragte Deleu stotternd.
»Gegen Sex natürlich. Aber keine Sorge, du bist nicht mein Typ. Mein Freund ist mir immer noch der Liebste. Der kann zwar nerven und lässt oft ganz schön den Macho raushängen, ist aber insgesamt harmlos.«
Nadia Mendonck, der neue aufgehende Stern am Polizeifirmament, stürzte resolut ihr Agnus herunter und marschierte, ohne eine Miene zu verziehen, hinüber ins Restaurant.
Deleu konnte ihr in dem Gewühl kaum folgen, und ihr nächster Satz ging in dem Stimmengewirr unter.
»Was hast du gesagt?«
»Die Männer hier sind wirklich das Allerletzte.«
»Danke«, rief Deleu. »Ein Glück, dass ich ein eingefleischter Schwuler bin.«

»Ach, weißt du, eigentlich stehe ich auf unverbindlichen Sex. Es gibt einfach nur zu wenige gut aussehende Männer auf der Welt. Normalerweise würde ich mich nie mit jemandem wie dir einlassen.« Nadias laute Bemerkung hallte in dem leeren Restaurantbereich wider, und sie musterte ihren Kollegen mit schalkhaftem Lächeln. Die Enttäuschung in seinem Blick war ihr nicht entgangen. »Nimm's nicht persönlich, okay? Die meisten Männer sind nur darauf aus, eine Frau so schnell wie möglich ins Bett zu bekommen, und vergessen dabei, dass sie aussehen wie ausgediente Staubsauger.«

Sie suchten sich einen Tisch im hinteren Teil des Restaurants und studierten schweigend die Speisekarte. Der schlanke, dunkelhäutige Ober eilte mit wiegenden Hüften davon, nachdem er ihre Bestellung aufgenommen hatte.

Nadia Mendonck schaute ihm lächelnd hinterher. »Der wäre zum Beispiel was für mich«, bemerkte sie. »Mit einem Farbigen war ich noch nie zusammen.«

»Die sollen ja einen ziemlich Großen haben«, warnte Deleu mit belehrend erhobenem Zeigefinger.

»Männer, oje! Was hat das denn damit zu tun? Es geht doch um was ganz anderes. Diese glänzenden Haare, diese dunkelbraune Haut! Einfach faszinierend.«

»Hauptsache, du schützt dich gut vor Aids«, murmelte Dirk Deleu, dem die Worte leid taten, kaum dass er sie ausgesprochen hatte. Seine Kollegin sah ihn so mitleidig an, als wäre er ein uralter, inkontinenter Greis.

»Was hältst du eigentlich von unserem Fall?« Er wechselte abrupt zu einem unverfänglicheren Thema.
»Ich weiß nicht. Im Grunde habe ich noch zu wenig Erfahrung mit Mordfällen. Wie kommt es eigentlich, dass du so ein Fachmann für Serienmörder bist?«, fragte sie. Ihr Blick ruhte anzüglich auf ihm.
Deleu zeigte ihr sein Gesicht im Profil: »Hast du dir eigentlich schon mal meine Nase genauer angeschaut?«
Nadia Mendonck prustete los und wollte sich schier ausschütten vor Lachen. Als sie sich wieder aufrichtete, sah sie plötzlich besorgt hinüber zur Bar.
»Schweinenase kommt zu uns rüber«, sagte sie mit einem bedrückten Lächeln. »Das gibt Ärger, ich erlebe das nicht zum ersten Mal. Mist, wenn bloß Rutger hier wäre. Dann wäre das Problem schnell gelöst.«
»Ist dein Freund so ein toller Typ?«, fragte Deleu, rieb sich die Augen und seufzte.
Der Chardonnay kam ihm so langsam zu den Ohren heraus. Zum Glück brachte der Kellner eben den bestellten Kaffee.
Der Typ mit der Schweinenase setzte sich mit zwei sturzbetrunkenen Begleitern an den Nebentisch.
Er verlor keine Zeit. »He, Kleine, wollen wir beide nicht ein bisschen Spaß zusammen haben? Oder stehst du mehr auf magere Bürohengste? Was hat er denn zu bieten, dein neuer Freund? Eine große Klappe, einen dicken BMW oder einen großen Schwanz? He, Schwulette, hat's dir die Sprache verschlagen?«

Er versetzte Deleu, der sich prompt an dem kochend heißen Kaffee verschluckte, einen harten Schlag gegen die Schulter.
Doch keine Sekunde später fasste Schweinenase sich mit einem Schmerzensschrei in das verbrühte Gesicht und wälzte sich brüllend, fluchend und strampelnd auf dem Boden.
Seine beiden Begleiter wirkten mit einem Schlag ernüchtert und taxierten Dirk Deleu wie einen feuerspeienden Drachen, der gerade vor ihren Füßen gelandet war.
Deleu zerrte die entsetzte Nadia Mendonck grob von ihrem Stuhl und eilte mit großen Schritten hinaus. Bevor jemand reagieren konnte, waren sie schon auf der anderen Straßenseite. Der Ermittler stürmte in Richtung Scheldeufer.
Im Wagen erwähnten sie den Vorfall während der ersten zehn Minuten mit keinem Wort.
»Wo hast du dein Auto stehen, Nadia?«
»In Mechelen, in der Stassartstraat.«
»Tut mir leid wegen eben«, sagte Deleu, während sie über die Autobahn rasten. Der Motor des Golfs protestierte jaulend.
»Ich hoffe bloß, du hast das nicht getan, um mir damit zu imponieren«, murmelte Nadia Mendonck schockiert.
»Ich bin ein Esel, ich weiß. Wenn Jos davon erfährt, bekomme ich gewaltigen Ärger. Tut mir wirklich leid. Ich hoffe, das war nicht deine Stammkneipe?«

»Ab sofort nicht mehr«, erwiderte sie trocken. »Ich kann Machos nicht ausstehen.«
»Ich auch nicht. Zigarette?«
»Gerne.«
»Ich dachte, du rauchst nicht?«
»Jetzt schon.«

9

Keine der gängigen Behandlungsmethoden erzielt bei ihnen eine Wirkung. Schlimmer noch. Behandelte Psychopathen neigen nach ihrer Freilassung eher dazu, wieder ein Verbrechen zu begehen, als nicht behandelte. Im Grunde läuft es darauf hinaus, dass sie sich während der Therapie genügend psychiatrisches und psychologisches Fachvokabular aneignen, um Polizisten, Therapeuten, Anwälte und sogar die … die … *parol boards* … Entschuldigung, jetzt fällt mir nur die englische Bezeichnung ein …«

Evelyne Pardieu sah Jos Bosmans mit großen Augen an.

»Die Bewährungsausschüsse«, übersetzte Deleu postwendend.

»Danke, Inspecteur Deleu. Also, um sogar die Bewährungsausschüsse davon zu überzeugen, dass sie entscheidende Fortschritte gemacht hätten. In Wirklichkeit benutzen sie ihre Kenntnisse nur dazu, um ihr Verhalten nach außen zu rationalisieren und ihre Mit-

menschen besser betrügen und manipulieren zu können.«
Die Gerichtspsychologin räusperte sich, nippte an ihrem Hagebuttentee und blickte in die Runde. Da alle wie in Trance dasaßen und aufmerksam zuhörten, nahm sie den Faden wieder auf. »Die Schwierigkeit bei jeder Therapie besteht darin, dass sie eigentlich für Menschen konzipiert wurde, die sich eingestehen, dass sie ein Problem haben. Psychopathen hingegen begeben sich nur deshalb in Behandlung, weil sie dazu gezwungen werden oder weil sie hoffen, dadurch schneller wieder freizukommen. Sie sehen jedoch nicht den geringsten Grund, ihr Verhalten und ihre Gewohnheiten den geltenden gesellschaftlichen Normen anzupassen, da sie diese als irrelevant betrachten.«
Evelyne Pardieu legte eine Pause ein und stellte die Tasse, deren Rand feuerrote Lippenstiftspuren aufwies, auf die Untertasse.
»Sie glauben also, dass wir es hier mit einem Psychopathen zu tun haben?«, fragte Jos Bosmans überflüssigerweise.
»Zweifellos«, antwortete die Gerichtspsychologin. »Alle Anzeichen weisen darauf hin.«
»Welche genau?«, hakte Nadia Mendonck nach.
Evelyne Pardieu fuhr sich mit den zierlichen Fingern durch die auberginefarbenen Locken, schob die Brille auf die Nasenwurzel und dachte angestrengt nach. »Zum einen die Verstümmelungen. Meiner Meinung nach wurden in keinem der beiden Fälle den Frauen

die Verletzungen nur zufällig zugefügt. Sie wurden vorher genau geplant und sollten dazu dienen, die Identifikation der Opfer zu erschweren.«

»Können wir den Täter überhaupt als gewöhnlichen Mörder betrachten?«, fragte Bosmans, auf einen Ellbogen gestützt.

»Im Grunde schon«, antwortete Evelyne Pardieu überzeugt. »Außerdem gibt es ein Motiv: materielle Bereicherung.«

»Welcher Personenkreis kommt am wahrscheinlichsten für ein solches psychopathisches Verhalten in Frage?«, erkundigte sich Bosmans. »Mit anderen Worten: Nach welchem Tätertyp sollen wir suchen? Gibt es eine bestimmte Personengruppe, die für derartige Verbrechen prädestiniert ist?«

Evelyne Pardieu zog ihre sorgfältig gezupften Augenbrauen hoch und nippte an ihrem Tee. »Psychopathen findet man in sämtlichen Bereichen der Bevölkerung, Mijnheer Untersuchungsrichter. Sie kommen in allen Rassen, Kulturen und ethnischen Gruppierungen vor. Unabhängig vom jeweiligen Einkommen oder dem sozialen Status. Es lässt sich allerdings feststellen, dass fünfzehn bis zwanzig Prozent aller Häftlinge oder vielmehr Exhäftlinge psychopathische Verhaltensweisen zeigen. Das wäre in jedem Fall ein interessanter Denkansatz. Außerdem kommt diese Verhaltensstörung häufig bei Drogendealern vor, ebenso wie bei Kinderschändern, Vertretern, die unter hohem Druck stehen, Söldnern, korrupten Polizeibeamten, Ärzten und Anwälten, die es mit ihrem Berufsethos nicht so genau nehmen, korrupten Politikern, Terroristen, Sektenführern, Stars und einigen anderen Personengruppen, die mir auf Anhieb nicht einfallen. Wie Sie sehen, lässt sich das leider nicht so genau sagen. In jedem von uns steckt eine gewisse psychopathische Veranlagung, nur dass die meisten Leute diese zu kontrollieren wissen und sich nicht in blinde Mordlust hineinsteigern. Jeder von uns hat doch schon mal einen Chef mit psychopathischen Zügen gehabt, wenn man sich's recht überlegt, oder?«

Alle Köpfe drehten sich in Bosmans' Richtung. Der Untersuchungsrichter blickte mit einem Seufzer zur Decke.

»Meinen Sie, unser Psychopath ist ein Serienmörder?«, fragte Deleu.

»Tja, das ist eine schwierige Frage. Für Serientäter ist meist eine Reihe von Eigenschaften kennzeichnend. Die typischste ist, dass es immer ein nächstes Opfer geben wird. Ein Serienmörder wird niemals aufhören zu morden, es sei denn, er wird durch äußere Umstände dazu gezwungen.«

»Welche Umstände könnten das sein?«, fragte Bosmans interessiert.

»Wenn der Mörder zum Beispiel wegen eines anderen Vergehens inhaftiert wird, aber auch, wenn er einen anderen sozialen Status erlangt. In diesem Fall kommt es meist zu einer *cooling-down-* oder *cooling-off*-Phase, doch das Morden wird auf jeden Fall weitergehen.

Manchmal vergehen mehrere Jahre bis zu seiner nächsten Tat. Aber es führt kein Weg daran vorbei: Es wird immer ein nächstes Opfer geben.«

Walter Vereecken räusperte sich vernehmlich. Evelyne Pardieu sah ihn an und wandte verlegen den Blick ab. Sie hatte den Faden verloren.

»Es wird immer ein nächstes Opfer geben«, half Deleu ihr auf die Sprünge.

»Ja, genau. Serientäter agieren fast immer allein. Materielle Aspekte spielen dabei allerdings so gut wie nie eine Rolle. Ein Serientäter braucht das Morden, wie wir Wasser oder Sauerstoff brauchen. Dieses Bedürfnis wird meistens durch Zwangsvorstellungen genährt, die sich über einen längeren Zeitraum hinweg allmählich verstärken. Daher sind die Motive eines solchen Täters selten klar erkennbar und meist seinem labilen seelischen Zustand zuzuschreiben. Genau dies ist das Rätsel, das wir zu verstehen und zu lösen versuchen. Warum hat ein bestimmter Serientäter irgendwann mit dem Morden angefangen? Aber damit erzähle ich Ihnen sicherlich nichts Neues, nicht wahr, Inspecteur Deleu?«

Dirk Deleu schrak aus seinen Gedanken auf. »Nein, natürlich nicht.«

Evelyne Pardieu runzelte die Stirn. »Ein anderes Missverständnis besteht darin, zu glauben, es gebe nur eine Sorte Serienmörder. In Wirklichkeit unterscheiden wir vier. Aber damit erzähle ich Ihnen wahrscheinlich auch nichts Neues.«

»Reden Sie weiter!«, sagte Nadia Mendonck mit hochroten Wangen. Es klang mehr nach einem Befehl als nach einer Bitte. Die anderen musterten sie verwundert, woraufhin sie sich erschrocken entschuldigte. Bosmans seufzte und nickte Evelyne Pardieu mürrisch zu, die lächelnd fortfuhr.

»Zunächst einmal wäre da der Typ des Propheten, auch der visionäre Typ genannt. Er hört Stimmen, die ihm befehlen zu morden. Die zweite Sorte sind die so genannten Missionare. Sie verspüren den inneren Drang, die Welt von allen zu säubern, die sich in ihren Augen unmoralisch oder unwürdig verhalten. Dieser Typ wählt meistens Menschen aus bestimmten Bevölkerungsgruppen als Opfer aus, zum Beispiel Prostituierte. Die dritte Sorte sind die Sensationsgierigen. Sie morden nur zu ihrer eigenen Befriedigung, und sie sind die allerschlimmsten. Meist genießen sie nämlich ihre extrem sadistischen Morde. Schließlich haben wir da noch die Lustmörder, die ihre sexuellen Triebe befriedigen müssen. Diese Art Serienmörder ist meist verheiratet, hat Kinder und gilt unter Mitbürgern als idealer Familienvater. Außer diesen vier Kategorien gibt es einen weiteren wichtigen Unterschied, nämlich den zwischen organisierten und unorganisierten Mördern. Was das betrifft, ist ein anderer Irrtum weit verbreitet. Viele glauben nämlich, Serienmörder seien grundsätzlich Einzelgänger, die sich in der Gesellschaft nicht zurechtfinden. In einigen Fällen mag das durchaus zutreffen, in anderen keineswegs. Manche Serienmörder täuschen ihre Opfer bewusst, indem sie sich als gut situierte Personen mit einer autoritären Ausstrahlung präsentieren, die sich auf gepflegte Konversation verstehen, gut gekleidet sind und so weiter ... Solche Gewohnheiten sind typisch für organisierte Mörder. Unorganisierte dagegen sind nachlässig gekleidet, waren schlecht in der Schule, haben oft den Job gewechselt und sind meist nachtaktiv. Das Profil dieses Typs entspricht im Grunde dem Einzelgänger, den die meisten Menschen bei dem Begriff Serienmörder vor Augen haben.«

»Damit wären wir beim Stichwort des Tages angekommen, Profil«, sagte Jos Bosmans, der ebenso wie Deleu unruhig wurde, weil Evelyne Pardieu so ausschweifend erzählte, statt wie sonst zügig zur Sache zu kommen.

»Wie sieht es mit einem Täterprofil für unseren Mann oder unsere Frau aus?«

»Gibt es überhaupt weibliche Serienmörder?«, fragte Walter Vereecken.

»Äh, nein, eigentlich nicht. Die einzige echte Serienmörderin, die mir einfällt, mit Ausnahme von schwarzen Witwen und Giftmischerinnen, ist Aileen Wuornos, eine Prostituierte, die nach Belieben ihre Freier geschlachtet und sie im Hotelzimmer neben den mit Sperma gefüllten Kondomen zurückgelassen hat.«

»Gibt es denn nun ein Profil?«, fragte jetzt Bosmans ganz direkt.

»Nein«, lautete die mindestens ebenso direkte Antwort. Und bevor sie jemand unterbrechen konnte, erklärte Evelyne Pardieu: »Erstens eignen sich nicht alle Fälle, nicht mal Mord oder Vergewaltigung, zur Erstellung eines Täterprofils. Wobei meist Serienverbrecher und extrem gewalttätige Menschen dafür in Frage kommen. Im Grunde ist es ganz einfach. Tötungsdelikte, die am stärksten von einem gewöhnlichen Mord abweichen, sind am besten dazu geeignet, ein Profil des Täters zu entwerfen. Also, je gewalttätiger das Verbrechen, desto wahrscheinlicher gelingt eine Profilierung. In diesem Fall … Tut mir leid, aber das hier sind eigentlich ganz gewöhnliche Morde. Die extremen Verstümmelungen dienen meiner Meinung nach nur dazu, die Identifizierung der Toten zu erschweren. Ich kann wirklich nichts Sinnvolles über den Täter sagen. Hier ist ein Psychopath oder eine Psychopathin am Werk, der oder die aus materieller Gewinnsucht über Leichen geht. Das war's.« Evelyne Pardieu zuckte mit den Schultern und blickte entschuldigend in die Runde.

Bosmans ergriff als Erster das Wort: »Also haben wir im Grunde noch keinerlei konkrete Anhaltspunkte. Sie können auch keine Täter oder eine bestimmte Tätergruppe von vornherein ausschließen?«

»Jemand wie ich kann helfen, wenn Morde einen speziellen Charakter aufweisen oder wenn ein Verbrechen lange Zeit unaufgeklärt bleibt. Doch leider trifft keine dieser Voraussetzungen auf die beiden aktuellen Fälle zu. Das habe ich bereits dem Oberstaatsanwalt gesagt,

der dennoch auf mein Kommen gedrängt hat.« Sie trank gelassen den letzten Rest Tee.
Jos Bosmans rieb sich die müden Augen, biss sich auf die Unterlippe und sagte dann: »Sie haben sich klar ausgedrückt. Vielen Dank.«
Evelyne Pardieu nickte, stellte die Tasse ab, schüttelte allen die Hand und überreichte Jos Bosmans eine nagelneue Visitenkarte: »Hier steht meine Handynummer drauf. Sie können mich jederzeit anrufen. Ich helfe, wo ich kann, durchaus auch mal inoffiziell.«
»Vielen Dank«, seufzte Bosmans und starrte ihr resigniert hinterher. Dann steckte er die Visitenkarte in die Brusttasche seines zerknitterten Hemdes.
Als Evelyne Pardieu die Tür hinter sich zuzog, ergriff er wieder das Wort. »Meine Dame, meine Herren, das war's. Wir sind also auf uns selbst angewiesen. Pierre, was haben Sie bei der Sûreté in Erfahrung gebracht?«
»Dass die Dame bereits seit drei Jahren tot ist, Chef.«
Bosmans wandte sich mit einem Ruck um, seine Augen funkelten. »Welche Dame?«
»Na, die Französin, die das Geld von der Lebensversicherung kassiert hat, diese ...«
»Françoise Bourgeois«, half ihm Nadia Mendonck auf die Sprünge.
»Genau. Die ist schon vor drei Jahren gestorben.«
»Das erzählen Sie uns erst jetzt!«, brüllte Bosmans. Seine Stimme hallte in dem unordentlichen Büro wider.
»Entschuldigen Sie, aber Sie waren die ganze Zeit mit

Juffrouw Pardieu beschäftigt, und ich wollte Sie nicht unterbrechen. Ich habe per Fax einen Polizeibericht und einen Zeitungsartikel erhalten. Die Bourgeois, angeblich eine Lesbe, wohnte zusammen mit ihrer Freundin Nathalie Barthez in ihrem Landhaus in Anduze.«

»Angeblich eine Lesbe? Was soll das heißen?«, giftete Bosmans ihn an.

»Komm schon, Jos«, sagte Deleu beschwichtigend. »Er gibt wirklich sein Bestes. Wie wir alle.«

»Hast recht, Dirk. Aber ich bin schließlich auch nur ein Mensch, und ich bin müde. Verdammt, wir können uns keine Fehler erlauben! Ich weiß, es ist nicht immer leicht, aber ehrlich gesagt raubt mir dieser Fall schon seit drei Nächten den Schlaf. Und es kommen garantiert weitere schlaflose Nächte auf uns zu. Denn diese Morde sind nicht die letzten gewesen, da könnt ihr Gift darauf nehmen. Also, Françoise Bourgeois war lesbisch und wohnte zusammen mit ihrer Freundin in ihrem Landhaus in Anduze. Und weiter, Pierre?«

»Die beiden jungen Frauen sind verbrannt. Ein Passant hat eines Morgens gegen fünf Uhr Rauch bemerkt und gleich die Feuerwehr alarmiert, aber das Haus stand innerhalb kürzester Zeit lichterloh in Flammen. Die Nachbarn haben noch versucht, die Bewohnerinnen durch lautes Rufen zu wecken. Sie haben die Scheiben eingeschlagen, kamen aber wegen der starken Rauchentwicklung nicht weiter. Da das Auto nicht in der Garage stand, hegte man zu dem Zeitpunkt noch die Hoffnung, dass die beiden Frauen gar nicht zu

Hause waren. Als die Feuerwehr schließlich am Unglücksort eintraf, war das Haus schon nicht mehr zu retten. Das obere Stockwerk stürzte ein, und ein Feuerwehrmann wurde schwer verletzt. Als die Helfer sich nach drei Stunden Löscharbeiten endlich einen Weg durch die Trümmer bahnten, fanden sie die beiden verkohlten Leichen der Bewohnerinnen im Wohnzimmer. So weit die ursprüngliche Akte. Die Ermittlungen wurden eingestellt. Als jedoch die Versicherungsexperten die Ruine durchsuchten, stießen sie auf einen raffinierten Zündungsmechanismus. Überall im Haus waren offenbar Dosen mit Brandbeschleuniger und Behälter mit Benzin deponiert worden, bis hinauf auf den Speicher. Die Kaffeemaschine, die an den Zündmechanismus angeschlossen war, hat um fünf Uhr morgens einen Kurzschluss verursacht. Die Stichflamme griff auf das Benzin über, und das Wohnzimmer brannte sofort lichterloh. Bei der Autopsie waren an den Leichen keinerlei Anzeichen für äußerliche Gewalteinwirkung festgestellt worden, doch spätere toxikologische Untersuchungen ergaben, dass die Hausbewohnerinnen Beruhigungstabletten eingenommen hatten. Die Frage, ob sie gemeinsam Selbstmord begangen hatten, konnte nie geklärt werden. Die Kollegen von der Sûreté waren jedoch nicht davon überzeugt, dass das Paar den eigenen Tod auf derart minutiöse Art geplant und inszeniert hatte, und haben die Ermittlungen wieder aufgenommen.«

»Was ist mit dem Auto?«, fragte Bosmans.

»Das wurde nie gefunden. Auch ein Grund, warum weiterermittelt wurde. Die Theorie, dass jemand die beiden Frauen betäubt und anschließend das Feuer gelegt haben musste, gilt als die plausibelste. Eine Spur von dem Täter oder den Tätern hat man jedoch nie gefunden.«

»Was ist mit den Zeugenvernehmungen? Haben die Nachbarn nichts Verdächtiges bemerkt?«, fragte Deleu.

»Augenblick, bitte«, unterbrach ihn Pierre mit erhobenem Zeigefinger. »Das war noch nicht alles. Die Ermittler glauben, dass die Bourgeois eine neue Freundin hatte und die Barthez daher vielleicht den gemeinsamen Selbstmord inszeniert hat. Ein Eifersuchtsdrama. Die direkten Nachbarn haben ausgesagt, sie hätten vermutet, dass das Paar sich trennen wollte. Ihrer Meinung nach war die Barthez schon auf der Suche nach einer eigenen Wohnung, und sie haben Françoise Bourgeois ein paar Mal mit ihrer neuen Freundin ins Haus gehen sehen. Eigentlich mit zwei Freundinnen. Manchmal waren es zwei, dann wieder nur eine.«

»Konnten sie die Frauen beschreiben?«, fragte Nadia Mendonck leise.

»Ja. Eine der Frauen sah der Bourgeois wohl ziemlich ähnlich, das ist aber auch der einzige Anhaltspunkt. Sie war groß, blond und elegant gekleidet. Die Nachbarn haben sie allerdings nur zwei oder drei Mal gesehen, noch dazu aus einer ziemlich großen Entfernung.«

»Wie war das Verhältnis zwischen Françoise Bourgeois und Nathalie Barthez zuletzt?«, fragte Deleu.
»Laut Aussage der Nachbarn ganz harmonisch. Sie haben Nathalie, Françoise und zwei andere Frauen noch zwei Tage vor dem Brand gemütlich plaudernd im Garten sitzen sehen. Niemand hat je einen Streit mitbekommen. Aber schließlich können sich Paare auch einvernehmlich trennen, oder etwa nicht?«
»Ach, hast du etwa Pläne in der Richtung, Pierre?«, fragte Walter Vereecken. »Offenbar hast du dir ja schon so deine Gedanken gemacht. Musst du jetzt abends immer um zwölf Uhr zu Hause sein, oder was?«
»Du solltest lieber den Mund halten, Freundchen!«, erwiderte der schielende Pierre bissig und mit einem raschen Seitenblick auf Nadia Mendonck. »Über dich könnte ich auch das ein oder andere erzählen.«
»Wow!«, kommentierte Nadia Mendonck.
»Schluss jetzt!«, befahl Jos Bosmans. »Gibt es sonst noch etwas Wissenswertes zu berichten, Pierre?«
»Nein, Chef, das war alles. Der Fall wurde schließlich ad acta gelegt, und die Leichen wurden begraben.«
»Hat man weiter nach dem Auto gefahndet?«
»Frankreich ist groß. Die Kollegen behaupten, sie hätten die Fahndung fortgesetzt, aber ich habe da so meine Zweifel.«
»So ein Mist!«, fluchte Deleu. »Was bekommen wir denn hier aufgetischt? Eine Französin, die angeblich bereits vor drei Jahren verbrannt ist, kassiert eine Lebensversicherung, die erst kürzlich in Belgien auf ih-

ren Namen abgeschlossen wurde. Obendrein wurde sie, wie wir vorhin erst erfahren haben, tot, und zwar diesmal definitiv tot, in der Badewanne von Nadine Versluys aufgefunden, nachdem sie zuvor eine Weile tiefgefroren war. Sehr wahrscheinlich jedenfalls, dass sie zum Zeitpunkt, als das Geld der Versicherung bei der Bank abgehoben wurde, nicht mehr gelebt hat.«
Bosmans stand kurz vor der Explosion. »Wie bitte, die Bourgeois lag in der Badewanne der Versluys?«
»Und Nadine Versluys, die die großzügige Lebensversicherung auf ihren Namen abgeschlossen hat, war vermutlich auch bereits tot, als das Geld abgeholt wurde, denn zu dem Zeitpunkt lag ihre Leiche bereits enthauptet in den Docks hier in Antwerpen«, ergänzte Nadia Mendonck.
»Vermutlich? Dieses Wort kann ich gar nicht leiden, Kollegin Mendonck«, fiel Bosmans ihr ins Wort. »Woher wissen wir überhaupt, dass tatsächlich Françoise Bourgeois in der Badewanne der Versluys gefunden wurde?«
»Es steht mit neunundneunzigprozentiger Sicherheit fest, Chef«, sagte Pierre. »Die Sûreté hat uns ein Foto zur Verfügung gestellt. Und die zahntechnische Untersuchung hat die Identifizierung bestätigt, Françoise Bourgeois fehlten nämlich die beiden oberen Schneidezähne.«
Als niemand reagierte, räusperte sich Pierre und fuhr fort: »Das ist doch ganz einfach. Eine geldgierige schwarze Witwe lockt die Versluys und die Bourgeois

in ihr Netz, nimmt deren Platz ein, kassiert enorme Summen und ist jetzt wahrscheinlich auf der Suche nach einem neuen Opfer.«

Diese pragmatische und nüchterne Analyse hätten die anderen ihm gar nicht zugetraut.

»Sie streicht das Geld ein und wartet immer so lange, bis alle Spuren verwischt sind, bevor sie sich ihres Opfers entledigt«, fügte Walter Vereecken hinzu.

»Aber wer ist dann in Anduze zusammen mit Nathalie Barthez verbrannt?«, fragte Bosmans leise.

»Wir haben wirklich unglaubliches Glück gehabt, dass die Leiche in den Docks so schnell an die Oberfläche getrieben ist«, sprach Deleu laut aus, was er dachte.

»Wir können nur hoffen, dass die Mörderin bisher noch kein weiteres Opfer gefunden hat.«

»Wir müssen einen Aufruf in den Medien starten!«, unterbrach ihn Bosmans. »Pierre, setzen Sie sich umgehend mit Rundfunk und Fernsehen in Verbindung. Wir müssen potenzielle Opfer warnen. Die toten Frauen sehen sich alle ähnlich. Das Fernsehen soll die Fotos der Versluys und der Bourgeois zeigen. Und du, Dirk, du fährst noch mal zu der Bank und zu dem Versicherungsvertreter der Allgemeinen. Fühle allen Mitarbeitern gründlich auf den Zahn. Wir brauchen eine genauere Personenbeschreibung!«

»Wer sagt eigentlich, dass es nur eine Täterin ist?«, fragte Nadia Mendonck. »Denken Sie doch mal an Uwe Schmidt und Aurore … den Nachnamen habe ich vergessen.«

»Martin«, ergänzte Vereecken. »Aurore Martin.«
»Fingerabdrücke«, murmelte Deleu. »Ich nehme jemanden von der Spurensicherung zur Versicherung mit. Es müssen dort doch noch Fingerabdrücke von ihr zu finden sein. Wir könnten sie mit denen in den internationalen Datenbanken vergleichen lassen.«
»Der Mercedes von Nadine Versluys – weiß man darüber inzwischen Genaueres, Walter?«
»Nein, bisher nicht, Mijnheer Bosmans.«
»Hm, ein roter Mercedes 280 SL Coupé kann sich ja wohl nicht einfach so in Luft auflösen? Der fällt doch auf. Vielleicht ließen sich im Kofferraum noch Spuren von ihr oder von Françoise Bourgeois nachweisen. Und Dirk, hör dich doch bitte bei den Bewohnern des Hauses am Veemarkt um. Diese schwarze Witwe muss da eine ganze Weile gewohnt haben, mit der Leiche der Bourgeois in der Tiefkühltruhe. Fahr hin, übernachte zur Not da. Streck die Fühler aus. Leb dich in die Wohnung ein. Und Sie als Frau, Nadia, Sie fahren mit.«
»Dann können die sich da aus- statt einleben«, flüsterte Walter Vereecken Pierre zu.
Jos Bosmans tat, als hätte er nichts gehört.

10

Der anthrazitfarbene BMW 725 TDS brauste auf dem Weg zum La Pieuvre noire, einem beliebten Fischrestaurant mitten in Brüssel, bereits an der Porte de Namur vorbei, als Robert Pardon schließlich als Erster den Mund aufmachte.

»Wir sehen uns nächste Woche, am selben Tag, zur selben Zeit, am selben Ort, nur in einem anderen Outfit.«

Die kühlen, sachlichen Worte aus dem Mund dieses übergewichtigen Widerlings, der sich noch vor einer knappen halben Stunde in zügelloser Wollust gewunden hatte, schreckten Michelle Bekaert aus ihrem Tagtraum auf.

»Hmhm«, antwortete sie gelangweilt und strich ihr körperbetontes flaschengrünes Kleid glatt. Befreit von Robert Pardon. Dann wäre das Leben wieder lebenswert, dachte sie. Aber sie musste durchhalten, sie brauchte ihn wegen seines Geldes – noch.

Robert, der jegliches Interesse an ihr verloren zu ha-

ben schien, konzentrierte sich auf die Straße und hätte beinahe einen Fiat Panda gerammt, dessen Fahrerin gerade das Letzte aus dem Kleinwagen herausholte, um auf der linken Spur einen Lkw zu überholen.
Er hupte provozierend und fluchte: »Typisch Frau am Steuer! Jetzt sieh dir das mal an! Kauf dir gefälligst ein richtiges Auto!«
Unbarmherzig betätigte er nun auch noch die Lichthupe und fuhr dem Panda bis an die Stoßstange auf. Als die sichtlich verängstigte Fahrerin endlich rechts rüber zog, gab er Vollgas.
Er grinste, entblößte dabei seine schlechten Zähne und zeigte der Frau demonstrativ den Stinkefinger. »In letzter Zeit bist du irgendwie nicht richtig bei der Sache, Schnuckelchen. Hast du etwa wieder mal was angestellt? Muss der liebe Robert dir helfen? Jemanden bei Gericht bestechen?«
Michelle schwieg hartnäckig und warf ihm einen giftigen Blick zu, den er sehr wohl registrierte.
Er kniff die runden Schweinsäuglein zu Schlitzen zusammen und fragte: »Oder hast du vielleicht vor, mich ebenfalls aus dem Weg zu räumen? Nur zu. Stich mir ruhig ein Stilett in den Bauch, erwürge mich oder beiß mir meinetwegen den Schwanz ab. Du gefährliches, kleines Raubtier, du!«
Die junge Frau biss die Zähne zusammen.
»Wieso sagst du nichts?«, fuhr er zunächst fröhlich fort, fügte jedoch gleich darauf drohend hinzu: »Also, darüber zerbrichst du dir deinen hübschen Kopf?«

Ein höhnisches Lachen erfüllte den Wagen. Robert Pardon, verheiratet, Vater von zwei Kindern, Politiker, Pseudo-Philanthrop und Freier mit ausgefallenen sexuellen Vorlieben, wechselte die Launen in demselben Rhythmus, wie ein normaler Mensch ein- und ausatmete. Doch schließlich verkehrte er in Kreisen, in denen sich auch die größten Feinde stets mit einem Lächeln auf den Lippen begegneten.
Michelle sagte noch immer kein Wort, worauf Robert mit einer großspurigen Geste antwortete, die für ihn absolut typisch war. Er streckte den rechten Arm aus und drehte fast schon elegant das Handgelenk wie ein Priester, der die Gläubigen einladend und zugleich zwingend zum Aufstehen mahnt. Dann sagte er mit Stentorstimme: »Sollte ich jemals unter mysteriösen Umständen ums Leben kommen, geht das gesamte belgische Establishment mit mir unter, Schätzchen.«
Als Michelle ihm einen höhnischen Blick zuwarf, relativierte er seine Ankündigung ein wenig: »Na ja, jedenfalls die Hälfte der belgischen Hautevolee.«
Seine Geliebte zuckte gleichgültig mit den Achseln und schwieg.
»Dir ist das natürlich völlig egal«, schimpfte er, und sein warmer, unangenehm riechender Atem strich ihr über den Hals. »Du denkst sowieso nur an dich. Wer sollte dir das auch verübeln? Wusstest du eigentlich, dass unsere kleine private Fotosammlung sicher aufgehoben bei einem Notar im Safe liegt, Baby?«
»Ja, ja, schon gut«, sagte Michelle beschwichtigend,

während ihre Gedanken zu jenem Benefizabend für Krebspatienten wanderte, an dem sie, in Gesellschaft der verstorbenen Nadine Versluys, ihrem Mäzen und übergewichtigen Quälgeist erstmals begegnet war. Jener verfluchte Abend, an dem die Habgier mal wieder stärker gewesen war als die Vernunft.
»Ich habe keine Angst vor dem Tod«, sagte Robert. »Wir müssen alle irgendwann sterben. Aber wenn sie dich erwischen, Kätzchen, dann wanderst du hinter Gitter. Oh, là là, und dann möchte ich nicht in deiner Haut stecken!« Sein dreckiges Lachen ging in einen trockenen Husten über.
Er schlug auf das Lenkrad, was erneut ein – wenn auch ungewolltes – Hupen zur Folge hatte. Gerade rechtzeitig beruhigte er sich und gewann die Kontrolle über die schwere Limousine wieder. Beinahe wäre er gegen die Leitplanke gefahren. »Lebe wild und gefährlich!«, rief er ausgelassen. Er legte eine Hand auf Michelles Oberschenkel, ließ die Finger zwischen ihre Beine wandern und zischte: »Ich will alles, Kätzchen! Ich will dich mit Haut und Haar!«
»Niemals! Nie im Leben!«, flüsterte sie, umklammerte seinen speckigen Unterarm mit ihrer kräftigen Hand wie mit einem Schraubstock und wandte das Gesicht ab. Sie richtete den Blick auf die vorbeihuschenden Straßenlaternen, die zu einer einzigen orangefarbenen Glut zusammenschmolzen wie ein flammendes Schwert.

11

Vicky Versavel stieß unwillkürlich einen Seufzer der Erleichterung aus. Die elegant gekleidete Frau ihr gegenüber hatte gerade leicht errötet und mit verlegen nestelnden Fingern geantwortet, dass sie keineswegs lesbisch sei. Sie wünschte, sie hätte die Frage gar nicht erst gestellt, aber ihre letzte Verabredung, die ganz offensichtlich in diese sexuelle Richtung ging, war ihr noch zu gut im Gedächtnis. Sie schien Nathalie in Verlegenheit gebracht zu haben.

»Ach, das Körperliche spielt für mich ohnehin keine große Rolle«, murmelte Michelle Bekaert mit dem Blick eines scheuen Rehs. Sie hatte dieser Vicky erzählt, ihr Name sei Nathalie. Jetzt machte sie Anstalten aufzustehen und fügte hinzu: »Jedenfalls nicht mehr.«

Ihr dralles Gegenüber sprang überraschend behende auf, wodurch ihr Pudel fast über den Wohnzimmertisch katapultiert wurde. Vicky drückte Nathalie gegen die Rückenlehne des Sofas. »Oh bitte, das war doch nicht so gemeint. Es tut mir leid. Ich habe auch kein Interesse mehr an so etwas. Allerdings wollten die Frauen, mit denen ich mich in letzter Zeit getroffen habe, immer nur das Eine.« Dabei blickte sie verschämt zu Boden.

»Sex!«, sagte Michelle Bekaert, um ihr aus der Verlegenheit zu helfen.

Vicky nickte und ließ sich wie ein abstürzender Jumbojet auf das Sofa fallen.

Michelle dachte an Roberts Wasserbett und musste grinsen. Er hatte mal wieder ein paar Fotos für seine Sammlung gemacht, und sie hatten ordentlich auf dem Bett herumgetobt. Das Spielzeug würde mindestens noch eine Woche lang Wellen schlagen. Doch sie verdrängte den Gedanken rasch wieder, um sich auf die raue Wirklichkeit zu konzentrieren, die satte Einkünfte verhieß. Nüchtern analysierte die junge Frau die Situation. *Okay, Michelle, die Beute hängt am Haken. Hier kannst du vorläufig bleiben.*

»Vorläufig« war durchaus zutreffend. Die dralle, blonde Vicky Versavel hatte nichts von der Klasse einer Françoise oder Nadine. Da war ja selbst Viktor Laplagne attraktiver gewesen. Die Frau ihr gegenüber war plump, spießig, übergewichtig, dumm und ohne jede Klasse, aber dafür offensichtlich steinreich.

Wieder lächelte sie. Es ging ihr wahrhaftig nicht um Sex. Allerdings … wie viele Kissen würde sie sich wohl unter die Kleidung stopfen müssen, um dieser Dampfwalze auch nur entfernt zu ähneln? Sie betrachtete

Vicky eingehender. Wenn man sich den unförmigen Körper und die dicken Wangen wegdachte, war sie nicht einmal unattraktiv. Aber dieser Frau gleichen? Nein. Das würde ihr nicht gelingen.

Michelle schrak aus ihren Grübeleien hoch, als der aufdringliche kleine Kläffer anfing, ihr die Wade zu lecken.

»Da, sie mag Sie schon«, sagte Vicky.

Die Besucherin überwand ihre Abscheu und streichelte dem Hund über den Kopf, der sofort auf ihren Schoß sprang und mit seinen Pfoten auf ihrem Gucci-Kostüm herumtapste. Sie spannte die Bauchmuskeln an, was dem Pudel wohl nicht behagte, denn er sprang rasch wieder über den Sofatisch und kuschelte sich in die weichen Rundungen seines Frauchens.

»Sie halten sich also regelmäßig im Ausland auf?«, fragte Vicky und nippte, den kleinen Finger abgespreizt, an ihrem Tee, während die andere Hand erneut in den Tiefen der Plätzchendose verschwand.

»In letzter Zeit nicht mehr ganz so oft«, antwortete Michelle, das Ultimatum von Robert im Hinterkopf. Sie musste zusehen, dass sie die Besuche in dessen luxuriösem Penthouse allmählich einschränkte. Dieser ungehobelte Kerl wurde immer aufdringlicher. »Ich arbeite zurzeit an einem Großprojekt hier in Belgien, daher brauche ich einen festen Wohnsitz.«

»Wo haben Sie bisher gewohnt, wenn Sie für ein paar Tage oder Wochen in Belgien waren?«

»Im Hotel.«

Vicky nickte verständnisvoll.
Gut so. Gut so, Michelle. Und jetzt aufstehen und gehen.
»Haben Sie denn viele Möbel und persönliche Gegenstände?«
Michelle musterte sie verständnislos.
»Ich meine, würden Sie viel mitbringen, wenn Sie hier einziehen?«
»Oh nein, nur ein bisschen Kleidung«, erwiderte Michelle mit unschuldiger Miene. Dann stand sie auf, zupfte lächelnd ein graues Hundehaar von ihrem Kostüm und sagte: »Ich muss jetzt wirklich gehen, ich habe noch eine Verabredung.«
Vicky starrte sie mit offenem Mund an und suchte nach den richtigen Worten. »Ein beruflicher Termin?«
Als Nathalie nicht sofort antwortete, entschuldigte sie sich: »Tut mir leid, ich weiß, das geht mich ja nichts an, aber …«
»Ist schon gut«, antwortete Michelle und nahm lässig ihren Mantel von der Garderobe. »Ja, ja, es ist beruflich.«
Als sie schon vor der Haustür stand, erreichten sie die erlösenden Worte: »Könnten wir, na ja, könnten wir uns vielleicht noch einmal treffen?«
»Natürlich, wenn Sie möchten«, antwortete Michelle leichthin.
»Nur noch eine Frage«, sagte Vicky, näherte sich Nathalie und fasste sie am Handgelenk.
»Ja?«

»Haben Sie vor, nur für ein paar Wochen hier zu wohnen, oder suchen Sie eine dauerhafte Bleibe?«
»Das hängt ganz von Ihnen ab.«
Das Gesicht von Vicky hellte sich auf, und sie fragte prompt: »Hätten Sie vielleicht morgen Abend Zeit?«
Wie eine routinierte Managerin zückte Michelle einen elektronischen Kalender aus ihrer Delvaux-Handtasche und nickte zustimmend.
»Darf ich Sie zum Essen einladen, damit wir in Ruhe alles Weitere besprechen können?«, fragte Vicky strahlend.
»Nur unter der Bedingung, dass ich Sie einladen darf.«
»Aber Nathalie!«, rief Vicky tadelnd.

12

Just in dem Augenblick, als Michelle Bekaert mit einem breiten Grinsen die monumentale Haustür hinter sich zuzog, murrte Barbara Deleu entnervt: »Jetzt setz dich doch mal hin, Dirk!«
Ihr Mann linste zum x-ten Mal nervös durch die Lamellen der Jalousie, um nachzusehen, ob seine Kollegin Nadia und ihr Freund Rutger eventuell schon vor der Tür standen.
»Ich will doch nur nicht, dass sie klingeln und damit Charlotte wecken. Dann hält die uns wieder den ganzen Abend auf Trab.«
Das »die« klang gereizter als beabsichtigt, und er konnte Barbaras Gesichtsausdruck entnehmen, dass er die Bemerkung besser hinuntergeschluckt hätte.
Deleu seufzte und ging hinüber zur Stereoanlage, die in einem selbst gemauerten Backsteinregal stand. Er legte eine CD ein und fummelte am Equalizer herum. Bei den ersten Tönen hechtete er sofort wieder an das Gerät und drehte die Lautstärke runter.

»Was ist das denn für ein Krach?«, fragte Barbara, als die Bässe durchs Wohnzimmer dröhnten.
»House«, antwortete ihr Mann grinsend.
Barbara zog die Augenbrauen hoch und stellte das Babyphon auf volle Lautstärke. »Ist das eine CD von Rob?«
»Nein, dieses Acid-Zeug, das Rob hört, kann kein Mensch ertragen.«
»Woher hast du dann die CD?«
»Habe ich eben mitgebracht, als ich das Fonduefleisch geholt habe.«
Barbaras »Hm« klang viel- und nichtssagend zugleich. Sie kontrollierte, ob das Stromkabel des elektrischen Fondues eingesteckt war, nahm die Plastikfolie von den Vorspeisen und sagte mit einem Seufzen: »Ich frage mich bloß, wie ich hinterher die Fettspritzer wieder von der Decke abkriegen soll. Warum musste es ausgerechnet Fondue sein …«
»Weil ich es gerne esse und weil es praktisch ist. Wenn du gekocht hättest, wärst du wieder den ganzen Abend nur zwischen Küche und Esszimmer hin und her gerannt. Bei einem Fondue können wir alle zusammen gemütlich am Tisch sitzen bleiben.«
Barbara reagierte nicht.
»Wir können uns doch auch viel besser unterhalten, wenn du nicht dauernd aufstehen musst«, fügte Deleu selbstzufrieden hinzu.
»Worüber soll ich mit den beiden überhaupt reden? Ich kenne sie doch gar nicht.«

»Aber Schatz, das sagst du vorher immer, und hinterher wird es dann richtig gemütlich. Außerdem wird es Zeit, dass wir unseren Freundeskreis ein bisschen erweitern und ab und zu auch mal etwas mit jüngeren Leuten unternehmen.«

»Na, dann geh doch einfach mit Rob weg. Wie alt ist deine neue Kollegin denn eigentlich?«

»So sieben- oder achtundzwanzig, glaube ich«, log Deleu, ohne zu wissen, warum. Er war nervös wie ein Sechzehnjähriger, der sich zum ersten Mal zum BH seiner Freundin vortastet.

Wenn er sich selbst gegenüber ehrlich war, musste er zugeben, dass er sich brennend dafür interessierte, was für ein Typ der Freund von Nadia war. Betrachtete er ihn etwa als Konkurrenten?

Barbara nippte an ihrem Weißwein. Als sie gerade spöttisch bemerkte, dass Nadia und ihr Freund wohl doch lieber mit Rob und seinen Bekannten ausgegangen waren, anstatt den Samstagabend mit zwei langweiligen Greisen zu verbringen, klingelte es lange und ausdauernd an der Haustür. Unmittelbar darauf ertönte durch das Babyphon ein mindestens ebenso schrilles Geschrei.

»Shit!«, stieß Deleu leise aus und eilte zur Haustür.

Rutger Desmedt, offenbar überzeugt, dass das Weinen aus dem Babyphon zu der Musik gehörte, fragte: »Lebst du alleine, Dirk?«, und schwang seine Boots lässig auf Barbaras selbstgehäkeltes Deckchen, das auf der Fußbank lag.

Nadia Mendonck tippte ihm auf die Schulter und zeigte auf das Babyphon.
»Oh, tut mir leid.«
Deleu lächelte, konnte aber einen Anflug von Enttäuschung nicht unterdrücken. Nadia hatte offenbar noch nicht viel über ihn erzählt – er hatte sie wohl nicht allzu sehr beeindruckt. *Dirk, du Idiot, was machst du dir da für Gedanken?* »Was kann ich euch anbieten?«, fragte er und stellte das Babyphon leiser.
Nadia wollte wissen, was er denn im Haus habe, ihr Freund aber sagte trocken: »Ich nehm einen Black Death.« Es klang mitnichten wie eine Frage, sondern wie eine Bestellung.
Deleu, der sich keine Blöße geben wollte, fragte: »Mit Eis oder pur?«
»Mit Eis natürlich, willst du mich umbringen?«, antwortete Rutger, drehte sich eine Zigarette und krümelte dabei ausgiebig auf das wollweiße Lammfell, das Barbara ausgesucht hatte.
»Du auch, Nadia?«, fragte Deleu lässig, während er sich fieberhaft fragte, was ein Black Death wohl sein mochte und wie er das unauffällig herausfinden konnte.
»Nein, danke, dieses Zeug krieg ich weder mit noch ohne Eis runter.«
Der Ermittler trat, noch immer mit der Frage des Drinks beschäftigt, zur Bar, als Barbara mit der kleinen Charlotte auf dem Arm das Wohnzimmer betrat. Fröhlich und hellwach blickte die Kleine die Gäste an.

Barbara gab beiden die Hand, setzte sich neben Nadia auf das Sofa und fragte: »Was suchst du denn, Schatz?«
»Äh, den Black Death.«
»Wir haben keinen Wodka im Haus.«
»Ach ja, das hatte ich ganz vergessen. Darf es auch was anderes sein?«
»Ich nehme gerne ein Glas Weißwein«, sagte Nadia.
Rutger dagegen nuschelte gelangweilt: »Okay, dann nehme ich einen Mango-Daiquiri mit einer Prise Ananaspulver.«
Seine Freundin stieß ihn grob an, worauf er übertrieben laut »Autsch!« rief und dann dem kichernden Baby, das ihn mit großen Augen musterte, über das Köpfchen streichelte.
Deleu ahmte mit der rechten Hand eine Pistole nach, zielte auf Rutger und tat so, als drücke er den Abzug.
Da sagte Nadias Freund: »Hast du vielleicht was von den Stones da anstatt dieses Gejaule?«
Der Ermittler empfand eine plötzliche Sympathie für diesen grobschlächtigen, ungehobelten Bären und hoffte das Eis bald zu brechen.

Als Nadia eine ganze Weile später wieder an der Reihe war, die noch immer putzmuntere Charlotte auf den Schoß zu nehmen, sagte Rutger, ganz offensichtlich schon angeheitert, zu Deleu: »Echt, du fährst eine Harley? Eine Harley – du?«
»Sehe ich denn so spießig aus?«, fragte dieser gespielt gekränkt zurück.

»Los, Kumpel, wo steht das Ding?«, fragte Rutger und wischte sich den fettigen Dreitagebart mit dem Handrücken ab.
Noch bevor Deleu reagieren konnte, sah sein Gast sich schon überall suchend um, bis er die Tür zur Garage entdeckte. Er ließ die Fonduegabel fallen und ging schnurstracks darauf zu.
Ein wenig abfällig sagte er: »Die steht doch bestimmt ordentlich in der Garage? Mit einer Plane drüber. Schönwetterfahrer, was? Harley-Fahrer sind doch sowieso keine richtigen Biker. Wenn du mit so einem Ding zur Arbeit müsstest, bräuchte man nur der Ölspur zu folgen. Und den Teilen, die durch die Vibration von der Kiste abfallen.«
»Wie du meinst«, antwortete der Ermittler pikiert und setzte sich provokativ wieder hin.
Rutger starrte ihn einen Moment erstaunt an und brach dann in schallendes Gelächter aus, woraufhin Charlotte prompt zu weinen anfing. Nadias vernichtender Blick prallte an Rutgers Rücken ab. Er und Deleu waren bereits auf dem Weg in die Garage.
Barbara hörte noch, wie ihr Mann zum x-ten Mal erklärte, dass die Sache mit dem Ölverlust ein Ammenmärchen sei und lediglich die Kette ständig vom Kurbelgehäuse aus mit einem Öltropfen geschmiert würde.
»Grobian!«, zischte Nadia und legte das strampelnde Baby vorsichtig in Barbaras sichere Hände. »Du übernimmst jetzt wohl besser wieder.«

»Bist du noch nicht so weit, oder wollt ihr keine Kinder?«
»Ach doch, ich hätte schon gerne welche. Aber Rutger hat noch zu viele Flausen im Kopf.«
»Wie alt bist du eigentlich, Nadia?«
»Fast fünfundzwanzig.«
»Und, wie gefällt dir die Arbeit? Bestimmt bist du gerade erst mit der Uni fertig.«
»Es macht mir schon Spaß. Ich bin froh, dass ich mein Wissen endlich in die Praxis umsetzen kann.«
»Manchmal ist es ganz schön hart«, seufzte Barbara. »Dirk wurde schon zwei Mal schwer verletzt. Und dann diese schrecklichen Fälle, mit denen ihr euch beschäftigen müsst. Ich darf gar nicht daran denken. Andererseits: Irgendjemand muss es ja tun.«
»Stimmt, irgendjemand muss es tun. Und dass es ein gefährlicher Beruf ist, dessen bin ich mir bewusst. Viel größere Sorgen mache ich mir um Rutger, der ist ein richtiger Draufgänger. Wie der manchmal mit seiner Kawa durch die Gegend heizt ... Aber wehe, ich sage auch nur einen Ton.«
»Ja, damit gießt man bloß Öl ins Feuer«, pflichtete Barbara ihr bei, »das kenne ich. Obwohl Dirk vorsichtig fährt. Ich glaube, er kann mit der Maschine gar nicht richtig umgehen.«
»Dann hoffe ich, dass Rutger ihn nicht zu einer Spritztour überredet ...«
»Darauf geht Dirk sicher nicht ein, schließlich hat er was getrunken ...«, antwortete Barbara, doch ihre

letzten Worte gingen in dem ohrenbetäubenden Lärm zweier startender Motorräder und dem Gebrüll von Charlotte unter, die heftig erschrocken war.

»Verdammt!«, fluchte Barbara.

Nadia zuckte nur gottergeben mit den Schultern.

13

War Nadine Versluys lesbisch, Jos?«, fragte Deleu und legte dabei die Füße nachlässig auf dessen Schreibtisch.
Sein Chef bedachte ihn für sein dreistes Benehmen mit einem vernichtenden Blick, was den Ermittler jedoch nicht dazu bewog, seine bequeme Position aufzugeben.
»Nicht, dass ich wüsste, aber hundertprozentig sicher können wir nicht sein. Sie war eine Einzelgängerin, die sich zwar regelmäßig auf allerlei Jetset-Partys blicken ließ, aber keine feste Beziehung hatte. Ihr Nachbar behauptet also, er habe mehrmals einen BMW mit Diplomatenkennzeichen vor der Tür stehen sehen?«
»Genau«, antwortete Nadia Mendonck mit Nachdruck, als wolle sie dieses Gespräch unter Männern ein- für allemal beenden. »Der Wagen gehört einem gewissen Robert Pardon, einem führenden Politiker der Sozialistischen Partei. Wir haben bisher nichts Kompromittierendes über ihn herausgefunden, weder

in unseren Akten noch im Zuge von Recherchen bei der Opposition.« Ihr anschließendes Zwinkern wirkte dennoch ein wenig zu dick aufgetragen.
Bosmans hob mahnend die Augenbrauen, schenkte sich kopfschüttelnd noch einen Schuss Armagnac ein und hielt Deleu einladend die halb volle Flasche hin.
»Für mich nur einen ganz kleinen«, sagte Nadia Mendonck lakonisch.
»Ich hoffe, Sie haben nicht zu viel Staub aufgewirbelt. Ein Gläschen hiervon würde sonst wohl nicht reichen, um die Gemüter zu beruhigen«, erwiderte Bosmans grinsend.
Die Angesprochene zuckte mit den Achseln.
»Laut Laborbericht haben sich im Abfluss des Waschbeckens Barthaare befunden, und die Toilettenbrille war mit Urinspritzern beschmutzt«, berichtete Deleu. »Das ist mir übrigens schon bei unserer Wohnungsbegehung aufgefallen. Also sind durchaus ab und zu Männer zu Besuch gekommen.«
»Ich habe die Spritzer auf der Klobrille gar nicht bemerkt«, sagte Nadia Mendonck ein wenig pikiert. »Man darf dich wirklich nicht unterschätzen. Aber warum hast du mich nicht schon in der Wohnung darauf aufmerksam gemacht?«
»Hätten Sie denn sofort gesehen, dass es Männerurin war?«, fragte Bosmans ziemlich direkt.
»Nein, aber Frauen urinieren nur selten auf die Klobrille«, antwortete die junge Kollegin schroff. Sie fühlte sich schon wieder auf den Schlips getreten. »Mein

Freund tut so was übrigens auch nicht«, fügte sie noch hinzu. »Der muss sich nämlich hinsetzen. Sauerei auf der Klobrille gibt's bei mir nicht.« Selbstbewusst sah sie von Bosmans zu Deleu und wieder zurück.

Die beiden Männer warfen sich einen vielsagenden Blick zu und mussten sich krampfhaft das Lachen verkneifen.

Nadia spürte das und flüsterte erbost: »Männer … allesamt Machos!« Gekränkt wandte sie sich ab.

»Also waren die Flecken auf Rutgers Boots doch Ölflecken!«, prustete Deleu los.

Nadia wartete geduldig, bis sein Lachanfall vorbei war, und fragte dann knochentrocken: »Und wer soll Robert Pardon beschatten?«

»Der Auftrag ist bereits vergeben«, sagte Bosmans, der überraschend schnell die Beherrschung wiedergewann. »Pierre und Jef Vanderkuylen sind schon unterwegs. Sie wechseln sich ab, rund um die Uhr.«

»Woher wussten Sie denn, dass …?«

»Dirk hat mich vom Handy aus angerufen«, antwortete Bosmans, woraufhin Nadia Mendonck ihrem Kollegen einen Blick zuwarf, der selbst eine Giftschlange ins Bockshorn gejagt hätte. Mit einem Ruck drehte sie sich um und starrte das Bücherregal an, dessen Bretter sich im Laufe der Zeit unter der verstaubten Enzyklopädie durchgebogen hatten.

»Entschuldige«, sagte Deleu, und es klang aufrichtig. Vorsichtig berührte er ihre Schulter. »Du hast recht, Nadia, das war nicht richtig. Aber es hat nichts damit

zu tun, dass du eine Frau bist. Kollegiale Zusammenarbeit war noch nie meine Stärke. Ich verspreche, dass ich mir in Zukunft mehr Mühe geben werde. Okay?«
»Entschuldigung angenommen«, antwortete Nadia. Noch während sie in die ausgestreckte Hand des Ermittlers einschlug, sagte Jos Bosmans: »Eben habe ich mit Monsieur Lacante gesprochen, dem Chef der Sûreté. Allerdings hat er nicht sonderlich viele Informationen in Zusammenhang mit der Brandstiftung vor drei Jahren rausgerückt. Dass er mich höchstpersönlich angerufen hat, verheißt im Übrigen nichts Gutes. Aller Wahrscheinlichkeit nach ist den Franzosen vor drei Jahren bei den Ermittlungen ein kapitaler Fehler unterlaufen. Ich bleibe auf jeden Fall dran.«
Das Telefon klingelte.
»Bosmans!«, meldete sich der Untersuchungsrichter gewichtig wie immer.
»Hm.«
»Hm.« Er zog an der Zigarette, die er sich gerade angezündet hatte.
»Verdammt noch mal, Vanderkuylen, das darf doch wohl nicht wahr sein!«, tobte er dann, strich sich verzweifelt über das schüttere Haar und biss sich auf den Zeigefinger.
»Dann fahren Sie zu ihm nach Hause! Ja, natürlich jetzt sofort! Oder wollten Sie vorher noch mit dem Hund raus?«
»Ja! Stellen Sie sich irgendwo unauffällig hin und observieren Sie das Haus!«

Bosmans warf den Hörer auf den Apparat und fluchte ausgiebig. Dann warf er die zur Hälfte gerauchte Belga auf den Boden und zertrat sie wüst mit dem Absatz.
Die fragenden Blicke der Anwesenden trugen nicht gerade dazu bei, seine Laune zu verbessern. Er zündete sich eine neue Zigarette an und erklärte widerwillig, was geschehen war. Der Vogel war schon in der ersten Nacht ausgeflogen.
Jef Vanderkuylen war dem BMW Robert Pardons gefolgt, doch als der Wagen nach einer Fahrt von etwa einer Stunde vor der Brüsseler Börse hielt, stellte sich heraus, dass nicht etwa der Politiker darin saß, sondern ein Unbekannter. Wahrscheinlich einer seiner Lakaien. Der Mann war ausgestiegen, hatte hämisch grinsend eine Zigarette geraucht und war anschließend in aller Gemütsruhe wieder zurück nach Leest gefahren, Pardons Wohnort. Dort stellte er den BMW in die Garage. Von Robert Pardon dagegen keine Spur.
»Aber wie ist das möglich?«, fragte sich Deleu laut. »Woher hat der Kerl geahnt, dass wir ihn beschatten? Niemand wusste von der Aktion, außer …«, er warf Nadia einen kurzen Blick zu, »uns beiden.«
»Das stimmt nicht ganz«, erwiderte Bosmans. »Ich bin eben bei Claude Verspaille gewesen.«
»Na, dann weiß es natürlich Gott und die Welt«, fiel Deleu ihm ins Wort.
Bosmans zuckte händeringend mit den Achseln und fluchte erneut.
»Vielleicht kann ich einspringen«, schlug Nadia vor.

»Mich kennt noch niemand. Ich könnte ihn täuschen.«
Die beiden Männer musterten sie erstaunt.
»Doppelte Deckung – eine sehr effiziente Taktik. Damit sind die Franzosen Fußballweltmeister geworden.«
»Du interessierst dich für Fußball?«, fragte Deleu erstaunt.
Jos Bosmans' Stirnfalten vertieften sich bedenklich, doch Nadia Mendonck antwortete zuckersüß: »Nicht im Geringsten. Weibliche Fußballfans sind genauso selten wie Nymphomaninnen. Allerdings habe ich in harten Zeiten gelernt, meine Feinde mit ihren eigenen Waffen zu schlagen. Und Rutger ist genauso fußballverrückt wie alle anderen Männer auch.«
»Das ist aber ein Vorurteil!«, warf Jos Bosmans ein und klopfte sich selbstsicher auf das ungebügelte Hemd. »Nicht alle Männer interessieren sich für Fußball!«
»Rutger behauptet, alle Männer, die nicht die Fußballweltmeisterschaft im Fernsehen verfolgen, seien automatisch schwul«, entgegnete Nadia ungerührt.
Bei diesem Pauschalurteil rutschte Bosmans nervös auf seinem Stuhl hin und her, doch er hielt wohlweislich den Mund.
»Na schön, aber jetzt sparen Sie sich mal das Geplänkel für die Kaffeepause. Observieren Sie Robert Pardon, aber gehen Sie bitte keinerlei Risiko ein!«
»Was soll das heißen, Chef?«, fragte Nadia heiser, und

hinter dem Schlitz ihres knöchellangen Kleides blitzte ein elegant wippender Unterschenkel hervor. »Eins zu eins?«

»Ab durch die Mitte!«, befahl Bosmans.

Sofort machte sich die junge Kollegin auf den Weg.

»Augenblick noch!«, rief Bosmans, und sie blieb noch einmal stehen.

»Ja?«

»Wissen Sie überhaupt, wie Pardon aussieht und wo er wohnt?«, fragte Bosmans grinsend. Zum ersten Mal, seit Deleu sie kannte, lief Nadia Mendonck rot an. Der Untersuchungsrichter warf ihr eine graue Mappe zu und ergänzte amüsiert: »Hier finden Sie alles, was wir über ihn wissen. Sogar gegen welchen Baum er am liebsten pinkelt!«

Sie fing die Mappe geschickt auf, salutierte, sagte: »*Merci, patron*«, und verschwand.

»Fingerabdrücke?«, brummte Bosmans, ohne seinen alten Weggefährten anzusehen.

»Keine drei brauchbaren. An der Unterkante des Gefrierschranks waren noch ein paar, aber ich befürchte, das reicht nicht. Die Wohnung wurde offenbar gründlich gereinigt.«

»Bitte die Kollegen im Labor noch mal ausdrücklich, alles zu tun, um aus dem Material etwas herauszuholen. Ich möchte wissen, ob die Fingerabdrücke auf dem Bankschließfach dieselben sind wie die in der Wohnung von Nadine Versluys. Ich denke da an ein Paar, Dirk. Mann und Frau.«

»Wie kommst du darauf?«, fragte dieser, während er sich lauwarmen Kaffee in einen mitgenommenen Plastikbecher einschenkte.
»Ist nur so ein Gefühl«, antwortete Bosmans.
Deleus Gesichtsausdruck spiegelte eine Mischung aus Abscheu und Unglauben wider. Ersteres hatte mit dem Kaffee zu tun, das zweite mit dem, was der Untersuchungsrichter gerade gesagt hatte. Der Ermittler wartete schweigend auf eine Erklärung. Aus Erfahrung wusste er, dass sein Freund nie etwas Unüberlegtes sagte und sich unter keinen Umständen von seinen Gefühlen leiten ließ.
»Andererseits ...«, verwarf Bosmans seinen eigenen Denkansatz. »Wenn die Opfer von einer Frau angelockt werden, wozu sollte dann noch ein Mann ins Spiel kommen? Irgendwie scheint die ganze Sache einen lesbischen Beigeschmack zu haben. Was wiederum nur ein Ablenkungsmanöver sein könnte. Verdammt, ich werde einfach nicht schlau daraus. Was hat nur dieser Pardon damit zu tun? Wusstest du, dass er vor ungefähr einem Jahr mit der SM-Szene in Verbindung gebracht wurde?«
»Hm ...«
»Damals hat es einen Toten gegeben. Würgespielchen. Während die Ermittlungen liefen, habe ich Robert Pardon zufällig bei einer Wohltätigkeitsveranstaltung getroffen. Er saß mir genau gegenüber. Ich habe ihm ganz nebenbei mal auf den Zahn gefühlt und bin mir sicher, dass er etwas auf dem Kerbholz hat. Ich hätte

den Fall gerne übernommen, habe ihn aber nicht bekommen. Verspaille hat seinen alten Duzfreund Belleville, der ihm aus welchem Grund auch immer aus der Hand frisst, mit den Ermittlungen beauftragt. Der hat die Sache dann auf die lange Bank geschoben, bis sich die Wogen wieder geglättet hatten. Die Ermittlungen sind schließlich im Sande verlaufen. Damals warst du schon suspendiert, stimmt's?«

»Wie bitte?«, fragte Deleu, ganz in Gedanken. »Meinst du, wir könnten eine DNA-Analyse anhand der Urinspuren durchführen lassen? Ob sich darin wohl genügend Genmaterial finden lässt?«

Bosmans trommelte nervös mit den Fingern auf dem Schreibtisch herum und nahm einen großen Bissen von dem vertrockneten Brötchen in seiner stets offen stehenden Brotdose.

»Keine Ahnung, aber sicherlich lohnt sich ein ernsthafter Versuch.« Bosmans musterte seinen Freund forschend. »Wie geht es eigentlich Barbara? Und der Kleinen?«

»Oh, gut. Man gewöhnt sich an alles«, antwortete Deleu zurückhaltend und konterte dann: »Und bei Maud und dir?«

»Sehr gut! Sie kann ohne den Sex schon nicht mehr leben«, antwortete Bosmans zwischen zwei Bissen leichthin. Deleu wusste, was jetzt kommen würde. »Eine üble Durststrecke für Männer, was? Man fühlt sich irgendwie in den Hintergrund gedrängt.«

Die beiden Männer tranken schlürfend ihren lauwar-

men Kaffee. Eine unbestimmte Spannung lag in der Luft, wie vor einem Examen, wenn der Kandidat darauf wartet, ob sein Vorgänger geknickt aus dem Raum geschlichen oder stolz dahermarschiert kommt. Beide spürten es, sagten aber nichts.
»Wie klappt eigentlich die Zusammenarbeit mit unserem Neuzugang?«, fragte Bosmans als Nächstes.
Deleu wusste ganz genau, worauf sein Freund hinauswollte, denn er mischte sich nur zu gern in alles ein. Offenbar hatte er wieder mal vor, ihm, einem reifen, lebenserfahrenen Mann über vierzig, die Leviten zu lesen. Oder vielmehr ihn zu bemuttern. Oder zu warnen? Der Ermittler beschloss, sich auf das Spielchen einzulassen.
»In den ersten Tagen war sie noch ein bisschen gehemmt, aber seit wir zusammen im Bett waren, klappt es besser«, sagte er gleichmütig.
Bosmans schnappte nach Luft und verschluckte sich an seinem kalten Kaffee.
»Raus mit dir!«
Deleu stand lachend auf und schlüpfte in seinen Mantel.
»Komm nachher bloß nicht zu mir gerannt, wenn du dir die Finger verbrannt hast! Du weißt ja: Wer mit dem Feuer spielt …«
»… ist ein Pyromane«, vollendete Dirk Deleu den Satz.
Jos Bosmans stand auf und schlug seinem Kollegen so fest auf den Rücken, dass dieser husten musste.

»Wir brauchen Erfolge!«
»Ich weiß, Jos. Was ist bisher an die Presse durchgesickert?«
»Noch gar nichts. Eigentlich erstaunlich. Claude Verspaille, der sonst immer gleich vor den Fotografen herumstolziert wie ein Gockel und den Kopf in den Sand steckt, sobald es brenzlig wird, schweigt wie ein Grab. Sehr merkwürdig. Ich habe das unangenehme Gefühl, als würde ich von allen Seiten bei der Arbeit behindert.«
»Was willst du damit sagen?«, fragte Deleu besorgt.
»Wenn ich das nur wüsste. Noch habe ich keine konkreten Hinweise, aber meiner Meinung nach soll da irgendeine üble Schweinerei unter den Teppich gekehrt werden. Genau wie bei dem SM-Fall.«
»Hat Verspaille dich damals von dem Fall abgezogen?«
»Nicht so direkt. Er behauptete, er habe Belleville bereits damit beauftragt. Aber der ist aus allen Wolken gefallen, als ich ihn daraufhin ansprach. Pardon und Verspaille. Politiker unter sich. Du weißt schon …«
»Warum hat er dich dann diesmal als Untersuchungsrichter eingesetzt?«, fragte Deleu und fügte seufzend hinzu: »Das Ganze ist mir ein Rätsel.«
»Darüber zerbreche ich mir jetzt schon seit über einer Woche den Kopf. Aber wir werden ja sehen.«
Deleu warf seinen Mantel wieder über die Garderobe und setzte sich mit besorgter Miene rittlings auf den noch warmen Stuhl.

Bosmans sah ihn abwartend an, seufzte und trank langsam den letzten Rest Kaffee aus. Das kräftige Kinn in die rechte Hand gestützt, ließ er den Blick durch das Büro schweifen, und seine volle Unterlippe bewegte sich kaum, als er sagte: »Wir sollten uns lieber auf den Fall konzentrieren, Dirk. Zwei junge Frauen Anfang dreißig, beide wohlhabend und einsam, die sich obendrein stark ähneln, werden ermordet und grausam verstümmelt. Nadine Versluys wird durch Zufall enthauptet in den Docks gefunden, Françoise Bourgeois wird halb verwest im Badezimmer der Versluys entdeckt, nachdem sie Gott weiß wie lange in deren Tiefkühltruhe gelegen hatte. Die Konten von Nadine Versluys wurden geplündert, und obwohl wir bis jetzt keinerlei Zusammenhänge zwischen den beiden leicht exzentrischen Frauen entdeckt haben, hat die eine zugunsten der anderen eine Lebensversicherung abgeschlossen, die ausbezahlt wurde, nachdem die Begünstigte längst tot war.« Er rieb sich nachdenklich über den Dreitagebart. »Meinst du nicht, dass wir den Versicherungsmakler und den Filialleiter der ASB-Bank noch mal etwas genauer unter die Lupe nehmen sollten?«

Deleu, der instinktiv spürte, worauf sein Freund hinauswollte, zündete sich eine Zigarette an und blies den Qualm zu der ehemals weißen und inzwischen ockerfarbenen Zimmerdecke. Er sah den bläulichen Rauchschwaden hinterher, bis sie als dünner Nebel unter der Decke schwebten, und sagte dann: »Du glaubst also, dass ein Zusammenhang zwischen dem Bankdirektor, diesem Makler und dem Mörder oder vielmehr der Mörderin besteht?«

»Ja, ich glaube sogar an eine Verbindung zu Robert Pardon. Die Frauen sind tot, und es gibt keine Erben. Niemand wird Anspruch auf dieses Geld erheben.«

Nachdenklich befühlte Deleu eine Unebenheit im Gesicht. »Klingt plausibel, da könnte durchaus was dran sein. Der Versicherungsmakler kommt auf jeden Fall in Frage. Der hat nur einen Mitarbeiter, noch dazu eine Halbtagskraft, und Freiberufler haben keine festen Arbeitszeiten. Aber die Bankangestellten? Dann müsste auch der Anlageberater, dem ich zu Hause auf den Zahn gefühlt habe, an dem Komplott irgendwie beteiligt sein.« Er stieß einen tiefen Seufzer aus.

Jos Bosmans erwiderte: »Du glaubst doch nicht im Ernst, dass die Mörderin – gehen wir einfach mal weiterhin von einer Frau aus – es schafft, ohne fremde Hilfe an das Geld zu kommen? Wie denn? Mit einem gefälschten Ausweis? So etwas gibt's nur in Groschenromanen. Hast du gesehen, wie die Bank gesichert ist? Ohne die nötigen Referenzen kannst du da nicht mal Geld von deinem eigenen Konto abheben!«

Der Untersuchungsrichter stieß einen tiefen Seufzer aus, woraus Deleu schloss, dass das Gespräch beendet war. Er stand auf, nahm erneut seinen Mantel von der Garderobe und verließ, ohne ein weiteres Wort zu sagen, das stickige und nach schalem Rauch stinkende Büro.

»Die Fingerabdrücke in der Wohnung und bei der Bank! Nur die können uns Aufschluss geben. Geh morgen früh auf jeden Fall noch mal im Labor vorbei!«, rief Bosmans ihm nach.

14

Nadia Mendonck saß am Steuer ihres ockerfarbenen Clios, den sie schräg gegenüber der Villa Lobo, dem exklusiven Domizil von Robert Pardon in Leest bei Mechelen, geparkt hatte. Sie beobachtete die Einfahrt des immensen, fast 6000 Quadratmeter großen Grundstücks, das ringsum von einer meterhohen Ligusterhecke umgeben war. Als sie die Infrarotkameras auf dem schmiedeeisernen Flügeltor entdeckte, vermutete sie, dass das Anwesen hinter der Hecke zusätzlich durch einen Elektrozaun gesichert war.

Sie biss von ihrem bereits durchgeweichten Vollkornbrötchen ab und kaute kräftig. Der Wohnsitz des Politikers erinnerte sie an die Villa von Al Pacino in dem Film *Scarface*.

Die Kriminalkommissarin trank einen Schluck von ihrer Fanta und stellte sich vor, dass sich hinter diesen Mauern zwar weniger heroische, dafür aber umso mehr kriminelle Machenschaften abspielten. Sie rieb die Hände aneinander, denn im Wagen war es nach einer Stunde des Wartens eiskalt geworden. Sie dachte an Françoise Bourgeois, stellte sich vor, wie es sich anfühlen musste, bei lebendigem Leib tiefgefroren zu werden, und erschauerte. Aus Angst, ihre Anwesenheit zu verraten, wagte sie es jedoch nicht, den Motor anzulassen. Seufzend rieb sie sich mit den klammen Händen über den Rücken.

Ihre Gedanken schweiften zu Rutger ab, der darauf bestand, auch bei diesem mehr als schlechten Wetter mit dem Motorrad unterwegs zu sein. Dieser Idiot, dieser unwahrscheinlich attraktive Idiot. Die Deleus zu besuchen und dann gleich sturzbetrunken nachts mit dem Motorrad durch die Gegend zu brettern! Ihr Kollege wäre um ein Haar aus der Kurve geschleudert worden. Irgendwie hatte er ja was, dieser Dirk Deleu, er war schon schnuckelig. Und dann diese Nase! Dabei sah Rutger zehnmal besser aus, auch wenn er sich dessen nicht bewusst war.

Rutger Desmedt, wenn du auch nur ein bisschen mehr Verantwortungsbewusstsein hättest ... Wie soll das nur werden, wenn wir mal Kinder bekommen?

Kinder. Sie hatte sich lange gefragt, ob sie wirklich welche haben wollte. Hatte sie schon zu lange gewartet? *Was, wenn es jetzt nicht mehr auf Anhieb klappt?* Rutger hatte ihr auf seine typische Art und Weise bereits klargemacht, dass er nicht bereit wäre, alles daranzusetzen, ein Kind zu bekommen. Auf die Frage, was er damit meine, hatte er ziemlich verächtlich auf Nadias Freundin Pascale verwiesen, die notfalls den

Wecker auf drei Uhr morgens gestellt hätte, um den bestmöglichen Zeitpunkt nicht zu verpassen.
Pascale und ihr Mann Herman hatten sich schließlich für eine künstliche Befruchtung entschieden, aber auch diese aufwendige und kostspielige Methode hatte bisher nicht zum Erfolg geführt. *Pascale ist jetzt fünf Jahre älter als ich ... Ach, wir werden schon sehen. Noch habe ich genug Zeit. Andererseits ...*
Dirks Tochter ist ja so süß, ein niedliches, kleines Mädchen. So ein wunderhübsches Baby, und das, obwohl Barbara ... Wie alt ist sie noch mal? Vierzig, stimmt. Sie hat behauptet, in dem Alter bekomme man meist intelligente Kinder. Wenn das so ist, sollte ich mit Rutger als Vater besser noch ein paar Jahre warten. Wenn er doch nur ein kleines bisschen ehrgeiziger wäre! Es steckt so viel in ihm, nur macht er einfach nichts daraus. Er gibt sich viel zu schnell zufrieden.
Nadia Mendonck betrachtete sich im Spiegel, bewunderte ihr hübsches Gesicht und dachte: Na ja, so schlimm ist es nun auch wieder nicht.
Sie wurde aus ihren Überlegungen gerissen, als ein Taxi um die Ecke bog und genau vor dem Tor der Villa hielt. Nadia machte sich so klein wie möglich und schob das halbe Brötchen ins Handschuhfach. Ihre Brust hob und senkte sich heftig. Sie versuchte, durch das Lenkrad hindurchzuspähen, sah aber nur zwei undeutliche Gestalten, die sich ab und zu bewegten.
Es dauerte eine Ewigkeit, bis endlich etwas geschah. Das schwere Tor schwang geräuschlos auf, und eine

hochgewachsene Blondine stieg aus dem Mercedes und verschwand rasch durch die sich bereits wieder schließenden Flügel.

Nadia Mendonck klopfte sich auf beide Wangen und zermarterte sich das Gehirn. *Was nun? Deleu anrufen, oder doch Bosmans?* Robert Pardons Frau war es nicht, denn die hielt sich zusammen mit den beiden Kindern im Ferienhaus der Familie in den Ardennen auf. Das hatte sie vor kurzem noch überprüft. Vorsichtig richtete sie sich wieder auf und sah dem davonfahrenden Wagen nach.

»Mist!«, rief sie dann lauter als beabsichtigt. »Das Nummernschild!« Sie kniff die Augen zusammen, schaltete den Scheibenwischer ein und rieb über die beschlagene Windschutzscheibe. ERT 654 notierte sie rasch auf dem vergilbten Papier ihres Memoblocks, der mit einem Saugnapf an der Scheibe befestigt war. Die Tinte ihres Mont-Blanc-Füllers, den Rutger ihr geschenkt hatte, als sie in Löwen studierte, war noch nicht trocken, da schwang das Tor wieder auf, und ein anthrazitfarbener BMW schoss mit quietschenden Reifen heraus. Am Steuer saß die Blondine, die gerade erst angekommen war. Ob noch jemand im Wagen war, konnte sie auf die Schnelle nicht erkennen.

Nadia ließ den Motor an, gab Gas und spürte, wie das Adrenalin durch ihre Adern pulsierte. Dafür hatte sie all die Strapazen während der Ausbildung auf sich genommen. Das war die spannende, die echte Polizeiarbeit. Gleich an der ersten Kreuzung am Ende der dicht

bepflanzten Allee hatte sie den BMW aus den Augen verloren. Ratlos blickte sie nach rechts und links. Schließlich fuhr sie in Richtung Mechelen, denn sie wusste, dass es dort gleich auf die Autobahn Antwerpen–Brüssel ging. Wahrscheinlich fuhr die Frau nach Brüssel, wo Pardon eine Wohnung haben musste. Allerdings wusste niemand, wo diese sich befand, und sie nahmen an, dass er die Wohnung unter einem falschen Namen gemietet hatte.
Beinahe hätte Nadia eine scharfe S-Kurve nicht erwischt, und ihr Herz setzte für einen Schlag aus. Schlingernd raste sie über die Auffahrt der E 19 auf die Autobahn in Richtung Brüssel. Der dunkle Punkt in der Ferne war sicher der graue BMW.
Obwohl die junge Kommissarin das Gaspedal durchtrat, gewann die schwere Limousine einen immer größeren Vorsprung. Es war ein ungleicher Kampf; nicht David gegen Goliath, sondern Hase gegen Gepard. Verzweifelt angelte sie nach ihrer Handtasche, die in der Kurve vom Beifahrersitz in den Fußraum gerutscht war. Als es ihr nicht gelang, klemmte sie bei 156 Stundenkilometern das Lenkrad mit dem linken Oberschenkel fest, wodurch sie beinahe ins Schleudern geraten wäre. Sie zog das rechte Bein an und versuchte mit beiden Händen den Schnürsenkel aufzuknoten. Als es ihr beim dritten Ansatz endlich gelang, kickte sie den Schuh auf den Beifahrersitz und hievte die Handtasche mit den Zehen stöhnend neben sich. Der Schweiß lief ihr in Strömen über die Stirn.

Der BMW war inzwischen kaum noch zu erkennen. Sie konnte ihn lediglich wegen des dritten Bremslichts in der Heckscheibe verfolgen, das jedes Mal kurz aufleuchtete, bevor der Fahrer die Spur wechselte. Da es ihm zu langsam voranging, fuhr er im Slalom durch den dichten Verkehr.
Nadia wühlte in der Handtasche herum und erstarrte plötzlich. Sie fand nicht, was sie suchte. Mist, sie hatte ihr Handy vergessen! Es hing noch zu Hause am Ladegerät. Sie fuhr auf den Standstreifen und hielt mit quietschenden Reifen nur zwanzig Meter hinter einer Notrufsäule an.
»Jos Bosmans. Ja, den Untersuchungsrichter. Warten Sie, ich gebe Ihnen seine Handynummer.«
Sie ließ den Hörer klappernd gegen den Metallkasten baumeln und rannte zu ihrem Wagen. Aus der Handtasche, die schon wieder auf dem Boden lag, kramte sie ihr meergrünes Notizbuch hervor und eilte zur Säule zurück.
»Die Nummer lautet, 075/44545. Ja. Jos Bosmans.«
»Ja, verdammt noch mal! Wie heißen Sie?«
»Ja! Ja, Versnick! Jetzt sofort! Es ist dringend!«
»Jetzt hören Sie mir mal gut zu! Sie holen mir sofort den Untersuchungsrichter ans Telefon. Es ist mir völlig egal, wie, und wenn hier nicht innerhalb der nächsten fünf Minuten das Telefon klingelt, können Sie demnächst auf dem Meiserplein den Verkehr regeln!«
Sie knallte den Hörer auf die Gabel und knabberte mit erhitztem Gesicht an den Fingernägeln, eine schlechte

Angewohnheit aus ihrer Kindheit, die sie sich nie abgewöhnt hatte. Nervös trommelte sie auf dem Metallgehäuse der Notrufsäule herum und überlegte, Dirk Deleu ebenfalls anrufen zu lassen, ließ es dann aber lieber sein. Wenn Bosmans zurückrief, durfte nicht besetzt sein.

Nach vier nervenaufreibenden Minuten schreckte ein metallisches Klingeln sie auf. »Hallo?«

»Ja, Chef, ich bin's, Nadia!«

Die junge Ermittlerin legte sofort los.

Jos Bosmans besaß genügend Berufserfahrung, um ihren Redefluss nicht zu unterbrechen und aus ihrer unzusammenhängenden Geschichte einigermaßen schlau zu werden. Als sie geendet hatte, sagte er nur: »Kommen Sie in mein Büro.«

»Aber wir müssen Pardons Wagen anhalten! Da sitzt eine verdächtige Blondine drin, vielleicht die Mörderin!«

»Nadia!«, befahl Bosmans autoritär. »Ich habe keine Zeit für nutzlose Diskussionen. Kommen Sie umgehend in mein Büro. Oder wollen Sie von morgen an den Verkehr auf dem Meiserplein regeln?«

Noch bevor Nadia, deren Augen geradezu Funken sprühten, darauf reagieren konnte, wurde die Verbindung unterbrochen. Sie schnappte nach Luft, sprang in ihren Wagen, fuhr los, ohne auf den Verkehr zu achten, ignorierte die hupenden und schimpfenden Autofahrer und raste mit Vollgas in Richtung der nächsten Ausfahrt.

15

Theo Dewit trommelte mit den Fingern nervös auf dem betagten Funkgerät herum, von dem die gelbe Farbe bereits abblätterte. Dieser Idiot von De Meyer antwortete nicht. Wo trieb sich dieser Nichtsnutz denn schon wieder während der Arbeitszeit herum? Die Bullen am Telefon. Ein leibhaftiger Untersuchungsrichter noch dazu. So ein Mist, negative Schlagzeilen konnten sie nun wahrlich nicht gebrauchen.
Der Abendschichtleiter bei Super Taxi drückte auf die Sprechtaste und brüllte: »De Meyer, hier Dewit. Melde dich endlich, verdammt noch mal!«
Er ließ die Taste los, und als ein Krächzen aus dem Lautsprecher ertönte, kam ein Seufzer der Erleichterung über seine Lippen, zwischen denen stets ein Stück Rolltabak steckte, seitdem er das Rauchen aufgegeben hatte.
»Hallo, hier Carl De Meyer!«, ertönte es fröhlich über Funk.
Na super, dachte Dewit und kaute frustriert auf dem

Tabak herum. Für wen hält der sich? Wenn er nicht aufpasst mit seinem großen Mundwerk, kann er ganz schnell wieder stempeln gehen.

»Wo treibst du dich rum, De Meyer? Ich versuche dich schon seit mindestens einer Viertelstunde zu erreichen!«

»Ich war mal für kleine Jungs, Theo«, antwortete De Meyer munter, »auch einfache Fahrer müssen ab und zu ihre dringenden Bedürfnisse erledigen.«

»Hast wohl wieder mal gebechert, was?«, brummte Theo Dewit. Er lauschte angestrengt. Im Hintergrund war tatsächlich Musik zu hören. Dieser elende Faulpelz trieb sich bestimmt schon wieder auf der Kirmes herum.

»He, Chef, reg dich ab. Du hast doch meine Handynummer.«

Dewit ignorierte die Bemerkung, denn er befürchtete, dass sich ansonsten sein Magengeschwür wieder meldete. Das Sodbrennen war stets eine erste Warnung.

»Du musst sofort, auf der Stelle, in die Zentrale kommen.«

»Warum? Kann ich heute eine Stunde früher Feierabend machen? Das wäre wirklich toll. Meine Frau hat Geburtstag, und ich habe für zehn Uhr einen Tisch im Comme Chez Soi reserviert. Dann könnte ich vorher noch duschen, ich stinke nämlich drei Kilometer gegen den Wind.« Der respektlose Carl De Meyer war ein Genießer, ein echter Lebenskünstler, der Geizkragen und moralinsaure Spießer wie Theo Dewit auf den Tod nicht ausstehen konnte. Solche Menschen waren doch nur darauf aus, anderen das Leben schwer zu machen. Bei der Arbeit markierten sie den Oberboss, und zu Hause bekamen sie sofort Gegenwind, sobald sie es wagten, nach der Arbeit auch nur ein schnelles Bierchen zu trinken.

Mit einem breiten Grinsen dachte De Meyer an den bevorstehenden Abend. Noch eine Stunde, und seine Schicht war vorüber. Seine Frau Denise wusste von nichts und würde sich sicherlich über die Überraschung freuen. Zwar würde sie erst ein wenig schimpfen, weil er etwas so Teures ausgesucht hatte, aber egal, man lebte schließlich nur einmal. Er hatte den Tisch schon ein Jahr im Voraus reserviert.

»Die Kripo will dich sprechen, im Zusammenhang mit einer Dame, die du heute Abend gefahren hast. Ich vermute, das kann ein paar Stunden dauern. Am Telefon klang es nach einer großen Sache. Ich an deiner Stelle würde lieber nicht zu lange rumtrödeln. Wo bist du gerade?«

»Wow, ob ich endlich berühmt werde?«, fragte der Fahrer zurück. »Vielleicht steht morgen früh mein Name in allen Zeitungen. Schon als ich noch mit der Kirmes gereist bin und die Frauen reihenweise um den kleinen Finger gewickelt habe, hat mir mein Vater prophezeit, dass ich eines Tages im Showbusiness Karriere mache. Ich bin gerade am Bahnhof.«

»Dass ich nicht lache!«, fauchte Dewit. »Ich kann die *oliebollen* bis hierher riechen! Bleib bloß mit deinen

Fettfingern vom Wagen weg, oder er wird sofort konfisziert!«

»Prima«, antwortete De Meyer lakonisch. »Wenn ich kein Auto mehr habe, kann ich ja morgen früh in Ruhe meinen Rausch ausschlafen.«

Noch bevor Theo Dewit mit wutverzerrtem Gesicht loswettern konnte, wurde die Verbindung mit einem trockenen Klicken unterbrochen.

16

Als Nadia Mendonck in das Büro stürmte, telefonierten Bosmans und Deleu gerade, und durch das Warten verrauchte ihre angestaute Wut allmählich. Da sich die Gespräche der beiden eine Ewigkeit hinzuziehen schienen, schenkte sie sich eine Tasse von dem berüchtigten Jos-Bosmans-Gebräu ein, das selbst der nachlässigste Gesundheitsbeamte gewiss sofort verboten hätte. Schlürfend sann sie über die nächsten Schritte nach.

»Okay. Gute Arbeit, Nadia«, sagte Jos Bosmans, nachdem er aufgelegt hatte, und erstickte damit den letzten Funken der schwelenden Rebellion professionell im Keim. Alle Menschen, insbesondere attraktive Frauen, waren empfänglich für Komplimente, und das wusste ein alter Hase wie er nur zu gut. Deleu, der die Szene beobachtete und mit halbem Ohr zuhörte, schmunzelte insgeheim.

»Ich habe gerade mit dem Chef des Taxiunternehmens gesprochen, und Pierre ist unterwegs, um den Fahrer

zu vernehmen. Ein Team der Spurensicherung ist bereits vor Ort, um die Fingerabdrücke zu sichern. Die Kollegen von der Bereitschaft haben uns ihre volle Unterstützung zugesagt, und das Labor will notfalls noch heute Nacht eventuelle Spuren auswerten. Wenn wir auch nur das Geringste finden, greifen wir uns Robert Pardon auf der Stelle und machen ihm die Hölle heiß. Sämtliche Streifen sind informiert und haben den Auftrag, den Wagen und eventuelle Mitfahrer zu beschatten. Die Villa des Verdächtigen wird rund um die Uhr observiert. Ich weiß, was Sie mir am Telefon sagen wollten, Nadia, aber ohne konkrete Beweise können wir nichts tun. Schon gar nicht können wir einen prominenten Politiker einfach so anhalten und dann ganz nebenbei, während wir gemütlich miteinander plaudern, seinen Wagen von oben bis unten einpudern.«
Nadia Mendonck war zunächst sprachlos angesichts dieser deutlichen Machtdemonstration und pfiff leise zwischen den Zähnen hindurch. Während Bosmans grinsend in seinem Gebräu herumrührte, bemerkte sie: »Die Frau im Taxi hat Handschuhe getragen.«
Als ihr Chef daraufhin fluchend einen Mund lauwarmen Kaffees in die Tasse zurückspuckte, streute sie zusätzlich Salz in die Wunde: »Im Wagen von Robert Pardon dagegen muss es vor Fingerabdrücken nur so wimmeln. Die Dame war keine Anfängerin, das ist sonnenklar.«
»Selbst wenn du recht hast«, mischte sich Deleu ein, nachdem er sein imaginäres Gespräch beendet hatte,

»können wir Pardon nicht ohne weiteres anhalten, um seinen Wagen auf Spuren zu untersuchen. Wir hätten keinerlei rechtliche Grundlage. Im Nu säße uns ein Rudel hochkarätiger Rechtsanwälte im Nacken, und wir könnten eventuelle Spuren nicht als Beweismittel vor Gericht verwenden. Damit wären sie wertlos.«

»Wir sollten den Wagen von einem Profi knacken lassen«, murmelte Bosmans.

»Überhöhte Geschwindigkeit«, flüsterte Nadia Mendonck.

»Das ist *die* Idee!«, brüllte Bosmans, und während er bereits zum Hörer griff, fügte er triumphierend hinzu: »Ich lasse einfach an allen Zufahrtsstraßen zu seinem Haus Geschwindigkeitskontrollen durchführen, und wenn er mit mehr als fünfzig Stundenkilometern zu viel geblitzt wird, kann ich den Wagen und seinen Führerschein einziehen lassen. Gegen Morgen, noch bevor er seine Lakaien einschalten kann, haben wir sämtliche Spuren sauber eingetütet und können sie Staatsanwalt Verspaille unter den Christbaum legen.«

»Wo er sie geflissentlich übersehen wird«, murmelte Deleu.

Bosmans, der den Freund nicht einmal gehört hatte, fuhr fort: »Wirklich zu ärgerlich, dass ich daran nicht schon früher gedacht habe. Dann hätten wir gleich auch die Papiere der Frau kontrollieren können. Bosmans, du wirst langsam alt. – Hallo, Verstrepen, ja, hier spricht Untersuchungsrichter Jos Bosmans. Hören Sie mir gut zu, ich erkläre es nur einmal ...«

Der schielende Pierre platzte ins Büro und winkte seinem Chef hektisch zu, während er nervös von einem Bein auf das andere trat. Der Untersuchungsrichter knallte prompt den Hörer wieder auf die Gabel.
»Und?«
»Die Spurensicherung ist dran, Chef. Das Taxi wird komplett auf den Kopf gestellt.«
»Und der Fahrer, wo ist der Fahrer?«
»Der hat uns die Frau in allen Einzelheiten beschrieben und ist jetzt erst mal nach Hause gegangen«, sagte Pierre.
»Nach Hause?«, brüllte Bosmans.
»Ja, er musste dringend weg. Es ging um seine Frau. Da konnte ich ihn doch unmöglich …«
»Schon gut, Pierre, Sie haben sich mal wieder beschwatzen lassen. Was war das für einer, dieser Fahrer, und was hat er Ihnen alles erzählt?«
»Ich halte ihn als Zeugen für durchaus glaubwürdig. Er hat geredet wie ein Wasserfall. Da er die Dame mehrmals im Rückspiegel betrachtet hat, konnte er eine ziemlich genaue Personenbeschreibung abgeben.« Pierre zog sein abgegriffenes Notizbuch aus der Innentasche des betagten Trenchcoat, räusperte sich und las vor: »Kurze blonde Haare, asymmetrisch geschnitten, volle Lippen, ausgeprägte Wangenknochen, eine kleine Nase, eine tiefe, sonore Stimme, umgeben von einer Wolke Chanel Nummer fünf.«
»Das war alles?«, fragte Jos Bosmans. Pierre nickte ergeben, wie ein zum Tode Verurteilter, der auf seine

Exekution wartet. »Gut. Aber wie kommt der Mann auf Chanel Nummer fünf? Hat er einen Parfümflakon gesehen?«
»Nein, Chef, aber er kannte wohl den Duft, weil er seiner Frau jedes Jahr eine große Flasche davon zum Geburtstag schenkt. Er kennt sich offenbar gut aus.«
»In Ordnung, morgen früh kaufst du eine Flasche von dem Zeug und lässt alle Ermittler daran riechen.«
»Vielleicht sollten wir die Phantombilder damit beträufeln«, scherzte Deleu.
Bosmans sah ihn daraufhin an, als wollte er ihn gleich durch den Fleischwolf drehen. Deleu verzog jedoch keine Miene, wandte das Gesicht ab und zündete sich eine Zigarette an. Dabei starrte er an die verräucherte Decke und versuchte sich das Schmunzeln zu verkneifen.
Bosmans griff nach dem Telefon, wählte und flüsterte Pierre gereizt zu: »Morgen früh steht dieser Fahrer hier in meinem Büro.« Während er nervös mit den Fingern auf dem Schreibtisch herumtrommelte, presste er den Hörer fest ans Ohr.

17

Der Versicherungsmakler der Allgemeinen, ein gewisser Devreese, schwört hoch und heilig, Françoise Bourgeois habe den Empfang der Versicherungssumme persönlich bestätigt. Der Graphologe dagegen behauptet das Gegenteil. Er sagt, die Unterschrift auf der Quittung sei gefälscht. Das Gegengutachten ist in Arbeit«, seufzte Jos Bosmans.

»War die Bourgeois denn in der Versicherungsagentur, um die Dokumente zu unterzeichnen?«, fragte Deleu.

»Das behauptet der Makler zwar, aber ich glaube ihm kein Wort«, giftete Bosmans. »Er hat sich schon zwei Mal verplappert.«

Dirk Deleu kratzte sich nachdenklich am Kopf.

»War Devreese allein im Büro, als Françoise Bourgeois die Papiere unterzeichnet hat? Oder gibt es Zeugen, die seine Aussage bestätigen?«

»Für ihn gilt, wie für jeden anderen auch, zunächst mal die Unschuldsvermutung, Das müsstest du doch am besten wissen, Dirk«, erwiderte sein Freund, ohne aufzublicken, und fuhr mit seinen gereizten Randbemerkungen auf einem Bericht fort, den Deleu nicht einordnen konnte.

»Jetzt mal im Ernst, ein wasserdichtes Alibi hat er tatsächlich nicht. Sein einziger Angestellter arbeitet nur vormittags, und Pieter Devreese behauptet, Françoise Bourgeois sei nachmittags da gewesen. Beiß dich aber nicht allzu sehr daran fest. Wir haben bereits die offiziellen Unterlagen angefordert, dann werden wir weitersehen. Ich glaube, er lügt, dass sich die Balken biegen.«

»Wieso?«

»Ich hab's allein seinem Gesicht angesehen«, blaffte Bosmans, und kritzelte eine Reihe dicker roter Fragezeichen unter den Bericht. »Weißt du, was mich am allermeisten wundert?«, fragte er dann mit zusammengekniffenen Augen über den Rand seiner Lesebrille hinweg.

Deleu zuckte mit den Achseln.

»Am meisten wundert mich, dass in der Akte tatsächlich eine Sterbeurkunde lag«, sagte sein Freund mit belehrend erhobenem Zeigefinger.

»Eine Sterbeurkunde?«

»Ja. Dir ist doch sicher klar, dass eine Sterbeurkunde vorliegen muss, bevor eine Lebensversicherung ausbezahlt wird? Die Todesursache spielt dabei durchaus eine Rolle. Bei Selbstmord fließt zum Beispiel kein Geld, ebenso wenig, wenn der Versicherungsnehmer innerhalb eines Jahres nach Abschluss der Versicherung verstirbt.«

»Das heißt also, man muss ein Jahr warten, wenn man vorhat, die Versicherung zu betrügen?«, fragte Deleu ironisch. Dann platzte ihm der Kragen: »Welcher Verbrecher hat diese falsche Sterbeurkunde ausgestellt? Das ist unsere erste heiße Spur!«

»Kurt Verrijt und seine Kollegen haben dem verantwortlichen Beamten zwölf Stunden lang Feuer unterm Hintern gemacht.«

»Und?«, fragte Deleu gespannt.

»Nichts.«

»Haben sie denn ...?«

»Das komplette Programm. Sie haben ihm Fangfragen gestellt. Ihn nackt ausgezogen und jede Ader einzeln inspiziert. Ihm mit einer Lampe in die Augen geleuchtet. Ihn gefragt, ob er Drogen nehme oder nur Probleme mit der Leber habe. Verrijt hat ihm sogar zwischen die Zehen geschaut. Du kennst das Spielchen: ausgiebig inspizieren und dabei die Nase rümpfen, so dass der Mann vor lauter Scham wegen seiner Schweißfüße am liebsten im Erdboden versinken möchte.«

»Oje«, lachte Deleu.

»Sie haben ihm einen Kaffeebecher ohne Henkel gegeben und gleich darauf wieder weggenommen, um ihn angeblich auf Fingerabdrücke zu untersuchen. Sie haben ihn an einen Lügendetektor angeschlossen. Sie haben diesen armen kleinen Beamten komplett durch die Mangel gedreht. Du kennst doch Kurt und seine Männer.«

»Stimmt«, bestätigte Deleu grinsend. »Der ist doch

selbst ein verkappter Psychopath. Wenn Evelyne Pardieu von dem ein Profil erstellen müsste …«

»Von wegen verkappt, der ist ein waschechter Psychopath«, verbesserte Jos Bosmans ihn feixend. »Glaub mir: Dieser Mann weiß wirklich nichts. Er ist einfach nur der Depp für andere. Genau wie der Dorfarzt. Der hat einen natürlichen Tod attestiert, ohne die Leiche je untersucht oder überhaupt gesehen zu haben. Das scheint übrigens in manchen Stadtverwaltungen gängige Praxis zu sein. Der zuständige Arzt unterschreibt eine Reihe von Blankototenscheinen, und wenn jemand stirbt, zahlen die Angehörigen einfach die doppelte Gebühr, falls sie keine Untersuchung der Leiche wünschen. Das Geld ist zur Hälfte für den Arzt und zur Hälfte für den Stadtsäckel bestimmt. Dabei sparen alle viel Zeit, die ohnehin schon gestressten Angehörigen sind zufrieden und wählen auch beim nächsten Mal wieder die richtige Partei. Ende der Durchsage.«

Deleu musterte Bosmans ungläubig und schüttelte den Kopf. »Zum Teufel noch mal«, war alles, was er hervorbrachte.

»Genau so ist es gelaufen«, fuhr der Untersuchungsrichter fort. »Und der Bürgermeister hat über alles Bescheid gewusst.«

»Darf ich davon ausgehen, dass ihr dem Herrn genauso gründlich auf den Zahn gefühlt habt?«

»Nein, mein Freund. Wir haben ihn zwar vernommen, aber er hat seelenruhig erklärt, in einem Dörfchen wie Leest geschähen keine Morde, gestorben werde dagegen immer und überall. Flugs ist natürlich auch noch ein hochkarätiger Anwalt aufgetaucht. Ende der Vernehmung. Wir konnten allerdings eine hohe Kaution aushandeln, ganze vier Millionen, die unverzüglich entrichtet werden mussten. Der Bürgermeister hat zwar eine offizielle Abmahnung erhalten, sitzt aber schon wieder an seinem Schreibtisch.«

»Wer hat die Kaution aufgebracht?«

»Offiziell die Stadt«, antwortete Bosmans mit funkelnden Augen.

»Jetzt komm schon, das ist alles ein Riesenblödsinn, das sieht doch ein Blinder! Verspaille als Oberstaatsanwalt müsste im Interesse des Falles – insbesondere dieses Falles – endlich eingreifen.«

»Verspaille fordert konkrete Beweise«, erwiderte Jos Bosmans grinsend.

Dirk Deleu hieb mit der geballten Faust auf den Schreibtisch, dass die Tassen klirrten, und brüllte: »Diese Kanaille!« Anschließend rieb er sich mit schmerzverzerrtem Gesicht über die geschwollene Hand. »Was soll denn das? Wozu sitzen wir überhaupt noch hier? Nichts als Ärger hat man!«

Jos Bosmans mahnte ihn mit einem bedächtigen Kopfnicken zur Ruhe und sagte: »Ich werde jetzt mal für einen Durchbruch sorgen.« Er winkte seinem Freund, ihm zu folgen.

Voller Erstaunen sah der Ermittler zu, wie Bosmans den vergilbten Matisse-Druck an der Wand verschob und darunter ein winziger Wandtresor zum Vorschein kam. Dabei drehte Bosmans Deleu den Rücken zu und verdeckte so das Kombinationsschloss. Nachdem er es ein paar Mal herumgedreht hatte, öffnete er die mindestens fünfzehn Zentimeter dicke Tür und holte einen braunen Umschlag heraus. »Sieh dir das mal an«, sagte er, drehte sich rasch um, hielt seinem Gegenüber ein abgegriffenes Foto unter die Nase und verkündete mit dramatischem Unterton und einem schalkhaften Funkeln in den müden Augen: »Von jetzt an wird sich einiges ändern, mein Freund.«

Deleu betrachtete die Aufnahme, hielt sich an der Lehne des Bürostuhls fest und schwankte fassungslos zwischen einem Wutausbruch und einem hysterischen Lachkrampf. Stattdessen ließ er sich einfach nur sprachlos mit dem Foto zwischen Daumen und Zeigefinger in einen abgewetzten Clubsessel fallen, drehte sich langsam um die eigene Achse und sagte: »Mein Gott, Jos, du bist wirklich das größte Schlitzohr, das ich kenne. Und ich kenne nicht wenige.« Dann fragte er: »Wie bist du da rangekommen?«

Bosmans zögerte. »Ich habe es von einem Journalisten.«

»Von einem Journalisten? Will er es etwa veröffentlichen?«

»Nein«, erwiderte Bosmans. »Ich hatte noch etwas bei ihm gut.«

Deleu hielt den Abzug ans Licht, schluckte hörbar und sagte schockiert: »Was willst du jetzt damit anfangen?«

»Ich will erreichen, dass die Widerstände aufhören und wir endlich professionell ermitteln können.«

»Und wann willst du das tun?«

»Alles zu seiner Zeit, Dirk. Alles zu seiner Zeit.«

»Über wen hast du sonst noch alles belastendes Material in deinem Safe?«

Jos Bosmans zog an seiner Zigarette, und ein feines Lächeln umspielte seine dünnen Lippen, während er Zeige- und Mittelfinger der rechten Hand kreuzte, als wolle er die Götter milde stimmen.

Deleu, der die nonverbalen Signale seines Freundes zur Genüge kannte, wusste genau, dass dieses Gespräch hier und jetzt beendet war. Kopfschüttelnd ging er zur Tür.

18

Der Versicherungsmakler der Allgemeinen hat gelogen, Nadia«, sagte Deleu nervös und winkte der Bedienung, um eine zweite Runde zu bestellen. »Françoise Bourgeois war gar nicht bei ihm im Büro, wie behauptet. Er hat die Unterlagen zu Nadine Versluys nach Hause geschickt, sie per Post unterschrieben zurückerhalten und das Kapital nach Luxemburg überwiesen.«

»Woher weißt du das?«, fragte Nadia lustlos.

»Das Originaldokument ist am zwanzigsten ausgedruckt, aber bei den Dokumenten vom vierundzwanzigsten abgelegt worden. Deshalb.«

Nadia wirkte abwesend und sah nicht einmal auf.

»Endlich kommt ein bisschen Schwung in die Ermittlungen, und trotzdem habe ich das Gefühl, dass der Fall uns immer mehr entgleitet«, sagte Deleu, rieb sich die Hände und blies über seine heiße Schokolade.

Halb acht. Feierabend. Deleu hatte seine Kollegin noch zu einem Umtrunk im De Vuile Poort eingeladen, einer Kneipe am Ufer der Dijle. Sie gehörte einem seiner früheren Schulkameraden.

»Du hast recht«, sagte Nadia Mendonck und starrte durch die teils gefrorenen Scheiben hinaus in den klaren Himmel. »Mist! Ich glaube, ich habe mir eben beim Aussteigen den Fuß verknackst, mein Knöchel tut höllisch weh.«

»Tigerbalsam«, sagte Deleu. »Reibe ihn mit Tigerbalsam ein, nimm eine Schmerztablette, und morgen merkst du nichts mehr davon.«

Seine Kollegin musterte ihn mit gerunzelter Stirn und erwiderte: »Glaubst du vielleicht, ich hätte eine komplette chinesische Apotheke im Haus?«

»Hallo, Doktor Watson und Sherlock Holmes, wollt ihr mal ein bisschen in das wahre Leben reinschnuppern?«, polterte der Wirt und kam mit zwei dampfend heißen Schnapsgläsern zu ihnen an den Tisch. »Hier, auf Kosten des Hauses. Davon werden eure kalten Knochen schlagartig wieder warm.«

Er deponierte die winzigen Gläser mit dem tintenschwarzen, sirupartigen Inhalt auf dem Tisch und blieb mit erwartungsvoller Miene daneben stehen.

Mit skeptischem Blick taxierte Deleu das Schnapsglas und schwenkte es vorsichtig. Das Höllengebräu blieb an den Glaswänden kleben. Er wusste, dass er es in einem Zug hinunterstürzen musste, sonst würde ihn sein Schulfreund, ein begeisterter Hobby-Alchimist und berüchtigter Brüllaffe, vor allen Gästen lächerlich machen.

»Verkaufst du eigentlich immer noch Versicherungen?«, fragte Deleu, bekreuzigte sich mit der freien Hand und hob das Glas an die Lippen.
»Na klar, du glaubst doch nicht etwa, dass ich mit dem Hungerlohn überleben könnte, den mir der Laden hier einbringt?«, dröhnte der Tenor des Kneipenwirtes durch den Schankraum.
Sofort drehten einige Gäste die Köpfe in ihre Richtung. Deleu kippte das undefinierbare Zeug in einem Zug runter. Doch das hätte er besser nicht getan. Tränen traten ihm in die Augen, und ihm war, als würden ihm die inneren Organe mit Widerhaken zum Hals herausgezogen. Er atmete durch die Nase aus, was das Brennen nur noch verstärkte.
Die Wangen aufgeblasen wie ein paarungsbereiter Frosch, verkniff sich Nadia Mendonck krampfhaft das Lachen. Deleu drückte ein Taschentuch vor den geöffneten Mund, und nach etwa zwei Minuten hatte er sich wieder gefangen. Er verpasste seinem schallend lachenden Schulkameraden einen kräftigen Schlag auf den Bauch, der unter der zu engen Jacke hervorquoll.
Der Wirt wehrte den Schlag ab, verzog das Gesicht zu der für ihn typischen urkomischen Grimasse, wandte sich der kichernden Nadia zu und sagte: »Komm schon, Mädchen, ein Leckerchen ganz umsonst!«
»Nein, vielen Dank«, antwortete sie und schob dem Wirt das Glas zu, der blitzschnell danach griff und es noch schneller hinunterkippte. Er zuckte nicht einmal mit der Wimper, sondern lachte, dass man sein gelb-

liches Pferdegebiss sah, und flüsterte: »Schon gut, ich nehm's dir nicht übel.«
Mit dem würde sich Rutger sicher gut verstehen, dachte Nadia, konzentrierte sich kopfschüttelnd auf ihre Erbsensuppe und behielt Deleu heimlich im Auge. Nach zwei Minuten nahm sie den Faden ihres unterbrochenen Gesprächs wieder auf.
»Jos Bosmans wirkt irgendwie gar nicht wie ein Untersuchungsrichter, eher wie ein normaler Inspecteur oder Commissaris.«
Deleu rieb sich noch einmal über die brennenden Lippen und antwortete lachend: »Stimmt, er ist erstaunlich normal geblieben.« Während er die vergilbte Blümchentapete anstarrte, fuhr er fort: »Jos ist ein ganz besonderer Mensch. Ich kenne ihn schon seit vielen Jahren, und …«
Als er nicht weiterredete, hob Nadia Mendonck den Blick und betrachtete Deleus nachdenkliches Gesicht.
»Darf ich dich mal was fragen, Dirk?«
»Klar.«
»Wir arbeiten doch jetzt schon seit einer ganzen Weile zusammen …«
»Hmhm.«
Sie räusperte sich. »Na ja … manchmal frage ich mich, ob du vielleicht Probleme damit hast.«
Verwirrt blickte Deleu sie an: »Probleme? Womit denn genau?«
»Komm schon, Dirk, du weißt genau, was ich meine! Ein Mann über vierzig, der fast täglich mit einer jun-

gen Frau unterwegs ist. Denkst du nicht ab und zu daran … Ob du es nicht mal versuchen sollst?«

Deleu sah seine Kollegin an. Ihre Augen glänzten fiebrig. »Muss das denn sein?«, fragte er grinsend.

»Jetzt sei nicht so albern. Verheiratete Männer mittleren Alters sind doch oft auf Abenteuer aus, oder etwa nicht?«

Deleu räusperte sich und biss sich auf die Unterlippe. »Nicht unbedingt«, erwiderte er nach einer Weile. »Man kann schließlich auch mit einer Frau gut befreundet sein. Es dreht sich nicht immer alles nur um Sex.«

»Stimmt, aber Männer fühlen sich nun mal zu Frauen hingezogen, weil sie von jenem Millionsten Teilchen der Frau fasziniert sind, das unfassbar bleibt. Selbst wenn ein Mann eine Frau in- und auswendig kennt, ein winziges Stück von ihr bleibt für ihn immer rätselhaft, oder etwa nicht?«

»Hm.«

»Na also. Warum hat das nun etwas mit Sex zu tun? Ganz einfach: Wenn man von einer Frau weiß, dass sie lieber Blumenkohl als Spinat isst, dann mag man das zwar interessant finden, aber zugleich ist dieses Wissen vollkommen sinnlos und der Suche nicht wert. Denn – und jetzt kommt es – nur im Sexuellen offenbart sich dieses Millionste unfassbare Teilchen als etwas Kostbares, weil es nicht für jeden zugänglich ist, sondern erobert werden will. Verstehst du?« Nadia vollführte eine graziöse Verbeugung und reckte die Stupsnase kess in die Luft.

Deleu applaudierte träge zu ihrer Vorstellung.
»Kundera«, spottete er flüsternd.
»Wie bitte?«
»Milan Kundera. Wenn ich mich nicht irre, war das ein Zitat aus *Die unerträgliche Leichtigkeit des Lebens.*«
»Des Seins. *Die unerträgliche Leichtigkeit des Seins.*«
Nadia blickte auf. »Du überraschst mich. Das muss ich zugeben. Ich hätte dir einen seichteren Literaturgeschmack zugetraut. Da habe ich dich wohl unterschätzt.«
Deleu genoss insgeheim seinen Triumph.
Seine Kollegin rutschte nervös auf dem abgewetzten Kneipenstuhl herum und wechselte dann abrupt das Thema. »Wie steht es denn nun mit dem BMW von Robert Pardon? Konnten die Kollegen den Wagen inzwischen untersuchen? Ich habe immer noch nichts davon gehört.«
»Ja, der Trick von Jos mit der Radarkontrolle hat funktioniert. Allerdings haben sie trotz der Lederausstattung leider nur einen einzigen Fingerabdruck gefunden«, antwortete Deleu, der seine Enttäuschung kaum verbergen konnte. »Ein unvollständiger Daumenabdruck auf dem Schminkspiegel an der Beifahrerseite. Jos hat mich vorhin angerufen. Das Labor war noch nicht ganz fertig, aber wahrscheinlich stimmt dieser Abdruck mit jenen überein, die wir in der Bank gefunden haben.«
»Wow!«, rief Nadia Mendonck laut, zuckte zusammen und sah sich erschrocken um. Doch niemand nahm

von ihnen Notiz. Das gesellige Stimmengewirr, ein Summen wie von einem ausfliegenden Bienenschwarm, schluckte jeden individuellen Ausruf.

»Nicht so voreilig«, bremste sie Deleu. »Noch ist es nicht sicher. Ein halber Daumenabdruck ist zu wenig, um Gewissheit zu haben. Kein Gericht würde so etwas als Beweis akzeptieren.«

»Schon klar, aber immerhin wissen wir, dass Robert Pardon in die Sache verwickelt ist. Außerdem könnte es doch sein, dass in dem Wagen Material gefunden wird, anhand dessen das Labor eine DNA-Analyse durchführen kann. Ein Kopfhaar, was auch immer.«

»Dazu bleibt leider nicht genügend Zeit«, erwiderte Deleu kopfschüttelnd. »Der Wagen ist bereits wieder freigegeben.«

»Wie bitte? So schnell?«, fragte Nadia mit einem verbissenen Zug um den Mund und zutiefst enttäuschtem Gesichtsausdruck.

»Wir hatten nur vier Stunden, um den BMW auf Herz und Nieren zu untersuchen.«

»Warum denn?«, fragte die junge Frau mit gerunzelter Stirn, die klammen Hände um die heiße Suppentasse gelegt.

»Verspaille hat uns wieder mal einen Strich durch die Rechnung gemacht«, antwortete Deleu bedrückt. »Da ist was im Busch, Nadia. Gott weiß was. Das solltest du unter keinen Umständen vergessen. Unsere Ermittlungen werden von allen möglichen Seiten behindert.«

Nachdenklich betrachtete Deleu die Fingernägel. Er

ignorierte den erwartungsvollen Blick seiner Kollegin und fragte sich, ob er ihr verraten sollte, was Bosmans in seinem Tresor aufbewahrte. Er beschloss, es nicht zu tun.

»Wer A sagt, muss auch B sagen«, verlangte Nadia nun mit Nachdruck, und als Deleu sie ansah, spürte er auf einmal wieder diese kraftvolle Ausstrahlung in ihrem eindringlichen Blick.

»Es tut mir leid, aber ich kann nicht. Noch nicht. Ich habe es Jos versprochen, und ich möchte sein Vertrauen nicht enttäuschen.«

»Okay«, sagte sie abweisend. »Auch gut. Dann sollten wir wohl jetzt besser gehen. Ich muss noch kochen.«

Just in dem Augenblick, als sie aufstanden und Deleu zur Theke gehen wollte, klingelte Nadias Handy. Sofort kehrte er zu ihr zurück. Schließlich konnte es etwas Wichtiges sein.

»Nadia Mendonck, hallo?«, meldete sie sich und schaltete die Freisprechfunktion ein.

»Nadia, hier ist François«, flüsterte eine erstickte Stimme.

»Wer? Bitte sprechen Sie lauter, ich verstehe Sie nicht.«

»François«, wiederholte der Anrufer ruhig.

»Welcher François? Ich kenne keinen François.«

»François Desmedt, Rutgers Vater.«

Der Anrufer schwieg bedrückt, als suche er nach den richtigen Worten, und Nadia wurde kreidebleich.

»Was ist passiert?«, flüsterte sie heiser.

Keine Antwort. Deleu hielt den Atem an.
»Was ist passiert?«
»Er ist tot, Nadia.«
Die junge Frau ließ das Handy fallen wie eine heiße Kartoffel. Sie schlug die Hände vors Gesicht, stumm und starr vor Entsetzen. Deleu fasste sie an den Schultern, drückte sie sanft auf einen Stuhl und hob das Telefon auf.
»Hallo?«, sagte er mit belegter Stimme.
»Nadia, wo ist Nadia?«
»Es geht ihr gut, Mijnheer, sie sitzt ...«
»Wer sind Sie?«
»Ich bin Dirk Deleu, Nadias Kollege. Was ...?«
»Rutger ist ... auf dem Nachhauseweg ... Er hat eine Kurve unterschätzt und ist gegen die Leitplanke geprallt. Er war auf der Stelle tot.«
Ein markerschütternder Schrei ließ das Stimmengewirr in dem Lokal verstummen. Niemand wagte es, Nadia und Deleu auch nur einen kurzen Seitenblick zuzuwerfen.
»Wo sind Sie gerade?«, fragte François Desmedt stockend. »Ich kann Nadia gerne abholen, wenn sie es möchte.«
Deleu sah seine Kollegin fragend an, die mit zuckenden Schultern den Kopf schüttelte. »Vielen Dank, aber das würde zu lange dauern. Wir sind gerade in einem überfüllten Lokal. Ich werde Nadia sofort nach Hause bringen. Ich glaube nicht, dass sie noch in der Lage ist, Auto zu fahren.«

»Vielen Dank, Mijnheer«, sagte Desmedt, und es klang aufrichtig. »Vielen Dank.«
Die leise Beileidsbekundung, die der Ermittler noch hinterhermurmelte, ging vermutlich unter. Er winkte dem Wirt, der sofort herbeieilte und ihm half, Nadia Mendonck zu stützen, die wie eine willenlose Puppe an seiner Schulter hing. Draußen hob der kräftige Wirt die junge Frau auf den Rücksitz von Deleus Golf, als sei sie leicht wie eine Feder.
»Wo wohnst du?«, fragte Deleu nach etwa fünf Minuten. Das anhaltende Schluchzen stockte.
»In Löwen, Bondgenotenlaan 27.« Sie richtete sich auf, wischte sich die Tränen aus den Augen, sah sich verwirrt um, als würde ihr jetzt erst bewusst, wo sie war, und schrie: »Mein Auto, wo ist mein Auto?«
»Schon gut, Nadia, beruhige dich. Das werden wir morgen holen. Jetzt brauchst du erst mal Ruhe.«
In dem Wahn, die Situation unter Kontrolle zu haben, konzentrierte sich Deleu voll und ganz auf den vereisten Leuvensesteenweg, als Nadia plötzlich anfing, mit den Fäusten auf seinen Rücken und Nacken einzuschlagen.

Als sie Löwen erreichten, klingelte sein Handy.
Anstatt die Mailbox zu aktivieren, schaltete er das verfluchte Ding einfach aus und warf es gereizt ins Handschuhfach.

19

Jos Bosmans, der als letzten Bericht von vielen das Gegengutachten des zweiten Graphologen durchgearbeitet hatte, klappte seufzend die Mappe zu und sah auf seine Armbanduhr. Halb acht. Wahrscheinlich hielt sich schon seit Stunden niemand außer ihm im Gebäude auf.

Mit müden Bewegungen steckte er die Mappe in seine abgenutzte Aktentasche, ließ sich mit einem tiefen Seufzer in seinen Bürostuhl sinken und drehte sich nachdenklich darin herum.

Die Unterschriften von Nadine Versluys auf den Überweisungen der ASB-Bank waren gefälscht. Bosmans schloss die Augen und massierte sich die Stirn. Die Unterschrift des Opfers auf dem Originalvertrag der Lebensversicherung war echt, doch die Unterschrift von Françoise Bourgeois auf der Empfangsbestätigung für das Kapital aus der Lebensversicherung war ebenfalls gefälscht. So viel stand inzwischen zweifelsfrei fest. Zwei Graphologen hatten die Originalun-

terschrift von Françoise Bourgeois mit der auf der Quittung verglichen. Eine authentische Handschriftenprobe hatten sie vom Einwohnermeldeamt der Stadt Anduze erhalten, wo das Opfer damals registriert war.
Demnach konnten sie inzwischen von folgendem Tathergang ausgehen: Nadine Versluys lernte unter noch ungeklärten Umständen ihre Mörderin kennen, die falsche Françoise Bourgeois, die sie ausplünderte und ermordete, während die echte Françoise Bourgeois möglicherweise in ihrer eigenen Tiefkühltruhe lag.
Jos Bosmans schüttelte verständnislos das graue Haupt und stand mit knackenden Knien auf. Maud war sicher nicht begeistert darüber, dass er wieder einmal so spät nach Hause kam. Heute stand sein Lieblingsgericht auf dem Speiseplan, flämische Schmorkoteletts in rotem Burgunder. Gut, dass es Mikrowellen gab.
Maud, meine Liebe, was hat dich bloß dazu getrieben, wieder mit jemandem wie mir zusammenzuziehen? Das frage ich mich jeden Tag. Haben vielleicht unsere Töchter den entscheidenden Anstoß dazu gegeben?
Er erinnerte sich an ihre offizielle Versöhnung, als wäre es gestern gewesen. An einem Montagabend stand Maud auf einmal unangemeldet vor seiner Tür und verkündete ohne Umschweife, sie müsse ihn dringend sprechen. Ihr Hausarzt hatte bei einer Routinekontrolle einen Knoten in der linken Brust entdeckt und ihr geraten, sich auf das Schlimmste gefasst zu machen. Obwohl Jos gerade mitten in den Ermittlungen

zu einem wichtigen Fall steckte, hatte er sofort alles stehen und liegen gelassen und sich um Maud gekümmert. In jener Nacht war sie bei ihm geblieben, und bis zum nächsten Morgen hatten sie in Erinnerungen geschwelgt und gemeinsam geweint.

Tags darauf hatte er Maud zur Universitätsklinik Gasthuisberg in Löwen gefahren und darauf bestanden, dass man sie dort gründlich untersuchte. Der Knoten erwies sich schließlich als harmlose Fettgeschwulst.

Nach einer Weile hatte sie ihre Wohnung an der Antwerpener De Keyserlei gekündigt und war bei ihm eingezogen. Sie hatte die Wohnung wieder gemütlich eingerichtet, und seitdem lebten sie gemeinsam darin. Es war nicht der Himmel auf Erden, sondern ganz normaler Alltag. Das Leben hielt doch viele Überraschungen bereit. Seltsam. Nicht, dass es ihm nicht gefiel. Ganz im Gegenteil.

Jos Bosmans, mit dessen Selbstbewusstsein es hin und wieder nicht zum Besten stand, fühlte sich derzeit ziemlich wohl in seiner Haut. Der einzige Unterschied zu früher bestand darin, dass die Kinder inzwischen aus dem Haus waren und Maud es etwas ruhiger angehen lassen konnte. Den größten Teil ihrer Freizeit verbrachte sie mit Barbara. Hoffentlich kam sie nicht auf die Idee, selbst noch ein Baby zu wollen. Maud hatte sich immer einen Sohn gewünscht. Nächtelang hatten sie damals darüber diskutiert, aber Jos hatte sich letztendlich durchgesetzt. Ihre erste Tochter Truus war ein echtes Traumbaby gewesen: Sie hatte brav geschlafen,

niedlich gelacht, war ruhig und rundum pflegeleicht gewesen. Noch so ein Baby wie Eva wollte er sich dagegen gar nicht erst ausmalen. Dieses kleine Nachtgespenst war nie vor halb zwölf eingeschlafen und schon morgens früh um sieben wieder quicklebendig gewesen.
Dennoch war seine Überzeugung hin und wieder ins Wanken geraten. Ein Sohn. Hm. Aber Fußball spielen in meinem Alter? Nein, lieber nicht. Ob es das inzwischen gibt, ein nicht spürbares und unsichtbares Kondom? Jos Bosmans grinste, als er sich vorstellte, wie wütend Maud auf eine solche Bemerkung reagieren würde. Sie waren, wie auch immer, füreinander geschaffen.
Er trat ans Waschbecken in der Ecke seines Büros, musterte sich im schief hängenden Wandspiegel und murmelte: »Mach dir keine Illusionen, Jos Bosmans, es geht ihr nicht um dein tolles Aussehen.« Begleitet von einer Machogrimasse fasste er sich in den Schritt und spritzte sich dann ein wenig Wasser ins Gesicht.
Er schlüpfte gerade in seinen Lodenmantel, als das Telefon klingelte. Der Untersuchungsrichter zögerte zunächst, drehte sich dann aber um und nahm grob den Hörer von der Gabel.
»Bosmans!«, meldete er sich gähnend.
»Aufwachen, Kollege! Hier spricht Oberstaatsanwalt Verspaille. Kommen Sie bitte unverzüglich in mein Büro.«
Bosmans, dem förmliche Phrasen und Wichtigtuerei

verhasst waren, wiederholte in arrogantem Tonfall: »Aha, Mijnheer Oberstaatsanwalt Claude Verspaille höchstpersönlich.« Dann fügte er in süffisantem Tonfall hinzu: »Sehr geehrter Mijnheer Untersuchungsrichter Josef Bosmans, würden Sie bitte Ihre eiligen und höchst wichtigen Aufgaben für einen Augenblick unterbrechen und sich gnädigst in mein Büro begeben.«

Bosmans hörte, wie Verspaille nach Luft schnappte, und beschloss, noch eins obendrauf zu setzen: »Ich muss mir nur noch eben die Nase pudern, schon bin ich bei Ihnen.« Ohne eine Antwort abzuwarten, knallte er den Hörer auf den Apparat. *Aufgepasst, Bosmans!*, ermahnte er sich selbst. *Jetzt geht's um die Wurst! Dir steht eine Begegnung mit der dritten Art bevor! Die letzte Bastion.*

Er hängte seinen zerknitterten Mantel zurück an den abgewetzten Kupferhaken, überlegte es sich anders und zog ihn wieder an. Mit einer Hand strich er über sein schütteres Haar und verließ mit energischen und entschlossenen Schritten sein Büro.

Claude Verspaille fläzte sich in seinem Clubsessel aus rotem Craquelé-Leder wie ein feister römischer Kaiser. Er begrüßte Jos Bosmans mit hämisch verzogenem Mund und autoritärer Miene.

Sofort ahnte Bosmans Böses. Rechts von Verspaille stand sein Kollege, Untersuchungsrichter Belleville, der wegen seines unförmigen Körpers den Spitznamen

»Birne« trug. Nervös nestelte er am Revers seines frisch gestärkten Maßanzugs herum.

»Tag die Herren!«, begrüßte Bosmans die beiden.

»Guten Abend, Josef«, flüsterte Belleville.

Verspaille ließ sich wie üblich nicht dazu herab, einen Kollegen, den er als Untergebenen betrachtete, zu begrüßen.

»Setzen Sie sich, Bosmans«, brummte er. Noch bevor dieser seiner barschen Aufforderung nachkommen konnte, legte er los: »Ich will gar nicht lange um den heißen Brei herumreden. Ich habe beschlossen, Sie und Ihr Team von den laufenden Ermittlungen abzuziehen und einen anderen Untersuchungsrichter damit zu betrauen. Voilà.«

»Von welchen Ermittlungen, Mijnheer Staatsanwalt?«, fragte Bosmans gespielt naiv. Er wusste nämlich genau, dass ein Staatsanwalt keinerlei rechtliche Handhabe hatte, einen einmal beauftragten Untersuchungsrichter von einem Fall abzuziehen. Das konnte ausschließlich der Generalstaatsanwalt, und selbst der nur unter ganz bestimmten Umständen.

»Königlicher Oberstaatsanwalt«, verbesserte ihn Claude Verspaille. »Freund der Familie von Königin Fabiola. Sie wissen ganz genau, welche Ermittlungen ich meine, nämlich die in den Mordfällen Versluys und Bourgeois. Das war alles. Sie können jetzt gehen.« Wie üblich war sein Flämisch mit französischen Floskeln durchspickt, was den Eindruck der Arroganz noch verstärkte.

»Darf ich wenigstens fragen, was Sie zu diesem Schritt veranlasst hat?«, hakte Bosmans nach.
Verspaille winkte jedoch nur müde ab, schlug eine Ledermappe auf, wedelte mit einem offiziell aussehenden Dokument und zischte: »Sparen Sie sich die Mühe, Bosmans. Angesichts der Tragweite meiner Entscheidung habe ich sie mir vom Justizminister persönlich sowie vom Kassationshof genehmigen lassen. Voilà!«
Da Bosmans klar war, dass Verspaille überall in der belgischen Politik seine Strohmänner sitzen hatte, war er auf der Hut. Dennoch konnte er nicht an sich halten: »Haben Sie eigentlich wirklich Jura studiert, Verspaille? Oder haben Ihre politischen Amigos Sie gleich nach dem Abitur am altsprachlichen Gymnasium in den Sattel gehoben?«
Claude Verspaille blieb bemerkenswert ruhig und grinste. Er warf Belleville einen verschwörerischen Blick zu und erwiderte: » Und was ist mit Ihnen, werter Kollege? Haben Sie sich bei Gelegenheit mal die Vorgänge rund um den Fall Dutroux zu Gemüte geführt, mein lieber Bosmans? Damals wurden die Ermittler von dem Fall abgezogen, nur weil sie mit den Eltern der verschwundenen Kinder Spaghetti gegessen hatten. Dabei sollten wir es jetzt bewenden lassen.«
Bosmans schwante Übles, und sein Verstand arbeitete auf Hochtouren.
»Jetzt hören Sie mal gut zu, Bosmans. Mit Hilfe eines Erlasses konnte ich erreichen, dass Sie mit einem anderen Fall beauftragt werden. Mijnheer Belleville hier

wird die laufenden Ermittlungen im Fall Versluys/Bourgeois übernehmen und diskret weiter verfolgen. *Compris?*«

Jos Bosmans hieb mit der Faust auf Verspailles Schreibtisch und brüllte: »Ich will auf der Stelle die Wahrheit wissen! Was steckt dahinter?«

Jean-François Belleville schreckte zurück, und der Oberstaatsanwalt flüsterte: »Sie sollten mir dankbar sein, Bosmans, denn ich habe Ihre Haut gerettet. Damit das klar ist! Es gibt da ein Foto, das die gesamten Ermittlungen gefährden könnte. Eine Aufnahme von Ihnen und Robert Pardon bei einem Festmahl. Sie scheinen sich ja gut zu verstehen.«

Mit einer Behendigkeit, die man ihm bei seiner plumpen Statur gar nicht zugetraut hätte, griff Verspaille in seine Schublade und hielt Bosmans das bewusste Foto unter die Nase. Es war ein Schnappschuss von dem Benefizabend, an dem der Untersuchungsrichter »zufällig« mit Pardon an einem Tisch gesessen und ihm wegen der SM-Affäre auf den Zahn gefühlt hatte.

Für einen Moment wurde Jos Bosmans schwarz vor Augen. Er holte tief Luft, schluckte und murmelte: »Dieses ... dieses Bild ist über zwei Jahre alt, das wissen Sie genau, Verspaille.«

»Kann sein, aber immerhin haben Sie an dem Tag denselben Mantel getragen wie heute, *mon cher* Josef«, entgegnete Claude Verspaille feixend und mit einem unverhohlen missbilligenden Blick auf den Lodenmantel.

Endlich begann es Bosmans zu dämmern. Die Puzzlestücke ergaben allmählich ein Bild. Fotos trugen kein Datum. Dieser Benefizabend. Das Ganze war inszeniert gewesen. Robert Pardon würde für immer unangreifbar bleiben. Unerreichbar. Unantastbar. Bosmans knirschte vor Wut mit den Zähnen, nahm von Verspaille und Belleville keine weitere Notiz und klopfte sich mit den Fingerspitzen gegen die Stirn. *Denk nach, Jos, denk nach! Die Presse weiß noch nichts von diesem Foto, sonst wäre es längst publiziert worden. Also muss es im Auftrag Verspailles entstanden sein.* Er riss sich zusammen, schluckte seinen Ärger hinunter und antwortete gespielt gleichmütig: »Wir werden sehen, Claude, *mon ami*.«
Unvermittelt sprang er auf, lief zur Tür und sagte: »Warten Sie noch einen Moment, ich bin gleich wieder da.« In der offenen Tür drehte er sich ein letztes Mal um: »Den Kollegen Belleville können Sie schon mal nach Hause schicken, denn die Ermittlungen im Fall Versluys und Bourgeois liegen wie gehabt in den kompetenten Händen von Jos Bosmans.«
Der Höcker auf Verspailles Hakennase wurde weiß, und die Augen traten hervor, doch noch bevor er etwas erwidern konnte, rannte Jos Bosmans bereits wie von Sinnen die Treppe hinunter.
Er stürmte in sein Büro, schob die Matisse-Reproduktion beiseite, öffnete mit vor Wut und Ärger zitternden Fingern den Safe und nahm den kleinen braunen Umschlag mit der Aufschrift »Verspaille« heraus.

»Elender Mistkerl«, murmelte er. Er knallte die Bürotür hinter sich zu und drückte auf den Aufzugknopf. Unter keinen Umständen wollte er außer Atem in der Festung des Oberstaatsanwalts erscheinen.
Als er das überdimensionale Büro ohne anzuklopfen wieder betrat, kam Claude Verspaille gerade aus dem angrenzenden Salon. Er hatte sich eine kostbare Havanna angezündet, ließ sich in seinen Clubsessel sinken und zwinkerte Belleville zu, der noch immer wie zur Salzsäule erstarrt an seiner Seite stand.
Bosmans taxierte seinen Kollegen, warf den abgenutzten Umschlag gespielt achtlos auf den polierten Schreibtisch und sagte hämisch: »Ah, noch hier, Jean-François? Auch gut. Dann weiß ja morgen alle Welt Bescheid.«
Verspaille nestelte nervös an seinem Hemdkragen herum. Er war so sehr mit sich selbst beschäftigt, dass er die letzte Bemerkung überhört hatte. Nun bohrte er die Wurstfinger mit den vielen Ringen so behutsam in den Umschlag, als säße eine angriffslustige Tarantel darin, und zog vorsichtig das Foto heraus. Zu seinem Glück lag es mit der Bildseite nach unten, so dass der neugierige Jean-François Belleville umsonst die Augen verdrehte. Bevor er es umdrehte, sah Verspaille seinen Verbündeten an, der prompt den Blick abwandte und sich mit einem Spitzentaschentuch den Schweiß vom Doppelkinn wischte.
»Wir sind fertig, Mijnheer Belleville«, murmelte der Oberstaatsanwalt arrogant. »Sie können jetzt gehen.«

»Soll ich den Fall denn jetzt übernehmen?«, sträubte sich Belleville ein letztes Mal. »Wann erhalte ich die Unterlagen?«
Gelangweilt hob Verspaille den Blick, wedelte abfällig mit der Hand, als sei der Untersuchungsrichter nichts weiter als ein lästiges Insekt, und sagte: »Alles zu seiner Zeit.«
Erneut wedelte er mit dem offiziell aussehenden Dokument und wies Belleville mit einem kurzen Nicken höflich, aber bestimmt die Tür.
Während dieser sich mit gesenktem Kopf wie ein verarmter Aristokrat zurückzog, rief ihm Claude Verspaille hinterher: »Ich rufe Sie morgen früh an!«
Langsam drehte er das Foto um und verschluckte sich am Rauch seiner qualmenden Zigarre. »Bosmans, diesmal sind Sie zu weit gegangen, mein Freund. Das ist das Ende Ihrer Karriere!«, schrie er, dass sich seine Stimme überschlug.
Amüsiert betrachtete Bosmans den Schnappschuss in Verspailles Hand. Irgendein Marilyn-Monroe-Verschnitt saugte gerade an Verspailles Zunge, während er, königlicher Oberstaatsanwalt und Freund der Familie von Königin Fabiola, mit dem Zeigefinger eine entblößte Brustwarze befummelte.
»Raus hier, elender Dreckskerl!«
»Wollen wir tauschen?«, fragte Bosmans grinsend.
Der Oberstaatsanwalt zog an seiner Zigarre, murmelte etwas Unverständliches, das wie ein Stoßgebet klang. Dann lachte er, dass seine nikotingelben, kariösen Zäh-

ne zu sehen waren, und fragte nachdrücklich: »Was wollen Sie damit erreichen, Bosmans?«
»Dass Sie die Finger von meinen Ermittlungen lassen«, antwortete Bosmans selbstsicher. »*C'est tout,* Mijnheer Verspaille.«
Als Antwort erntete er ein abgehacktes, höhnisches Lachen. Claude Verspaille konnte gar nicht mehr aufhören. »Glauben Sie wirklich, Sie könnten mich damit treffen? Jetzt hören Sie mir mal gut zu. Mit diesem Foto kommen Sie nicht weit. Meine Frau ...« Verspaille machte eine kurze Pause und lud sein Gegenüber mit einer geschmeidigen Handbewegung ein, sich zu setzen. Die Szene erinnerte an das entscheidende Geständnis in einem Schmierenkrimi, wenn der Mörder, endlich geschnappt, ruhig und gefasst seine Geschichte erzählt. »Hören Sie zu, mein Freund. Meine Frau weiß, dass ich es mit der ehelichen Treue nicht so genau nehme, und sie hat sich gottlob damit abgefunden. Sie müssen verstehen, verehrter Exkollege, dass in unseren Kreisen andere Gepflogenheiten herrschen als in den Ihren.« Er inhalierte tief und blies den Rauch laut aus den dicken, rot geäderten Wangen in Richtung Zimmerdecke.
»*Canaille!*«, zischte er nach einer Weile ins Leere. »Aber Sie können mir nichts. Wenn Sie das an meine Frau schicken, wird sie nur gottergeben nicken, und das war's.«
»Der Umschlag, mein verehrter, Vitamin-B-verwöhnter Kollege, ist aber nicht an Ihre Frau adressiert. Son-

dern an den Burggrafen Caudron de Quisbuer, Ihren Schwiegervater. Wollen wir doch mal sehen, ob der alte Tycoon auch darüber lachen kann.«
Verspaille blieb stumm.
»Okay«, sagte Jos Bosmans lächelnd. »Das war's dann. *Au revoir*, Mijnheer. Ich hoffe, ich habe Ihnen nicht zu viel zusätzliche Arbeit aufgehalst.« Er drehte sich um und schritt ohne ein weiteres Wort in Richtung der Flügeltür. Dort angekommen, sagte er: »Erstens: Bis morgen Mittag ist, was meine Befugnisse hinsichtlich der Ermittlungen betrifft, alles wieder beim Alten. Zweitens: Wenn ich irgendwo auch nur den geringsten Widerstand spüre, schließe ich daraus, dass Sie dahinterstecken. Wie sieht's aus, *mon cher ami?*«
Claude Verspaille starrte Bosmans mit offenem Mund und weit aufgerissenen Augen an.
Der grinste nur verschmitzt, öffnete die Tür und drehte sich noch ein letztes Mal um. »Ehe ich es vergesse: Ich will den Kopf des Bürgermeisters von Leest, und zwar auf einem Silbertablett, *Adieu*.«
Verspaille versank tief in seinem Thron und brachte kein Wort mehr über die Lippen.

20

Einen Chivas Regal in der einen, einen von Hand gerollten kubanischen Zigarillo in der anderen Hand, lag Robert Pardon vollkommen entspannt in der riesigen, mit einem üppigen Schaumbad gefüllten Badewanne. Im angrenzenden Schlafzimmer durchsuchte Michelle Bekaert seine Hosen- und Jackentaschen. Fehlanzeige. Der Safeschlüssel befand sich weder in seinem Portemonnaie noch in einer der Taschen.

Wo war er nur geblieben? Mist, ausgerechnet jetzt! Dabei hatte sie alles bis aufs i-Tüpfelchen vorbereitet. Die Kombination kannte sie auswendig. Bei ihrem letzten Treffen hatte sie Robert in dem mannshohen Spiegel beim Öffnen des Safes beobachtet. Zudem schien ihr Vicky Versavel, diese grässliche Kuh, mittlerweile schlachtreif zu sein. Und gerade jetzt, da ausnahmsweise einmal alles lief wie am Schnürchen, hatte dieser übergewichtige Pavian den Schlüssel nicht dabei! Dieser widerliche Idiot konnte aber auch gar nichts gründlich erledigen. Wie in Gottes Namen war es ihm gelungen, in der Politik so hoch aufzusteigen? Er ahnte nicht einmal, dass ihm die Bullen auf den Fersen waren.

Michelle dagegen hatte den Kleinwagen, der sie vorgestern Abend ein gutes Stück verfolgt hatte, durchaus bemerkt, und sie war immer noch froh, dass sie sich auf dem Hinweg entschlossen hatte, ein Taxi zu nehmen.

»*Chérie?* Kommst du jetzt endlich? Oder muss Robi dich wieder holen?«, säuselte Robert.

Ein letztes Mal angelte sie mit ihren sorgfältig manikürten Händen in der Innentasche des stahlblauen Yves-Saint-Laurent-Blazers herum und fluchte verhalten. Auch nichts. Egal!

»Beeil dich! Wir haben nur zwei Stunden, und heute ist unser großer Tag! Ich bin schon ganz heiß auf dich!«

Michelle spannte die Nackenmuskeln an. Sie zog an ihren Fingern, dass alle Knöchel nacheinander knackten, und betrachtete ihr Spiegelbild, während sie den Kopf drehte. Sie spitzte die vollen Lippen und stellte zufrieden fest, dass die Kollagenbehandlung langsam, aber sicher Wirkung zeigte. Dann streckte sie beide Hände vor sich aus und grinste. Sie zitterten nicht. Rasch schlüpfte sie aus ihrem seidenen Unterkleid und zog Roberts Bademantel über ihre breiten Schultern. Mehrmals atmete sie schnell ein und aus. Sie war vollkommen entspannt.

Sekunden später betrat sie das imposante, mit französischen Fayencen in Zartrosa gekachelte Badezimmer. Robert öffnete die Augen und starrte sie gierig an. Wie immer gelang es ihr, ihren aufkommenden Ekel zu unterdrücken. Geschäft blieb Geschäft.

Mit einer einzigen eleganten Bewegung ließ sie den Bademantel von den Schultern gleiten. Als Robert ihre straffen Schenkel erblickte, richtete er sich mühsam auf und stellte das Whiskeyglas auf dem Rand der Badewanne ab. Er löschte die Zigarre in dem austernförmigen Kristallaschenbecher, steckte sie sich wieder zwischen die wulstigen Lippen und saugte lüstern daran.

»Psssttt …«, raunte Michelle beschwörend und schlich geschmeidig näher. »Bleib ruhig liegen und entspann dich, zuerst will ich dich mit einer ausgiebigen Massage verwöhnen.«

Pardon stöhnte. »Dann muss ich mich wohl umdrehen.«

»Nein, nein, bleib ruhig so liegen. Hast du deine Herztabletten genommen?«, flüsterte sie heiser und klimperte übertrieben schnell mit den falschen Wimpern.

Robert lag wie ein wuchtiger Brocken in einem Meer von Schaum, schloss die Augen und lehnte sich zurück, ein seliges Lächeln auf den Lippen. Die Himmelspforten öffneten sich.

Michelle umfasste seine Fußknöchel mit energischem Griff und massierte kräftig die massiven Waden. Dann stemmte sie mit einer raschen Bewegung ihre Füße ge-

gen den Sockel der Badewanne, holte tief Luft, spannte jeden Muskel in ihrem sehnigen Körper an. Im nächsten Moment ließ sie sich hintenüberfallen und zog mit aller Kraft an Roberts Knöcheln.
Wie ein überdimensionaler Torpedo sauste er unter Wasser, und bevor er sich überhaupt wehren konnte, drückte ihn Michelle wieder an die Oberfläche. Die kaum durchnässte Zigarre noch immer im Mundwinkel, griff er sich an die Brust und fand sein Ende.

Michelle Bekaert sah sich ein letztes Mal um, um sich zu vergewissern, dass sie nichts Verdächtiges zurückließ. Sie griff die erste Zweiliterflasche Cola am Hals, schüttelte sie heftig und drehte den Verschluss ab. Dann hielt sie mit dem Daumen die Flaschenöffnung halb zu und versprühte den schäumenden Inhalt in alle Richtungen. Die Cola troff von der sündhaft teuren Tapete und hinterließ überall bräunliche Flecken. Die vierte und letzte Flasche kam im Badezimmer zum Einsatz. Die Spiegel, der Fußboden, die Badewanne … alles klebte. Dank ihres hohen Zuckergehalts würde die Flüssigkeit, das wusste Michelle genau, in eingetrocknetem Zustand sämtliche eventuellen Spuren unbrauchbar machen.
Danach verstaute sie die Flaschen und dann Roberts unversehrte sterbliche Überreste, abgetrocknet und angekleidet, in dem engen Lastenaufzug. Sie sprühte ihm einen Hauch Jules, sein Lieblings-Eau-de-Toilette, unter die Achseln und warf einen Blick auf ihre

schicke Cartier-Armbanduhr, die einst Françoise Bourgeois gehört hatte.
Die charmante, wohlerzogene und kultivierte Französin hatte nie erfahren, dass die verkohlten Leichen in ihrem abgebrannten Haus Viktor Laplagne und Nathalie Barthez waren. Es war eine Heidenarbeit gewesen, Françoise davon zu überzeugen, sie in das kleine, aber unregierbare Belgien zu begleiten. Ein wahres Paradies für Menschen wie Michelle. Ein Paradies, in dem die Polizei erst jetzt die Mitglieder einer Verbrecherbande aufspürte, die in den siebziger Jahren das ganze Land terrorisiert hatte.
Noch immer bereitete es ihr insgeheim Vergnügen, daran zurückzudenken, wie sie das Komplott eingefädelt hatte. Françoise hatte vermutet, ihre Geliebte habe eine neue Freundin. Deshalb hatten sie das Haus angezündet, und anschließend war ihr die Französin, voller Angst vor der Verfolgung durch die Sûreté, ins sichere Belgien gefolgt.
Michelles Lächeln gefror und verwandelte sich in eine bissige Grimasse, als sie an den üppigen Versicherungsvertrag zurückdachte, den Nathalie Barthez zugunsten ihrer Freundin bei einem obskuren Pariser Makler abgeschlossen hatte, um die französischen Steuerbehörden zu hintergehen. Françoise hatte von Belgien aus ein paar Mal in Paris angerufen, aber der Versicherungsmakler wollte nichts von einem Rückkauf wissen. Natürlich hatte dieser habgierige Mistkerl längst Lunte gerochen. Die widerliche Laus wusste im Ge-

gensatz zur französischen Polizei längst, was gespielt wurde. Er gab sich nicht mehr mit einem üppigen Anteil zufrieden, sondern wollte alles.

Michelle ballte die Fäuste. Dabei hatte sie das alles nur für diese willkommene Dreingabe getan. Deswegen hatte sie so lange gewartet, bis sie Françoise tötete, und nun drohten ihre Pläne durch einen dummen Zufall ins Wasser zu fallen. Der Vertrag war inzwischen auszahlungsreif. Im ersten Moment hatte sie noch erwogen, das Geld selbst zu kassieren, aber dafür hatte die belgische Kripo die Leiche der Französin zu schnell entdeckt. Nur aus Geldmangel und durch einen zu schnellen Rückzug waren ihr diese Schnitzer unterlaufen! Jedenfalls konnte sie in der jetzigen Situation unmöglich das Risiko eingehen, die Summe eigenhändig einzutreiben. Schließlich hatten die Belgier längst Kontakt zu den französischen Kollegen aufgenommen.

Wenn sie das alles vorher gewusst hätte, hätte sie Françoise, die sonst kaum etwas auf der hohen Kante hatte, genauso gut schon in Frankreich beseitigen und verschwinden lassen können, anstatt sich mit ihr in dieser schrecklichen Wohnung in Lüttich zu verkriechen.

Es lief ihr kalt den Rücken runter, wenn sie daran zurückdachte. Françoise, die auf ihren Spargroschen hockte wie die Henne auf den Eiern. Ohne sie hatte das Leben in Belgien, trotz des schlechten Wetters, viel sonniger ausgesehen. Michelle erschauerte und lächelte.

Mist!, dachte sie. Hätte ich Françoise und Nadine Versluys doch erst auftauen lassen und sie dann in Stücke gehackt. Andererseits war ihr Geld längst restlos aufgezehrt, also spielte es ohnehin keine Rolle mehr.
Spare in der Zeit, dann hast du in der Not, Michelle!
Halb sechs. Das Personal hatte schon vor einer Stunde das Gebäude verlassen, und das Risiko, dass einer der Hausbewohner den Lastenaufzug benutzen würde, war gleich null.
Den seidenen Balmain-Foulard um die Finger gewickelt, schloss Michelle die Wohnungstür und eilte zum Lift. Sie drückte die Taste für das zweite Untergeschoss, wo sich die Tiefgarage befand, und zerrte mit einem Ruck die klemmende Schiebetür zu. Der Aufzug setzte sich in Bewegung.
Ihr Auto, ein roter Mercedes 280 SL, ehemals das Lieblingsschaustück von Nadine Versluys, stand neben Roberts BMW direkt vor dem Lastenaufzug.
Michelle öffnete die Lifttür, schleifte Roberts leblosen Körper heraus und deponierte ihn keuchend auf der bereitliegenden Decke im Kofferraum des BMW. Dann setzte sie sich ans Steuer der Luxuslimousine, die Arme graziös um das Lederlenkrad geschlungen, und ging in Gedanken ihren Plan noch einmal durch.
Erst würde sie von Brüssel nach Antwerpen fahren und den Wagen in der Tiefgarage an der Belgiëlei abstellen, dann von Roberts Handy aus das Callgirl in der vierten Etage anrufen und sich möglichst unbemerkt aus dem Staub machen. Mit einem Taxi würde

sie zurück nach Antwerpen fahren, den Mercedes abholen, ihn irgendwo in den Niederlanden anzünden und dann mit dem Zug weiter nach Mechelen fahren, wo sie um elf Uhr mit Vicky Versavel in deren Haus verabredet war.
Geschmeidig sprang sie aus dem BMW und öffnete ein letztes Mal die Kofferraumhaube des Mercedes. Sie betrachtete den vollen Benzinkanister und wusste, dass sie keine Sekunde verlieren durfte. Heutzutage war die Polizei in der Lage, den Todeszeitpunkt ziemlich genau zu bestimmen. Mit einem Seufzer klappte sie die Haube wieder zu und setzte sich ans Steuer des BMW.

Vorsichtig manövrierte sie dann die Limousine rückwärts auf den Parkplatz ganz hinten in der Ecke, wo der Kofferraum hinter einer dicken Betonsäule verborgen war.
Auf der ersten Ebene der Tiefgarage gab es keine Kameras, das hatte sie vor zwei Tagen, als sie auf Pardon Kosten noch einmal ausgiebig shoppen gegangen war, sorgfältig überprüft.
Sie zögerte keinen Augenblick, streifte die vorher abgespülten Chirurgenhandschuhe über und wischte das Lenkrad mit einem Taschentuch ab. Als Nächstes öffnete sie die Kofferraumhaube, spähte noch einmal nach links und rechts, rollte Robert mühsam aus der Decke und deponierte ihn keuchend auf dem Fahrersitz.

Sie zog den Reißverschluss der Hose auf, holte sein schlaffes Glied aus den Boxershorts, klemmte seine bereits steif werdende rechte Hand darum und legte die drei Pornoheftchen, die sie in einem Sexshop am Nordbahnhof gekauft hatte, aufgeschlagen auf den Beifahrersitz. Nachdem sie die Tür zugeschlagen und die Decke in ihrer modischen Lacoste-Sporttasche verstaut hatte, wählte sie die Nummer der Luxusprostituierten in der vierten Etage. Sie hatte vor zwei Tagen, während ihres letzten Einkaufstrips, eine Verabredung mit ihr getroffen.

Nach endlosem Palaver hatte sich die Edelnutte endlich dazu bereit erklärt, es in der Tiefgarage im Auto zu tun. Ausschlaggebend dabei war nicht Michelles Argument gewesen, der prominente Kunde könne unmöglich das Risiko eingehen, im Apartment eines Callgirls erwischt zu werden, sondern das üppige Honorar, das sie der Frau in Aussicht gestellt hatte – 1000 für eine halbe Stunde dekadentes Amüsement. Mit Sicherheit würde sie sich von einem Gorilla im Smoking begleiten lassen.

»Hallo«, ertönte es heiser und schwül, »hier Labouche.«

»Pardon«, sagte Michelle, das Taschentuch auf den Mund gepresst, mit tiefer, nasaler Stimme. »Ich erwarte dich in meinem Wagen auf der ersten Ebene. Ich stehe ganz hinten. Ein dunkelgrauer BMW 725 TDS mit getönten Scheiben. Die Cocktails stehen bereit. Gib mir noch zehn Minuten.«

»Okay«, antwortete die Edelnutte sachlich. »Ich komme. Aber kein Griechisch und kein SM.«
»Kein Griechisch und kein SM.« Michelle unterbrach die Verbindung und hastete zum Aufzug.

21

Der Wachhabende Igor Wojtchkowski, von Geburt Deutscher, doch seit 1973, nachdem die Familie beschlossen hatte, in die Heimat zurückzukehren, belgischer Staatsbürger, rührte gelangweilt in seinem lauwarmen Milchkaffee. Mit dem langen braunen Nagel seines kleinen Fingers pulte er in seinen Zähnen und blickte auf seine Uhr, deren Lederarmband im Laufe der Zeit zu einer ausgefransten Strippe verschlissen war. Noch eine halbe Stunde, dann hatte er Feierabend.

Der diensthabende Commissaris Cardoen war auf einer Familienfeier und wünschte, nicht gestört zu werden.

Also musste sich Wojtchkowski wieder mal allein durchschlagen, wie so oft.

Er gähnte, warf einen desinteressierten Blick auf Cardoens Bürotür und dachte darüber nach, dass auch er es sicherlich zum Offizier hätte bringen können, wenn er sich nur ein klein wenig mehr angestrengt hätte. So schwer konnte das nun wirklich nicht sein, wenn man sich ansah, was diese Leute leisteten.

Gerade wollte er in seinem linken Nasenloch weiterbohren, als ein Streifenwagen in die Einfahrt einbog. Herrje, das verhieß nichts Gutes!

Kurz darauf erschien Jos De Meesters grinsendes, schnurrbärtiges Gesicht an der Glasscheibe. Wojtchkowski befürchtete das Schlimmste. Dieser eitle Sprücheklopfer hatte doch Nachtschicht. Was hatte er jetzt wohl wieder in petto? Der sollte nur nicht glauben, dass Igor Wojtchkowski sich die halbe Nacht für ihn abarbeiten würde!

»Na, Igor, noch wach?«, brüllte De Meester und bugsierte eine elegant gekleidete junge Frau von etwa fünfunddreißig Jahren vor sich her.

»Ja, als Einziger«, brummte Wojtchkowski, »aber nicht mehr lange.«

»Pech gehabt, Kollege«, erwiderte De Meester grinsend. Wurde der Kerl denn niemals müde? Er würde schon noch dazulernen, wenn er erst älter und reifer wurde.

»Okay, mach's kurz. Was ist passiert?«, fragte Wojtchkowski und gähnte demonstrativ.

»Bitte pass einen Moment auf sie auf«, sagte De Meester und marschierte mit großen Schritten zur Tür von Cardoens Büro.

Igor Wojtchkowski biss die Zähne zusammen. *Du wirst es schon noch lernen, Junge. Aus Erfahrung wird man klug.* Er warf einen Seitenblick auf die attraktive,

betörend duftende Frau. Dann senkte er den Kopf, und während er träge in seinem Kaffee rührte, ging seine Fantasie mit ihm durch. Er stellte sich vor, dass dieser süßliche Duft ihr Körpergeruch sei, der im Laufe der Nacht immer intensiver werden würde.
Carl Van der Goten, wie immer mieser Laune, kam in die Wache hereingeschlurft, und sein pockennarbiges Gesicht bereitete Wojtchkowskis Visionen ein jähes Ende.
»Hallo, Igor«, brummte er mechanisch und wärmte sich die Hände an dem schmiedeeisernen Heizkörper, von dem die Farbe abblätterte.
»Hallo, Carl. Was hat unser Supermann denn jetzt schon wieder angezettelt, noch dazu mitten in der Nacht?«
»Hör bloß auf. Der Kerl glaubt wohl, er allein könne an einem einzigen Tag die Welt von allem Gesindel säubern. Ich hab's satt bis …« Er unterbrach seine Tirade, als Jos De Meester mit ungläubiger Miene in die Wache zurückkehrte.
»Wo ist denn Commissaris Cardoen?«
»Kommt heute nicht mehr wieder«, antwortete Igor Wojtchkowski mit einem eingemeißelten Lächeln um die Lippen. »Was hat die Gute eigentlich auf dem Kerbholz?«
De Meester setzte seine Uniformmütze ab, fuhr sich über die kurz geschorenen schwarzen Haare und seufzte: »Fahren ohne gültige Papiere. Der Wagen ist auf eine gewisse Nadine Versluys zugelassen und nicht

mehr versichert. Die freundliche Dame hier hatte aber einen französischen Ausweis und einen französischen Führerschein bei sich, ausgestellt auf den Namen Françoise Bourgeois. Höchstwahrscheinlich ist das Fahrzeug gestohlen. Sie behauptet, der Wagen gehöre der Frau ihres Chefs und sie habe das Ehepaar nach Hause gebracht, nachdem die beiden auf einem Firmenfest zu viel getrunken hatten.« Nach dem obligatorischen ungläubigen Augenzwinkern fuhr De Meester fort: »Wir wollten sie anhalten, weil ihr linkes Bremslicht nicht funktionierte. Da hat sie dann versucht zu flüchten. Steck sie einfach für eine Nacht in die Zelle, Igor, danach sehen wir weiter.«

De Meester setzte seine Mütze wieder auf, winkte Van der Goten zu, der begehrlich auf Wojtchkowskis Kaffee schielte, und drehte sich, ohne eine Reaktion seiner Kollegen abzuwarten, mit einem Ruck um. Er war bereit für seine nächste Mission.

»He, Rambo!«, ertönte es im Chor.

Jos De Meester blieb erstaunt stehen und machte auf dem Absatz kehrt.

»Wer Leute um die Ecke bringt, muss auch eine Grube zum Reinwerfen ausheben«, höhnte Van der Goten mit seinem großen Mundwerk. De Meesters Art ging ihm gehörig auf die Nerven. »Verdammter Streber!«, flüsterte er dann noch und zwinkerte dabei Wojtchkowski zu. Schließlich fuhr er fort: »Soll Igor die Dame vielleicht mit nach Hause nehmen? Hier ist kein Mensch mehr, falls du's noch nicht bemerkt hast.«

Wojtchkowski riss die dicht beieinanderstehenden Augen auf und ließ seine unverhohlen gierigen Blicke über den Körper von Michelle Bekaert wandern, die bis dahin noch kein Wort gesagt hatte. Als er ihrem Blick begegnete, zuckte er zusammen. Diese stechenden Augen! Dieses Kätzchen sollte man wohl lieber nicht ohne Handschuhe anfassen.
De Meester winkte ab und ließ sich ergeben auf einen Stuhl sinken.
»Sollten wir nicht besser Cardoen anrufen?«, fragte Van der Goten.
Wojtchkowksi nickte. Was blieb ihnen schon anderes übrig?

»Hier Cardoen!«, meldete sich der Commissaris mit schwerer Zunge.
»Guten Abend Chef, hier ist Igor Wojtchkowski.«
»Igooorrr, mein Freund, was gibt's Neues?« Cardoen war guter Laune und offensichtlich ziemlich angeheitert.
Wojtchkowski hörte Partylärm im Hintergrund. Ein wenig unzusammenhängend erstattete er Bericht, woraufhin Cardoen zunächst einmal schwieg.
»Sind die Papiere der Frau in Ordnung?«, fragte der Commissaris schließlich.
»Na ja. Sie besitzt einen französischen Führerschein, ausgestellt neunzehnhundertsiebenundsiebzig, mit einem sehr unscharfen Foto. Aber der Ausweis ist meiner Meinung nach echt.«

»Und das Ausweisfoto zeigt eindeutig sie?«, fragte Cardoen ungeduldig.
»Sie hat jetzt eine andere Frisur, aber ansonsten ... Ja. Das müsste sie sein.«
»Manche Menschen machen so was, Igor, sie lassen sich einfach die Haare schneiden«, flüsterte Van der Goten.
De Meester schlug die Hände vor den Mund, um ein Lachen zu ersticken, und hieb seinem Kollegen mit tränenden Augen auf den mageren Rücken.
»Was sollen wir denn jetzt machen, Chef? Sie laufen lassen oder in eine Zelle stecken?« Wojtchkowski schaute nervös auf die Uhr. Halb elf. In einer Viertelstunde hatte er Dienstschluss, und einundzwanzig Überstunden hatte er schon angesammelt. »Oder sollen wir sie der Rijkswacht in Hofstade übergeben, die haben die ganze Nacht Bereitschaft?«, schlug er vor, in der Hoffnung, dadurch eine schnelle Entscheidung herbeizuführen.
»Nein, lass die bloß aus dem Spiel«, erwiderte Cardoen energisch und klang schlagartig ernüchtert.
»Überprüfe die Dame stattdessen auf Herz und Nieren. Sieh nach, ob sie und ihr Fahrzeug auf den Fahndungslisten stehen.«
»Um diese Uhrzeit? Dazu müsste ich mich in den Brüsseler Zentralcomputer einloggen, und dafür habe ich kein Passwort.«
»Wie bitte? Du solltest doch längst eines beantragen!«
»Haben Sie den letzten Bericht des Generalstabs über

die Umstrukturierungsmaßnahmen nicht gelesen?«, fragte Wojtchkowksi schleppend, die Zungenspitze zwischen den Lippen. »Ein Passwort erhalten nur noch Offiziere, Chef.«
Michelle Bekaert stand noch immer kerzengerade vor dem Schreibtisch des Wachhabenden, und wie sehr ihr Herz auch klopfte, sie verzog keine Miene. Zeigte nicht die kleinste Gefühlsregung. Sie dachte an Elaine, ihre Vorgängerin und zugleich ihr großes Vorbild. Die war seinerzeit in einem nicht bezahlten Mietwagen angehalten worden, aber noch bevor die Kripo die Ermittlungen richtig aufgenommen hatte, vom Richter aus Mangel an Beweisen freigesprochen worden. Ruhig bleiben hieß demnach die Devise.
Michelle starrte die Polizisten an und fühlte den kalten Stahl des Stiletts, das sie unter ihrem Angorapulli trug, gegen ihre Bauchmuskeln drücken.
Den Polizisten am Telefon auszuschalten wäre sicher keine große Kunst, aber die beiden anderen saßen zu weit voneinander entfernt, um sie in einem Aufwasch zu töten. Sie musste wohl oder übel abwarten und auf die Inkompetenz der Polizeibehörden hoffen.
Unterdessen zögerte Commissaris Cardoen, sein Passwort übers Telefon durchzugeben, noch dazu an einen Untergebenen. Manch ein Kollege war über geringere Fehler gestolpert. Mist, ausgerechnet jetzt! Er sah, wie seine Frau Gwendolyne ihm bereits zuwinkte. »Gehört der Wagen ihr?«, fragte er dann.
»Nein, Commissaris, wie gesagt, der Wagen gehört der

Frau ihres Chefs. Sie behauptet, sie habe ihren betrunkenen Chef samt Gattin zu Hause abgesetzt und sich dann mit deren Wagen auf den Heimweg gemacht. Was meinen Sie? Was sollen wir denn nun mit ihr tun?«

»Hat sie Alkohol getrunken?«

»Ich rieche nichts.«

»Nein«, flüsterte Van der Goten, »wir haben sie schon pusten lassen.«

»Alkoholtest war negativ, Chef«, wiederholte Wojtchkowski.

Wieder blieb es auf der anderen Seite der Leitung für eine Weile still. »Okay, Wojtchkowski. Schreib einen Bericht. Ihre Aussage brauche ich nicht, aber vergiss nicht, den Namen ihres Chefs anzugeben, dem werden wir morgen mal tüchtig auf den Zahn fühlen. Mach eine Kopie von ihrem Ausweis und leg den Wagen still.«

»Soll ich ihn beschlagnahmen, Chef?«

»Nein, Igor. Bist du taub? Stilllegen, sagte ich, kein offizielles Brimborium. Apropos, was für ein Fabrikat ist es denn?«

»Ein roter Mercedes, so ein alter Sportwagen.«

»Okay, sag Van der Goten und De Meester, sie sollen sich darum kümmern. Und frage, ob sie den Reserveschlüssel bei sich hat, und nimm ihr den Autoschlüssel ab. Ihr Chef kann ihn ja dann morgen abholen kommen. Alles klar, Wojtchkowski?«

»Was, wenn sie noch einen Reserveschlüssel hat?«, fragte Wojtchkowski verwirrt.

»Igor! Sorge einfach dafür, dass sie nicht mit dem Auto wegfahren kann! Leg es meinetwegen an die Kette oder nimm eine Parkkralle.« Cardoen legte auf, winkte einem Ober, bestellte noch ein Hoegaarden und mischte sich mit fröhlicher Miene wieder unter das Partyvolk.

22

Michelle Bekaert stieg am Bahnhof von Mechelen aus, bezahlte den Taxifahrer und verschwand in dem Fußgängertunnel, der in die Hendrik Conscienceestraat mündete. Diese lag nur wenige Straßen von der Louisastraat entfernt, wo ihr Wagen hoffentlich noch immer geparkt war.

Schon als sie in die Louisastraat einbog, sah sie ihn von weitem. Der Mercedes stand noch an derselben Stelle, um den rechten Vorderreifen eine Parkkralle. Sie schlug die Hände vor die Augen und überlegte. *Erst gründlich nachdenken, Michelle. Du hast Zeit genug.*

Achtlos ging sie an dem eleganten roten Sportwagen vorüber. In der Onzelievevrouwestraat bog sie rechts ab und betrat die Taverne De Kleine Keizer.

Sie bestellte einen Tee mit Zitrone und blickte auf ihre Armbanduhr. Viertel vor elf. Sie hatten den Ausweis von Françoise Bourgeois kopiert und ihr die Autoschlüssel abgenommen. Egal, der Ausweis war sowieso viel zu heiß und damit wertlos geworden. Doch den

Wagen anzuzünden war auch ohne Schlüssel ein Kinderspiel. Sie musste nur die Seitenscheibe einschlagen, den Kofferraum öffnen, den Innenraum mit Benzin übergießen und das Ganze anzünden. Zwar hätte sie den Wagen lieber an einem einsameren Ort abgefackelt, aber sei's drum. Außerdem war unter der Woche in einem Nest wie Mechelen sowieso nichts los.
Genüsslich schlürfte sie ihren Tee und sah zu, wie die vorletzten Gäste gingen, ein gesetztes Ehepaar mit einem Pudel im selbst gestrickten Pullover, genauso ein Köter wie der von Vicky Versavel. Rasch kippte sie den Rest Tee hinunter, verbrannte sich dabei die Zunge und stand auf. *Nicht als Letzte die Kneipe verlassen, Michelle. Das wäre zu auffällig.*
Draußen kondensierte ihr Atem in dunstigen Schleiern. Sie beschloss, zuerst einen Spaziergang zu unternehmen und von einer öffentlichen Telefonzelle aus Vicky Versavel anzurufen. Die gute Frau machte sich vermutlich schon die größten Sorgen, und vielleicht war bei ihr ja doch noch was zu holen. Sie brauchte dringend eine neue Identität, und irgendwie ähnelte ihr die dralle Blondine tatsächlich ein wenig.
Selbst auf der Haupteinkaufsstraße war keine Menschenseele zu sehen, als Michelle an den Schaufenstern entlangflanierte. Nicht besonders aufregend, nirgendwo Haute Couture. Auf einmal wurde ihr klar, warum Vicky Versavel sich in dieser Stadt wohlfühlen konnte. Diese Versagerin konnte nicht mal ein exklusives Armani-Stück von einem durchschnittlichen Emporio-

Teil unterscheiden. Nadine Versluys war da aus ganz anderem Holz geschnitzt gewesen, sie hatte eine Wohnung an der Küste besessen und es verstanden, sich geschmackvoll zu kleiden. Sie hatte wirklich Klasse gehabt. Viel zu bescheiden, aber durch und durch ein Klasseweib. Diese Vicky Versavel hingegen – was für ein abstoßendes Geschöpf!

Im Stadtpark von Mechelen suchte sich Michelle Bekaert alias Françoise Bourgeois alias Nadine Versluys eine einigermaßen saubere Bank. Vorsichtshalber holte sie dennoch rasch einen seidenen Foulard aus ihrer Delvaux-Handtasche, legte ihn unter und schlug den üppigen Kragen ihres edlen Kaschmirmantels hoch.

Ihre Gedanken schweiften zu ihrer neuen Mitbewohnerin und ihrem zukünftigen Ego ab: Vicky Versavel. Dieser erste Restaurantbesuch, dieses deprimierende Essen in dieser Kaschemme. Schon da hatte sie Vickys Fassade durchschaut: Es war alles nur schöner Schein, und sie war bei weitem nicht so reich, wie sie nach außen hin gerne vorgab.

Michelle ballte die Fäuste. Sie hasste Menschen, die anderen etwas vormachten. Vicky Versavel mochte in einer großen Villa wohnen, mit vier Bädern, Sauna und Fitnessraum, aber das war auch schon alles, was sie besaß. Ihr Vater, ein Exklusivimporteur von Luxusschnellbooten, hatte ihr nach seinem Tod nicht nur das Haus, sondern auch einen Berg Schulden hinterlassen. Der Mann hatte ebenso schnell gelebt, wie seine Boote über das Wasser flitzten. Alles, was er verdiente, gab er

in Windeseile wieder für die aberwitzigsten Luxusgüter aus.
Der Ehemann von Vicky, der wohl ebenfalls auf deren angeblichen Reichtum spekulierte, hatte sich schon nach fünf Monaten Ehe wieder aus dem Staub gemacht, und seitdem hatte Vicky von Männern die Nase voll. Von Frauen wollte sie Gott sei Dank auch nichts wissen. Sie liebte nur noch ihre hässliche Töle.
Michelles Gedanken wanderten wieder zu dem Restaurantbesuch, diesem mit großem Tamtam angekündigten Restaurantbesuch. Dafür würde sie Vicky noch die Rechnung präsentieren. Erstens war das Lokal, dessen Namen sie bereits wieder vergessen hatte, im Grunde nichts weiter als ein besseres Schnellrestaurant gewesen.
Michelle hatte bereits mit dem Schlimmsten gerechnet, als Vicky ihr ihre exklusive Ausgehkleidung vorgeführt hatte. Ein abscheulicher Anblick, wie diese Krautstampfer unter dem kurzen Rock hervorgequollen waren! Bei der Gelegenheit hatte die blöde Kuh sie gefragt, wie sie ihr neues Armani-Kostüm finde. Armani-Kostüm, du lieber Himmel! Viel zu gedeckte Farben, abgerundete Revers und nirgendwo Streifen oder Punkte auf dem keineswegs exklusiven Stoff. Emporio. Definitiv Emporio.
Und dann das Essen! Vicky hatte wahrhaftig Steak mit Pommes bestellt. Keine Vorspeise. Zu allem Übel hatte sie auch noch zweimal Pommes nachgeordert! Igitt! Was hatte sie eigentlich gegessen? Thunfischgratiné an

Spargel, gefolgt von Entenbrustfilet mit Cevennen-Steinpilzen auf einem Bett von Möhrenpüree und Lauch und als Dessert den *Assiette du Chef*, ein lockeres Eiersoufflée mit Mangosauce, das – so viel musste man dem Laden lassen – durchaus genießbar gewesen war. Dabei bot das Restaurant keine wirklich exklusiven Gerichte an, und der Maître d'Hôtel war alles andere als professionell. Er hatte es nicht einmal für nötig gehalten, sie den Saint Emilion Chateau Latour Grand Cru von 1985 vorher kosten zu lassen, der obendrein recht fad schmeckte, weil er so gut wie keinen Abgang hatte.

Als es ans Bezahlen ging, schlug Vicky dann endgültig dem Fass den Boden aus. Einfach armselig. Sie bezahlte doch tatsächlich mit Visa, nicht mal mit einer Platin-American-Express oder einer Eurocard Gold – nein, mit einer ordinären Visacard. Einfach armselig!

Noch nie im Leben hatte Michelle derart beschämt, erniedrigt und deprimiert ein Restaurant verlassen. Ihre Mutter früher, das war wahrlich etwas anderes gewesen.

Michelle schloss die Augen und sah ihre Mutter in ihrer ganzen Pracht wieder vor sich, in den schicksten Restaurants, eine Schmetterlingstätowierung auf dem rechten Schulterblatt und in den exklusivsten Abendroben. Mama hatte edelste Klasse besessen.

Dazu sie und ihre Schwester, piekfein ausstaffiert, beide im schlichten marineblauen Matrosenlook mit schneeweißen Kniestrümpfen und ebenso weißen Schuhen, natürlich alles von Yves Saint-Laurent. Bewundernd hatten sie zugesehen, wenn ihre Mutter wieder einmal einen Maître d'Hôtel bei einem Fehler ertappte und ihn taktvoll, aber entschieden zurechtwies.

Und dann war da noch Papa. Er war ein Bauer. Ein reicher zwar, aber dennoch ein Bauer. Mama hatte ihn nie in den Arm genommen. Sie hatte sich, ebenso wie Michelle und ihre Schwester, für den ungehobelten Erzeuger ihrer Kinder geschämt.

Es war nach einem dieser wunderbaren Restaurantbesuche geschehen. Sie und ihre Schwester lagen schon im Bett und hörten in ihrem gemeinsamen Kinderzimmer, wie sich Papa und Mama wieder einmal stritten.

Michelle Bekaert zitterte. Sie bebte am ganzen Körper und schmeckte den salzigen Schweiß, der ihr von der Stirn über die Nase auf die Lippen tropfte.

Sie konnte sich an jenen Abend noch in allen Einzelheiten erinnern. Jedes einzelne Wort hatte sich in ihr Gedächtnis eingebrannt. Es war sogar eines dabei, das sie hinterher in einem dicken Wörterbuch nachschlagen musste: frigide.

»Frigide Kuh!«

»Jetzt komm ins Bett, Georges. Ich bitte dich!«

»Ich geb's auf. Ich habe deine Launen satt! Sieh doch bloß mal in den Spiegel, Ermine!«

Dann zwei, drei trockene Schläge und ein herzzerreißendes Jammern.

»Ich kann so viel kriegen, wie ich will!«

Meine arme kleine Schwester, die mit angstverzerrtem Gesicht in ihre Bettdecke beißt und leise schluchzt.

Jetzt flossen Michelle nicht mehr die Schweißtropfen, sondern dicke Tränen über die Wangen. Tränen des Hasses, der Wut und der Trauer. Jede Einzelheit hatte sich in ihr Gedächtnis eingeprägt wie ein Brandzeichen.
Wenn sie die Augen schloss, sah sie sich selbst vor ihrem geistigen Auge, immer wieder. Wie sie dalag und ihr das Herz bis zum Hals schlug, als Papa, der ekelhaft nach Alkohol stank, zu ihrer Schwester ins Bett schlüpfte. Das Schluchzen der Schwester, das sich mit seinem Keuchen vermischte, und dazu das unaufhörliche Flehen aus Mamas Zimmer.

»Nein, Georges, bitte nicht! Georges, komm zurück!«

Dieser verhaltene Urschrei, nach dem Papa sich davonschleicht, wie er gekommen ist, heimlich und leise, und die Kleine allein zurücklässt, voller Verzweiflung.

Meine arme Schwester, die anschließend noch stundenlang vor sich hin schluchzt und kein Wort mehr spricht, und ich, wie ich mich machtlos im Bett herumwälze. Fieberhaft. Fragen … Was? Warum? Warum meine Schwester, und warum nicht ich?

Aber nicht an jenem Abend. An jenem Abend nehme ich meine kleine Schwester an die Hand, und noch bevor Papa unser Zimmer erreicht hat, schleichen wir zusammen hinunter.

Zwei ängstliche kleine Wesen, versteckt in den Kissen eines überdimensionalen karmesinroten Sofas.

Dann das unheilverkündende Knarren der Treppe. Das Böse kommt näher! Unaufhaltsam! Unabwendbar!

Wir Hand in Hand barfuß in den Keller. Dunkelheit.

Papas wütendes Gebrüll: »Wo seid ihr, ihr nichtsnutzigen Bälger?«
Keine Mama. Panik. Die Kleine starr vor Angst. Muss was tun! Letzter Ausweg. Kellertür angelehnt.
Schnell … schnell … zu schnell.

Dann ein jämmerliches Quietschen. Die Tür … Papa!
Knarrende Stufen.
Schnell … schnell … zu schnell!

Meine kleine Schwester! Vor Angst weit aufgerissene Augen! Ich! Suchender Blick! Zusammen. Riesige Tiefkühltruhe. Deckel auf … hochheben … zusammen … stark. Schnell … ein kleiner Schubs … Schwester hinein … Lächeln … warm … von innen.

Papas röchelnder Atem.

Deckel zu.

Aufleuchten … schmutzig … gelb … Glühbirne.

Rennen … offene Kellertür.

Papa … blutunterlaufene Augen … Greifen, zuschlagen!
Harter, harter, harter Schlag … Schmerzen … Gesicht … brennt!

Hinterkopf … Tiefkühltruhe. Dumpfer Schmerz. Lecken.
Schmecken. Geschmack von Blut. Frischem Blut. Eigenem Blut.

Ich küsse die Tiefkühltruhe, als Papa zur Tür springt und keuchend in die kalte Winternacht hinausruft: »Komm zurück!«

Kurz darauf lauter, befehlend:
»Komm zurück! Sofort!«

Dann schließlich, während ich lache, auf den Knien, flehend, kraftlos, mit verkrampften Muskeln: »Bitte … vergib mir!«

Michelle presste die Handflächen so fest gegen ihr Gesicht, dass ihr markerschütternder Schrei gedämpft wurde. Sie fuhr mit den gespreizten Fingern beider Hände über Augen, Nase und Wangen, wobei die Schminke breite schwarze Streifen auf ihrem Gesicht hinterließ. Mit blutunterlaufenen Augen verfluchte sie die kalten, funkelnden Sterne.

23

Als Dirk Deleu endlich erwachte, hatte er einen trockenen Mund und verkrampfte Muskeln. Er schlug die verklebten Augenlider auf, blickte sich verwirrt um, schüttelte den Schlaf ab und wäre vor Schreck beinahe von dem breiten Sofa gefallen. Denn halb auf ihm lag Nadia Mendonck, den Kopf auf seinem Bauch, die Arme um seine Taille geschlungen.

Deleu blieb mucksmäuschenstill liegen und versuchte seine Gedanken zu ordnen. Die Erinnerung an Rutgers Tod dämpfte schlagartig seine Angst. Vorsichtig öffnete er die obersten Knöpfe seines Hemdes und zermarterte sich das Gehirn. Was war um Himmels willen am vergangenen Abend geschehen?

Mit angehaltenem Atem gelang es ihm, nach und nach den Film zurückzuspulen. Sie hatten erst etwas zusammen getrunken, so weit, so gut. Aber danach … Was war hier in der Wohnung geschehen? Deleu stöhnte und betrachtete seine schlafende Kollegin. Sie trug noch dieselben Kleider wie am Abend. Hm. Er hatte die völlig fassungslose Nadia nach Hause gebracht. An die Fahrt nach Löwen erinnerte er sich noch ganz deutlich. Müde rieb er über sein schmerzendes Schulterblatt.

Nadia Mendonck stöhnte leise, und Dirk Deleu streichelte ihr mit dem Zeigefinger über die feuchte Stirn.

Was nun, Dirk?

Barbara anrufen, natürlich! Mist! Sein verfluchtes Handy lag noch im Auto, und den Stecker von Nadias Anrufbeantworter hatte er gestern Abend herausgezogen.

Verdammt, Dirk Deleu, Vater von zwei Kindern, was treibst du hier eigentlich?

Warum hatte er Barbara nicht schon gestern Abend angerufen? Genau. Er wollte gerade zu seinem Auto zurückkehren und hatte Nadia vorher gefragt, ob er noch irgendetwas für sie tun könne. Da war sie ihm um den Hals gefallen und hatte ihn angefleht, noch ein wenig zu bleiben, sie nicht allein zu lassen.

Allmählich ergaben die Fetzen ein zusammenhängendes Bild, und Deleu kratzte sich am Kopf.

Sie hatten noch einen Cognac getrunken, das verriet die offene Flasche Remy Martin. Sie hatte ihn geküsst. Oder er sie? Nein, nein. Sie hatte ihn an sich gezogen und ihren Mund auf seinen gepresst. *Warum? Aufwachen, Junge! Ich muss eingeschlafen sein. Ich muss Barbara anrufen, und zwar sofort!*

Vorsichtig befreite sich Deleu aus Nadias Umarmung und ließ den schlaffen Arm seiner Kollegin auf das

Sofa sinken. Er stolperte zum Telefon, schob mit knackenden Knien den Stecker in die Dose und tippte seine Telefonnummer ein. Die Designeruhr über der Anrichte zeigte bereits halb elf! Welcher Tag war heute? Dienstag? Nein, Mittwoch.

Nach dem dritten Freizeichen wurde abgenommen.

»Barbara?«

»Nein, Papa, ich bin's, Rob!«

»Ist Mama nicht zu Hause?«

»Nein.«

»Warum bist du nicht in der Schule?«

»Nicht schimpfen, Papa! Ich bin heute nicht hingegangen, weil Mama so schnell keinen Babysitter bekommen konnte, und ich habe versprochen, auf Charlotte aufzupassen. Wo steckst du denn? Mama hat die halbe Nacht nicht geschlafen!«

»Wo ist sie jetzt?«

»Bei Jos Bosmans, glaube ich. Der hat hier übrigens auch schon ein paar Mal angerufen. Er braucht dich wohl dringend. Mehr weiß ich auch nicht. Sie hat noch gesagt, wenn du anrufst, sollst du dich unbedingt bei ihm melden. Jetzt sag endlich – wo bist du?«

»Bei einer Kollegin, mein Junge. Ihr Freund ist heute Nacht mit dem Motorrad tödlich verunglückt, und ich konnte sie unmöglich allein lassen. Irgendwann bin ich dann wohl eingeschlafen.«

Der Junge schwieg.

»Rob?«

»Ja, Papa, schon gut, aber jetzt ruf erst mal Mama an«,

antwortete er verärgert. »Du hättest schon mal kurz Bescheid sagen können.«

»Tut mir leid, aber ich bin einfach nicht dazu gekommen… Ich rufe sie jetzt sofort an und beruhige sie. Falls ich sie nicht erreiche, sag ihr bitte, dass mit mir alles in Ordnung ist.«

»Soll ich ihr auch sagen, wo du bist?«, fragte Rob ein wenig unsicher und verlegen.

»Natürlich kannst du ihr das sagen. Und du kannst beruhigt sein, diesmal steht es nicht morgen in allen Klatschspalten«, erwiderte Deleu bissiger als beabsichtigt. Er spielte damit auf die Affäre mit dem Callgirl an, das ihn bei einem früheren Fall in die Pfanne gehauen hatte. Seinen Ausrutscher hatte die Presse damals genüsslich breitgetreten.

»Schon gut, Papa, ich glaube dir ja. Aber es geht um Mama. Du hast ja keine Ahnung! Manchmal höre ich sie im Badezimmer weinen, wenn sie abends so lange auf dich warten muss. Ich glaube, das liegt an dem, was damals passiert ist. Vielleicht hat es aber auch mit Charlotte zu tun.«

Dirk Deleu fiel auf die Schnelle keine sinnvolle Antwort ein, und außerdem war er sprachlos vor Erstaunen, dass sein Sohn am Telefon so offen und erwachsen mit ihm redete. Meist war der Junge eher zurückhaltend. Wann hatte er ihn eigentlich zum letzten Mal gesehen? Der Fall nahm ihn derart in Anspruch, dass für nichts Zeit blieb außer den Dingen, die in direktem Zusammenhang mit den Ermittlungen standen.

»Ich werde mit Mama darüber reden. Versprochen. Mach dir bitte keine Sorgen, mein Sohn.«
»Okay, Papa. Und jetzt ruf sie schnell an.«
Nach dem trockenen Klicken rieb sich Deleu über den scheuernden Stoppelbart und wählte die Durchwahl von Jos Bosmans.
»Bosmans!«
Deleu atmete zwei, drei Mal tief ein und aus, räusperte sich und sagte sachlich: »Ich bin's, Dirk. Ist Barbara bei dir?«
»Ja, sie ist bei mir, Maud ebenfalls, und bald auch die versammelte Presse. Wo steckst du? Ich hab schon zwanzig Mal versucht, bei dir …«
Deleu hielt den Hörer ein Stück vom Ohr weg und ließ seinen Freund zu Ende toben. Das war nicht der richtige Augenblick, um eine Diskussion vom Zaun zu brechen.
»Ich bin bei Nadia.«
»Bei Nadia? Verdammt noch mal! Weißt du eigentlich, was heute Nacht hier los war? Ich verlange von den Mitgliedern meines Teams, dass sie während der Ermittlungen in einem wichtigen Fall rund um die Uhr erreichbar sind!«
Dirk Deleu hörte im Hintergrund Mauds Stimme. Es klang, als mache sie ihrem Lebensgefährten Vorhaltungen. Jos setzte sich schließlich mit überkippender Stimme durch: »In meinem Büro bin ich der Chef und mache, was ich will! – Dirk! Was zum Teufel hast du bei Nadia Mendonck verloren? Ich stelle gerne den

Lautsprecher an, damit Barbara mithören kann. Die arme Frau wartet hier schon seit über sieben Stunden auf dich! Kreuzunglücklich ist sie …«
Den Rest hörte Deleu nicht mehr, denn ihm wurde energisch der Hörer aus der Hand gerissen.
»Rutger ist heute Nacht tödlich verunglückt«, sagte Nadia Mendonck heiser. »Es tut mir leid, Barbara. Es tut mir leid, Jos.«
Zur Abwechslung war Jos Bosmans mal sprachlos.

24

Außerdem habe ich Neuigkeiten von der Sûreté«, beendete Jos Bosmans seinen Wortschwall. Er hatte Deleu in sachlichem Tonfall über die Tatsache informiert, dass der rote Mercedes von Nadine Versluys ausgebrannt in Mechelen gefunden worden war, stillgelegt mit einer Parkkralle der Polizei. »Die Ermittlungen in Anduze im Fall der Brandstiftung sind damals eingestellt worden, weil die Leiche von Nathalie Barthez eindeutig identifiziert wurde und der anderen Leiche die beiden oberen Schneidezähne fehlten.«

»Ebenso wie Françoise Bourgeois«, ergänzte Deleu und fügte nachdenklich hinzu: »Unser Täter oder vielmehr die Täterin hat sich wohl darauf spezialisiert, die Gebisse sämtlicher Opfer zu verschandeln. Ich weiß noch genau, was Pierre vor etwa einer Woche gesagt hat: ›Ist doch ganz einfach: Schwarze Witwe ermordet wegen des Geldes erst Nadine Versluys und dann Françoise Bourgeois, nimmt ihre Stelle ein und kassiert das Geld.‹«

Bosmans schwieg.
»Meiner Meinung nach war es genau umgekehrt«, sagte Deleu und ließ sich mit abwesendem Blick auf einen der Bürostühle sinken. »Zuerst hat die Täterin Françoise Bourgeois ermordet. Das ist es, Jos! Sie lernt die Bourgeois und deren Freundin Nathalie Barthez kennen. Sie ermordet die Freundin und lässt ihr vorheriges Opfer – schließlich sehen sie sich alle ähnlich – mit ihr zusammen bis zur Unkenntlichkeit verbrennen, wobei sie ihr vorher die beiden Schneidezähne ausbricht. Sie erzählt Françoise Bourgeois irgendwelche Märchen und zieht mit ihr zusammen nach Belgien. Dort ermordet sie die Frau, schlüpft in ihre Identität, plündert ihre Konten und lockt dann Nadine Versluys in ihr Netz.«
»Schon seit über einer Woche forschen wir nach Konten, Lebensversicherungen und dem möglichen Aufenthaltsort von Françoise Bourgeois in Belgien. Doch wir finden nichts, Dirk. Nicht die geringste Spur.«
»Trotzdem spricht das nicht gegen meine Hypothese! Es könnte doch sein, dass die beiden eine Wohnung unter falschem oder dem Namen eines früheren Opfers gemietet haben!«
»Zum Beispiel unter dem Namen der Person, die zusammen mit Nathalie Barthez verbrannt in Anduze gefunden wurde«, ergänzte Bosmans.
»Genau«, sagte Dirk. Er sah nicht auf, sondern wedelte diese letzten Worte mit der rechten Hand quasi weg. »Sie ermordet also Françoise Bourgeois, nimmt deren

Identität an und steckt sie in die Tiefkühltruhe?« Wieder winkte Deleu auf seine eigene Frage hin ab. »Oder sie lernt in der Zwischenzeit Nadine Versluys kennen, gibt sich ihr gegenüber als Françoise Bourgeois aus, ermordet sie und steckt dann die Bourgeois in die Tiefkühltruhe der Versluys.«
Bosmans nickte zustimmend, fragte aber noch einmal nach: »Warum hätte sie das Risiko auf sich nehmen sollen, die Leiche von einer Wohnung in die andere zu transportieren? Sie muss diese andere Wohnung noch eine Weile behalten haben, wahrscheinlich sogar dann noch, als sie bereits bei Nadine Versluys gewohnt hat. Und wenn es nur wegen der Leiche war.«
»Warum hat sie die Leiche überhaupt aufbewahrt?«, fragte nun wieder Deleu und beantwortete die Frage im nächsten Moment selbst: »Weil sie nicht wollte, dass der Mord frühzeitig entdeckt wurde. So einfach ist das.«
»Ach ja? Warum ist sie dann mit der Leiche von Nadine Versluys ein derart großes Risiko eingegangen? Fällt dir dazu auch eine sinnvolle Erklärung ein?«
Deleu antwortete nicht.
»Dirk?«
»Wahrscheinlich weil sie für sie nutzlos war.«
»Gut, fassen wir also mal zusammen: Wenn wir die Identität der Frau ermitteln können, die zusammen mit Nathalie Barthez verbrannt ist, erfahren wir vielleicht auch den Namen der Mörderin oder zumindest den Namen, unter dem sie eine Wohnung in Belgien

angemietet hat.« Jos Bosmans holte tief Luft. »Außerdem sollten wir uns in Frankreich nach den Besitztümern von Françoise Bourgeois erkundigen, ebenso wie diese nach ihrem Tod verteilt und von wem sie beansprucht wurden.« Er runzelte die Stirn. »Ich vermute mal, dass dahingehend bereits ermittelt wurde. Schließlich haben die Kollegen geglaubt, Françoise Bourgeois sei bei dem Brand gemeinsam mit Nathalie Barthez ums Leben gekommen. Aber ob sie auch die weitere Entwicklung verfolgt haben? Vielleicht gibt es ja eine Lebensversicherung, die uns auf eine Spur bringen könnte.«

»Und dann?«, fragte Deleu dazwischen. »Was dann? In der Wohnung von Nadine Versluys, wo die beiden sich noch vor relativ kurzer Zeit aufgehalten haben, waren auch keinerlei Spuren zu finden. Wir hinken hoffnungslos hinterher. Es gibt keine Erben, und die Täterin wechselt so schnell die Identität, dass sie uns immer ein paar Schritte voraus ist. Allerdings ist mir aufgefallen, dass sie offenbar ihr Tempo erhöht. Wie ein Hai, der frisches Blut gerochen hat. Blinde Mordlust. Zuschlagen, zerreißen, fressen und abhauen. Sie nimmt sich nicht mehr die Zeit, gut durchdachte Pläne zu schmieden.«

»Sie«, murmelte Bosmans.

Deleu musterte ihn verständnislos und zuckte mit den Schultern. »Ich bin mir nicht sicher, Jos. Warum sollte nicht ein Mann mit ihr unter einer Decke stecken? Ein Komplize, der die Drecksarbeit für sie erledigt. Warum sollte die Leiche in der Tiefkühltruhe nicht gefunden werden? Das ist die entscheidende Frage.«

Bosmans, mit den Gedanken bereits in Frankreich, griff nach dem Telefon.

»Was hast du vor?«, fragte Deleu.

»Ich rufe jetzt Lacante von der Sûreté an. Ich möchte, dass der Lebenslauf der Bourgeois von A bis Z recherchiert wird, und ich will endlich wissen, wer die andere Leiche in dem Haus in Anduze war.« Eilig wählte er eine Telefonnummer.

Deleu drehte sich um und ging seufzend zur Tür.

Bosmans sah ihm nach, überlegte kurz und legte den Hörer nach dem vierten Läuten wieder auf. »Wie geht es eigentlich Nadia?«

Deleu fuhr sich durch die wirren Haare, betrachtete Bosmans und sagte: »Schlecht. Was dachtest du denn?«, und ging hinaus in den Flur.

»Dirk!«

Deleu hielt inne, antwortete aber nicht.

»Fahr nach Hause. Zu Barbara.«

Deleu hob den Zeigefinger, richtete sich auf und bog, ohne sich umzusehen, um die Ecke. Es hätte nicht viel gefehlt, und er hätte vor sich hin gepfiffen.

25

Vicky Versavel war erleichtert, dass ihre zukünftige Mitbewohnerin unverletzt geblieben war. Sie gähnte. Ihre Beine fühlten sich an wie Pudding und ihr Kopf wie mit Watte gefüllt.
Michelle Bekaert saß ihr gegenüber und musterte sie noch immer mit einem überaus liebenswürdigen Lächeln. Gerade hatte sie Vicky weisgemacht, sie habe einen Unfall gehabt und der Mercedes habe dabei einen Totalschaden erlitten. Sie habe Glück gehabt, sie hätte schwer verletzt sein können. Aber sie habe nur leichte Kopfschmerzen.
Aufgesetztes Lächeln.
Miss Piggy hatte prompt angefangen, sie zu bemuttern, und war in die Küche gewatschelt. Eines musste man ihr jedoch lassen: Der Hagebuttentee mit Honig tat wirklich gut. Die beiden Valiumtabletten, die Michelle ganz nebenbei in Vickys Tasse hatte fallen lassen, hatte diese gar nicht bemerkt.
»Mir ist ein bisschen schwindelig, als hätte ich zu viel

getrunken«, sagte sie nach einer Weile und rührte unsicher in ihrer Tasse Tee.
Michelle fühlte, wie kalte Wut in ihr aufstieg. Ganz tief aus ihrem Inneren, wie brodelnde Lava in einem Vulkan kurz vor dem Ausbruch. Bodenlos. Unaufhaltsam.
Der Hund bellte.
Erneut aufgesetztes Lächeln.
Kurzschluss.
»Hast du Geld im Haus?«
Tonlos.
Irrsinniges Funkeln in den graugrünen Augen.
Vicky Versavel starrte Nathalie ungläubig an.
»Ob du Geld im Haus hast?«, fragte diese erneut, diesmal lauter. »Oder habe ich mich nicht klar genug ausgedrückt?«
Angst schnürte Vicky die Kehle zu. Vor ein paar Stunden noch hatte sie sich die Fahndungssendung *Oproep 20-20* im Fernsehen angesehen und mit besonderem Interesse den Beitrag über die tiefgefrorene Frauenleiche verfolgt, die in einer Badewanne gefunden worden war. Die Fahnder gingen davon aus, dass das Opfer auf eine Kontaktanzeige geantwortet und darüber seine Mörderin kennengelernt hatte. Voller Grausen hatte sie sich die realistische Rekonstruktion der Ereignisse angesehen. Die Mörderin nahm ihre Opfer zuerst aus wie eine Weihnachtsgans, und man vermutete, dass sie anschließend in deren Identität schlüpfte.
Vicky fand die Ähnlichkeit mit der Art und Weise, wie sie Nathalie kennengelernt hatte, geradezu frap-

pierend. Auch das gezeigte Phantombild ähnelte ihrer neuen Bekannten durchaus. Die Polizei fahndete nach einer attraktiven Blondine um die fünfunddreißig, und Nathalie hatte sich erst kürzlich die Haare schwarz färben lassen. Ihre neue Frisur sah aus wie eine Kopie ihres eigenen Haarschnitts. Kurz und burschikos.
Als Nathalie eben ganz außer Atem hereingekommen war, hatte sie auf Vickys Bemerkung über den neuen Haarschnitt äußerst schmeichelhaft reagiert. Sie hatte behauptet, Vickys Frisur sei eben elegant und hübsch zugleich. Und dazu so jugendlich und modern. Aber warum in aller Welt hatte sie sich die Haare färben lassen?
In den Augen der zunehmend verwirrten Vicky ähnelte Nathalie immer mehr der Frau auf dem Phantombild. Am liebsten wäre sie aufgesprungen und weggelaufen, aber ihre Beine versagten ihr den Dienst. Außerdem hätte sie es nie und nimmer geschafft, ihren Liebling Fifi in Sicherheit zu bringen, und für ihr Ein und Alles wäre sie durchs Feuer gegangen.
Michelle Bekaert stand langsam auf, ging zum Schreibtisch hinüber und hob den großen antiken Stuhl mit den massiven, handgedrechselten Beinen hoch – ein Erbstück von Vickys seligem Vater. Sie schleuderte ihn vom Fenster in die entlegenste Zimmerecke, wo er mit einem dumpfen Schlag landete.
»Hast du ein Seil?«, fragte Michelle zuckersüß, richtete sich auf und ging mit federnden Schritten auf ihr Opfer zu.

Der Pudel, der die Bedrohung instinktiv spürte, sprang von Vickys Schoß, duckte sich, zog mit gesträubten Nackenhaaren die Oberlippe hoch und bleckte seine blendend weißen Zähne, die Vicky täglich putzte.
Wenige Sekunden später lag der weiße Pudel in der entgegengesetzten Ecke des Zimmers. Er jaulte leise. Seine dünnen Hinterbeine, geschoren und mit einem wolligen weißen Puschel über den Pfoten, waren unnatürlich gekrümmt. Der Karatetritt hatte ihn offenbar schwer verletzt.
Vicky holte tief Luft, ihre Augen sprühten Funken, und sie stieß einen markerschütternden Schrei aus. Im nächsten Moment fiel sie trotz ihrer Körperfülle mitsamt dem Stuhl hintenüber und prallte mit dem Hinterkopf gegen den antiken Schrank. Sie hatte den Faustschlag nicht einmal kommen sehen.
Michelle packte die Frau, deren rechtes Auge zugeschwollen war und deren rechte Wange sich bereits blau zu verfärben begann, an den Haaren. Sie hob den kugelrunden Kopf etwa einen halben Meter hoch und ließ ihn wieder fallen. Mit einem dumpfen Aufprall landete er auf dem Boden und federte noch einmal in die Höhe. Stöhnend blieb Vicky auf dem hochflorigen Teppich liegen.
Michelle ging in die Hocke, riss ihrem Opfer den Kopf wieder hoch und starrte in Vickys glasige Augen. Dann holte sie tief Luft und griff nach deren schlaffem Handgelenk.
Grob bohrte sie die Finger in das weiche Fleisch, bis

sie zu ihrer Erleichterung einen Pulsschlag spürte. Miss Piggy lebte also noch. Gut so.
Sie stand auf und ging steif in Richtung der Abstellkammer. Unterwegs streichelte sie Fifi noch einmal beruhigend über das flauschige Köpfchen. Die Pudeldame scharrte mit den Vorderpfoten, verdrehte den Kopf und schnappte ins Leere. Blitzschnell zog Michelle die Hand zurück und versetzte dem Tier einen freundschaftlichen Klaps auf das am meisten verdrehte Beinchen. Fifi zuckte jaulend zusammen, blutigen Schaum auf den Lippen.
»Pfui, pfui!«, sagte Michelle mahnend, wie eine treusorgende, aber strenge Mutter. »Tante Nathalie muss die ungezogene Fifi bestrafen. Aber jetzt noch nicht. Erst, wenn Frauchen wieder wach ist.« Schwungvoll trat sie mit dem Pfennigabsatz auf das weiße Puschelschwänzchen und schimpfte: »Frauchen sollte ihrem Hundchen mal Manieren beibringen.«

Als Vicky mehrere Minuten später wieder zu Bewusstsein kam, konnte sie sich nicht mehr rühren. Das Seil, das durch ihren Mund gezogen war und sie mit aufgesperrten Kiefern straff gegen die Rückenlehne gezurrt hielt, erstickte selbst die geringste Bewegung in einem Inferno von Schmerzen. Das geschwollene rechte Auge brannte wie Feuer, und von dem gebrochenen Kiefer zuckten höllisch schmerzhafte Stiche bis hinunter in die Zehenspitzen.
»Und du sollst mir ähneln!«, lachte Michelle, die sich

breitbeinig über sie beugte und den Deckel auf ein Fläschchen Äther schraubte. »Du sollst eine Femme fatale sein! Eine stinkreiche Femme fatale«, grollte sie zwischen den Zähnen hindurch.

Verzweifelt zwinkerte Vicky mit dem linken Auge.

»Willst du mir etwas sagen, Miss Piggy? Wo ist dein Geld?«

Die Gefesselte zwinkerte weiterhin ohne Unterlass mit dem linken Auge.

»Ach ja, du kannst nicht sprechen«, sagte Michelle zuckersüß. »Moment, ich hole mal eben ein Blatt Papier und einen Stift. Dann kannst du mir aufschreiben, was dich bedrückt. Du kannst doch schreiben? Wenn ich den Bösewicht erwische, der das getan hat! Meine Freundin so zuzurichten, und dann auch noch zu fesseln! Bewegst du mal die Finger?«

Vickys Handgelenke waren an die Armlehnen gefesselt und die Fußgelenke an den massiven Beinen des Bürostuhls festgezurrt. Mühsam bewegte sie die Finger.

»Scheint ja zu klappen. Bin gleich zurück.«

Michelle ging zum Telefon und griff nach dem Notizblock, der daneben lag. Sie zog die Schublade des Büfetts auf und wühlte in den Papieren und dem Krimskrams herum. Vicky schien eine Menge Dinge zu horten, und Michelle konnte Sammlerinnen und Unordnung nicht besonders gut leiden.

»Pech gehabt, ich finde keinen Stift«, sagte sie. »Aber keine Sorge, ich habe eine bessere Idee.«

Sie kniete sich vor den keuchenden Fleischberg hin,

klappte wie eine gelernte Handwerkerin die metallblaue Werkzeugkiste auf, die sie in der Garage gefunden hatte, und wühlte darin herum. »Hm, nein, kein Stift. Aber damit habe ich auch nicht gerechnet. Du vielleicht?«, fragte sie, während sie die einzelnen Fächer öffnete. Hass brodelte in ihr hoch. Unaufhaltsam. Diese dämliche Miss Piggy ignorierte sie einfach.

»Was haben wir denn da?« Sie kramte ein verrostetes Teppichmesser hervor, brach mit einer Kneifzange die erste Klinge ab und schob mit hörbarem Schaben die nächste aus der Metallhalterung. Ehe Vicky begriff, was geschah, hieb Michelle ihr in den linken Arm. Die rasiermesserscharfe Klinge zog einen blutigen Strich über ihren Oberarm.

»So, das war's schon. Halb so wild, oder? Keine Angst, ich weiß, was ich tue, Schätzchen.«

Sie erhielt lediglich ein kehliges Röcheln zur Antwort, und während dicke Blutstropfen auf den sündhaft teuren Berberteppich fielen, sagte Michelle wie zu einem Kind in schulmeisterlichem Tonfall: »Na, na, Nathalie, da wird die Putzfrau aber ganz schön böse werden.« Sie nahm einen Aschenbecher vom Tisch und fing die Blutstropfen auf. Bereits nach wenigen Augenblicken hatte sich eine kleine Pfütze darin angesammelt.

Vicky Versavel wurde leichenblass, und der Schweiß rann ihr in Strömen von der erhitzten Stirn.

»Wir müssen noch ein kleines bisschen tapfer sein«, summte ihre Henkerin und hielt ihr erneut das Fläsch-

chen mit Äther unter die Nase. »Okay, Vickybaby. Wir machen jetzt Folgendes: Hör gut zu, denn ich erkläre es dir nur einmal. Ich halte jetzt den Aschenbecher unter deine Hand. Du tauchst die Finger hinein und schreibst auf, was du zu sagen hast. Kapiert?«
Vicky reagierte wieder mit der einzigen Bewegung, die ihr möglich war: Sie zwinkerte mit dem linken Auge.
Michelle tunkte den Zeigefinger ihres Opfers in den Aschenbecher und drückte ihn gegen den Notizblock. Der zitternde Finger verursachte ihr ein wohliges Prickeln im Unterleib. Sie nahm das Blatt Papier unter dem Zeigefinger weg und las laut vor: »Pille! Das sieht aus wie ›Pille‹! Willst du eine Tablette, Vicky? Was für eine darf es denn sein?«
Das straff gespannte Seil, das an dem gebrochenen Kiefer scheuerte, trieb der Gefangenen die Tränen in die Augen. Trotz der Schmerzattacken gelang es ihr, ansatzweise den Kopf zu schütteln.
»Oder soll es vielleicht Pisse heißen?«
Vicky zwinkerte mit dem linken Auge.
»Nein, nein, so funktioniert das nicht. Du schreibst nicht deutlich genug.« Michelle stützte das kantige Kinn auf eine Hand, fuhr sich über die starre Frisur und verzog nachdenklich das Gesicht. Plötzlich hob sie beide Zeigefinger in die Luft. »Ich habe eine bessere Idee: Ich stelle dir Fragen. Willst du mit ›ja‹ antworten, zwinkerst du mit dem linken Auge, wie du es schon die ganze Zeit tust. Ich kann also davon ausgehen, dass du bisher mit allem einverstanden warst?

Willst du dagegen ›nein‹ sagen, zwinkerst du mit dem rechten Auge. Verstanden?«
Vicky zwinkerte mit dem linken Auge.
»Aha, du hast es also begriffen. Kluges Mädchen! Was soll ich dich fragen? Ich weiß schon. Möchtest du, dass ich deine Fifi von ihrem Leiden erlöse?«
Vicky riss das linke Auge weit auf.
»Du antwortest nicht? Na ja, ist auch eine schwere Entscheidung. Ich lasse dir natürlich ein wenig Bedenkzeit. Ah, du zwinkerst mit dem linken Auge? Nein? Doch nicht? Ach so, du bist dir wohl nicht sicher.« Das aufgesetzte Lächeln verwandelte sich in ein fröhliches Grinsen.
Wie sehr sie sich auch anstrengte, irgendwann konnte Vicky es nicht länger aushalten und zwinkerte mit dem linken Augenlid.
»Also doch! Endlich eine Entscheidung! Ihr Wunsch sei mir Befehl.«
Während Michelle einen großen, rostigen Hammer hervorkramte, rollte Vicky vor Schmerz mit dem linken Auge, als das Seil über die zentimeterdicke Schwellung an ihrem Kiefer scheuerte.
Michelle achtete nicht im Geringsten darauf. Mit großen Schritten marschierte sie in die andere Ecke des Zimmers, schlug Fifi mit einem wohlgezielten Hieb den Schädel ein und sprang hastig zur Seite, damit der Brei auf die Wand spritzte und nicht auf ihr kanariengelbes Gucci-Kostüm. »Glück gehabt, Kleine. Du kommst glimpflich davon«, murmelte sie. »Eigent-

lich hätte dich die Tante noch für vorhin bestrafen müssen.«
Achtlos warf sie den blutigen Hammer auf das Sofa und ging vor der keuchenden Vicky in die Hocke. Sie tauchte deren Zeigefinger in das bereits halb geronnene Blut und drückte ihn auf den Notizblock.
»Tut weh«, stand da in großen, zittrigen Buchstaben, als Michelle ihr nach einigen Momenten das Blatt wegzog.
»Es tut weh?«, fragte sie. »Das ist wirklich schlimm. Und kein Arzt weit und breit. Tja, dann muss ich dir wohl helfen.«
Wieder wühlte sie mit beiden Händen in der Werkzeugkiste herum und kramte nach fast einer vollen Minute ein verbogenes Nagelscherchen hervor. Damit schnitt sie mit einer schnellen Bewegung die Wimpern von Vickys rechtem Auge ab. Anschließend sah sie sich nachdenklich um, ging hinüber zum Wohnzimmertisch und trank ihre Tasse Tee aus. Da war kein Geld. Nichts zu holen. Je länger sie darüber nachdachte, umso wütender wurde sie. Sie sprang abrupt auf und nahm den zierlichen Bronzeteelöffel mit.
Nachdem sie ihrem Opfer damit das rechte Auge ausgestochen hatte, knallte Vicky Versavel mit der linken Schläfe auf den Holzfußboden und verlor zum zweiten Mal an diesem Tag das Bewusstsein.

Vicky Versavel erwachte nicht von den flüchtigen Ätherdämpfen, sondern von dem reinen, schieren

Schmerz. Sie sah noch, wie Nathalie, voll konzentriert, beide Arme über den Kopf hob.
Mit einem wohlgezielten Axthieb spaltete Michelle Bekaert den Schädel ihres Opfers. Den Blick ins Leere gerichtet und einen bitteren Zug um die Lippen hackte sie Vicky Versavel erst die Hände ab und rammte anschließend den Klauenhammer drei Mal in die blutige Öffnung, die einmal Vickys Mund gewesen war.

26

Als das Telefon zum fünften Mal klingelte, schöpfte Jean-Pierre Thirion gerade mit seiner Zinnkelle die Eingeweide zurück in die aufgeschnittene Bauchhöhle der hübschen jungen Frau, an der Gerichtsmediziner Van Grieken soeben eine Autopsie durchgeführt hatte.

Achtlos wischte er sich die blutigen Hände an der grauen Schürze ab, murmelte einen Fluch und griff den Hörer vorsichtig mit Daumen und Zeigefinger.

»Pathologie, Sie sprechen mit Jean-Pierre Thirion.«

»Guten Tag, Jos Bosmans am Apparat.«

»Was kann ich für Sie tun, Mijnheer Untersuchungsrichter?«

»Ich hoffe, ich störe Sie nicht gerade mitten in der Arbeit?«, fragte Bosmans, der den fast karikaturhaft buckligen Assistenten Van Griekens, mit dem alle Ermittler früher oder später Bekanntschaft machten, außerordentlich schätzte.

Es gehörte zu Thirions Aufgaben, die Leichen, etwa

von Verkehrsopfern, wieder einigermaßen herzurichten, damit ihr Anblick für die Angehörigen nicht so schockierend war. Aber er war auch der Mann fürs Grobe, der die Verstorbenen nach der Untersuchung mit einer dicken Nadel zunähte, so dass der Bestatter seiner Arbeit nachgehen konnte.

»Bei uns ist immer was los.«

»Ist Van Grieken zu sprechen?«

»Nein, tut mir leid, Mijnheer Bosmans. Sie wissen ja, wie es hier zugeht. Er hat gerade mit diesem Politiker zu tun.«

»Mit wem?«, fragte Bosmans zerstreut.

»Tja, der Gute wird künftig wohl nicht mehr so viel zu sagen haben«, antwortete Jean-Pierre in seiner typisch trockenen Art. »Soll ich Bescheid sagen, dass Sie angerufen haben?«

»Nein, nein, lassen Sie nur, ich komme sowieso heute noch vorbei. Und vielen Dank auch für die gute Arbeit. Wie ich gehört habe, konnten Sie ja noch ein bisschen was aus der schrecklich zugerichteten Leiche machen, die vorgestern Abend gebracht wurde.«

»Meinen Sie die junge Frau …?«

»Nein, den jungen Mann, der vorgestern mit dem Motorrad verunglückt ist. Wir haben gestern Abend doch noch deswegen telefoniert.«

Jean-Pierre strich sich durch das lichte graue Haar und schwieg. »Es war nicht leicht, Mijnheer Bosmans«, sagte er nach einer Weile. »Ich musste den Kieferknochen an drei Stellen brechen, um den Unterkiefer wie-

der einigermaßen in Form zu bringen. Ich hoffe, er sah annähernd so aus wie zu Lebzeiten.«
»Unsere Kollegin konnte gar nicht glauben, dass er wirklich tot war. Sie sind ein Naturtalent, Jean-Pierre. Nochmals herzlichen Dank«, sagte Jos Bosmans.
Jean-Pierre hörte nur an dem Klicken in der Leitung, dass er aufgelegt hatte.

Die Tür zu Bosmans' Büro schwang auf, und Dirk Deleu schlich mit betretener Miene herein. Schweigend nahm er in einem der abgewetzten graugrünen Sessel Platz.
»Barbara?«, fragte Bosmans und zupfte an seinem zu weiten Hemdkragen.
»Sie hat Verständnis. Nadia ist heute zu ihr gefahren und hat ihr noch mal erklärt, wie es dazu gekommen ist.«
Bosmans seufzte tief und aufrichtig. Er öffnete erst den Mund, enthielt sich dann aber eines Kommentars.
»Es ist nichts passiert, Jos. Gar nichts.«
Bosmans schwieg noch immer.
»Verdammt, ihr Freund war gerade tödlich verunglückt.«
Der Untersuchungsrichter schenkte sich und seinem Freund eine Tasse Kaffee ein und sagte ohne Überleitung: »Heute Nacht ist in einem Parkhaus an der Belgiëlei Robert Pardons Leiche gefunden worden.«
»Was?«, rief Deleu, warf durch eine wilde Armbewegung den lauwarmen Kaffee um und rieb sich fluchend

mit beiden Händen über die Oberschenkel. »Ermordet?«
Bosmans fuhr sich nachdenklich über den Dreitagebart, öffnete die müden Augen, tippte mit der Rückseite seines Kugelschreibers auf seinen verkratzten Schreibtisch und sagte bedächtig: »Das wissen wir noch nicht. Eine Edelnutte, die in dem Gebäude über dem Parkhaus ihrem Gewerbe nachgeht, hat ihn entdeckt. Er hatte sie von seinem Handy aus angerufen. Zwei Tage zuvor hatte er sie bereits, sagen wir, ›gebucht‹. Er wollte es im Auto machen und sie dafür fürstlich entlohnen. Gestern Abend hat die Frau dann eine Stunde später als verabredet den Anruf mit der Meldung erhalten, er warte in der Tiefgarage auf sie. Als sie in Begleitung ihres Zuhälters nach einigem Suchen den BMW fand und die Tür öffnete, war Pardon bereits hinüber.« Bosmans schüttelte mit bedenklicher Miene das graue Haupt. »Die vorläufige Diagnose lautet Herzinfarkt. Er hatte seinen Penis in der rechten Hand, und im Wagen lagen drei aufgeschlagene Pornoheftchen.«
»Das kommt mir spanisch vor, Jos. Gerade jetzt! Das ist doch sicher ein abgekartetes Spiel.«
»Van Grieken schneidet ihn gerade auf, willst du mitkommen?«
»Na klar.«
»Übrigens hat bereits ein Notar, ein gewisser Devriese aus Brasschaat, bei uns angerufen. Er wollte wissen, ob Pardon eines natürlichen Todes gestorben oder ge-

waltsam ums Leben gekommen sei. Ruck, zuck hat Verspaille sein Schwiegersöhnchen hingeschickt. Ich wüsste gerne Näheres über die Hintergründe. Würdest du …«

»Morgen, Jos. Komm, lass uns fahren.«

27

Gerichtsmediziner Van Grieken seufzte und zupfte an seinem Ziegenbärtchen.

»Mord, Jos. Meiner bescheidenen Meinung nach war es Mord.«

»Aber wie? Hast du irgendwelche Anhaltspunkte gefunden? Chemische Substanzen, Gift, irgendwas?«

»Hydrokution«, sagte Van Grieken bestimmt. »Ich habe mir die entsprechende Studie von Chefarzt Lartigue noch einmal gründlich durchgelesen und bin mir so gut wie sicher. Plötzlicher Kontakt mit Wasser, der einen lokalen Reflex auslöst. Dieser Reflex, verwandt mit dem anaphylaktischen Schock, äußert sich durch ungefährliche Symptome wie Ödeme, kann aber auch ernste vasomotorische und vegetative Störungen hervorrufen, gelegentlich begleitet von Atemstillstand, Ohnmacht oder sogar einem Schlaganfall. Außerdem hatte der Mann kurz zuvor gegessen und eine erhebliche Menge Alkohol im Blut.« Mit einem entschlossenen Zug um den Mund blickte Van Grieken abwechselnd von Bosmans zu Deleu. Beide waren zunächst sprachlos. »Aus Lartigues Studie geht nicht zuletzt hervor, dass Alkoholgenuss oder ein Verdauungsprozess diesen Effekt noch verstärkt.«

»Hm«, machte Deleu, ohne den Gerichtsmediziner anzuschauen, »klingt plausibel.«

Van Grieken warf ihm einen vernichtenden Blick zu und schüttelte den Kopf. »Außerdem habe ich oberflächliche Schürfwunden an beiden Ellenbogen und einen kleinen Bluterguss am Hinterkopf entdeckt.«

Keine Reaktion.

»Robert Pardon war Herzpatient, Jos!«, sagte Van Grieken ungeduldig.

Bosmans, leicht irritiert, weil er den Gerichtsmediziner noch immer nicht richtig verstand, zuckte mit den Schultern.

Van Grieken nickte gottergeben, zog an einem der dicken Tränensäcke unter seinen Augen, ließ die Haut geschmeidig wieder zurückschnellen und sagte: »Hydrokution, Mijnheer Untersuchungsrichter, kann man mehr oder weniger mit einem Elektroschock vergleichen, der ebenfalls häufig einen Herzstillstand zur Folge hat. Beim Wasserschock geschieht Folgendes: Durch Mund und Nase drohen ganz plötzlich große Mengen Wasser in den Körper einzudringen, worauf der Organismus instinktiv heftig reagiert. Bei Herzpatienten kann so etwas tödlich sein.«

»Wie funktioniert das genau?«, fragte Deleu neugierig.

»Man kippt jemandem einfach einen Eimer Wasser über den Kopf«, warf Bosmans ein. Begleitet von Van Griekens amüsierten Blicken, fuhr er fort: »Ich habe mal einen ähnlichen Fall erlebt. Jemand liegt in der Badewanne und wird plötzlich mit voller Kraft unter Wasser gezogen. Wenn der Anschlag misslingt, kann man ihn als gelungenen Scherz tarnen, wenn er dagegen gelingt, ist es fast das perfekte Verbrechen.«

»Genau«, bestätigte Van Grieken mit belehrend erhobenem Zeigefinger. »Man trocknet das Opfer ab, zieht ihm die Kleider wieder an und deponiert es an einem Ort, an dem es kurz darauf gefunden wird.«

»Der Todeszeitpunkt stimmt also ungefähr mit dem Zeitpunkt überein, an dem die Prostituierte den Handyanruf erhielt«, unterbrach ihn Bosmans.

»Ganz genau«, antwortete Van Grieken mürrisch.

28

Dirk Deleu schlich in der Dämmerung an den Geschäften entlang, wobei er darauf achtete, nie zu lange in dem grellen Schaufensterlicht stehen zu bleiben, das halbmondförmig auf den Bürgersteig fiel. Er dachte über das nach, was ihm Jos Bosmans am Nachmittag erzählt hatte.

Die sterblichen Überreste der Frau, die man für Françoise Bourgeois gehalten hatte und die zusammen mit Nathalie Barthez bei dem Brand in Anduze umgekommen war, war von den Franzosen exhumiert und auf die Vermittlung der belgischen Botschaft hin zum Nationalen Institut für Kriminalistik geflogen worden, wo man eine DNA-Analyse durchgeführt hatte. Leider ließ sich jedoch kein brauchbares Erbmaterial mehr isolieren. Mehr als drei Jahre nach dem Brand waren die Zellstrukturen in den verkohlten Gebeinen zerstört. Immerhin war es Bosmans gelungen, Lacante dazu zu überreden, sämtliche Zahntechniker in einem Umkreis von hundert Kilometern rund um Anduze zu befragen. Das Gebiss der unbekannten Frau zeigte, neben der Tatsache, dass die beiden Schneidezähne ziemlich ungeschickt entfernt worden waren, Spuren von Eingriffen, die höchstwahrscheinlich kein Zahnarzt durchgeführt hatte. Außerdem wies das Schambein der Frau eine Anzahl seltsamer Einkerbungen auf, die vermutlich nicht von herabstürzenden Trümmern stammten. Mehr noch: Spezialisten hatten Zweifel bezüglich des Geschlechts der exhumierten Leiche geäußert. Daraufhin hatte Bosmans sofort eine belgische Delegation entsandt.

Deleu schüttelte den Kopf, als wolle er die Gedanken verjagen. Momentan hatte er andere Sorgen.

Er hielt sich etwa zehn Meter hinter der jungen Verkäuferin, die sich geschickt durch die belebte Einkaufsstraße schlängelte, das Paket noch immer fest an die Brust gedrückt. Unvermittelt drehte sie sich um. Deleu murmelte ein Stoßgebet und schlüpfte in einen Hauseingang. Wenn sie ihn sah, würde sie ihn vermutlich sofort wiedererkennen. Gott, wie er diese Undercover-Arbeit hasste. Barbara, die mit Charlotte in der anderen Filiale wartete, hatte ihm den Auftrag erteilt, der Verkäuferin zu folgen, um so die Adresse des anderen Sportgeschäfts herauszufinden.

Als Deleu kurz innehielt, um seine Belga auszutreten, verlor er die Frau. Verschluckt von der Menge der Passanten. Er verfiel in einen Laufschritt und setzte hin und wieder die Ellenbogen ein, um durch die Menschenmassen zu dringen.

Nichts. Keuchend drehte er sich um und rannte ein Stück zurück. Dann wieder in die andere Richtung, während er mit hochgerecktem Kopf über die Menge hinwegspähte.
Da, ein Einkaufzentrum. Dort musste sie hineingegangen sein, das war am wahrscheinlichsten. Deleu trat durch die Schiebetür, verlangsamte seine Schritte und betrachtete die Schaufenster.
Mertens Sport. Das musste es sein. Sie hatten das Geschäft wohl vorhin übersehen, weil es sich in einer Ecke des riesigen Einkaufszentrums verbarg.
Hinter dem neonbeleuchteten Schaufenster bemerkte er aus den Augenwinkeln die blonde junge Frau im modischen Trainingsanzug mit dem kurzen, jungenhaften Haarschnitt, die sich gerade mit einer gesetzten Dame unterhielt. Der autoritären Körpersprache nach musste sie die Chefin sein.
»Bingo«, dachte Deleu erleichtert. »Das ist es. Einkaufszentrum rein, erster Gang links, zweiter Gang rechts.«
Auf den gelungenen Erfolg zündete er sich in Ruhe noch eine Zigarette an und überdachte die Situation.
Mein Gott, wie er einen solchen Zirkus hasste! Barbara wollte einen ganz bestimmten Trainingsanzug haben und brauchte die Jacke eine Nummer größer als die Hose. Es musste unbedingt ein Adidas-Modell sein. Sie hatten jetzt schon fünf Sportgeschäfte – also praktisch alle in Mechelen – abgeklappert.
Die kleine Charlotte hatte in dem Trubel natürlich ununterbrochen geweint.

Kinderwagen ein Stück nach links, dann wieder ein Stück nach rechts, erst ein kleiner Schritt vorwärts, dann ein kleiner Schritt rückwärts. Dazu Barbaras Verrenkungen in der Umkleidekabine. Wieder die falsche Kombination. Verkäuferin wird losgeschickt. Barbara will wissen, wo sich das andere Geschäft befindet. Dirk erhält den Auftrag, die Verkäuferin zu beschatten.
Im nächsten Moment hastete die Verkäuferin, die knochigen Arme mit einem Riesenberg von Trainingsanzügen beladen, schon wieder aus dem Geschäft heraus. Deleu dagegen beeilte sich nicht. Schließlich wusste er sowieso, wie es weitergehen würde.
Barbara würde sämtliche mitgebrachten Kleidungsstücke anprobieren. Zwar hatte sie die perfekte Kombination bereits gefunden, trotzdem schleppte sie ihn mit in dieses neu entdeckte Mekka.
Gerade als der Ermittler das überfüllte Sportgeschäft betrat, klingelte sein Handy.
»Deleu.«
»Ich bin's, Jos. Bitte komm unverzüglich ins Kommissariat.«
»Was heißt unverzüglich? Ich bin mit Barbara einkaufen«, witzelte Deleu.
»Das ist kein Spaß.«
»Was ist passiert?«, fragte Deleu gespannt, keine Spur von Humor mehr in der Stimme.
»Wir sehen uns in zehn Minuten. Im Büro von Cardoen, okay?«
»Okay, Chef.«

29

Als Deleu kurz darauf, trotz der Kälte nassgeschwitzt, in das Kommissariat stürmte, hörte er schon auf dem Flur das Echo von Bosmans' donnernder Stimme. Dagegen waren Barbaras Vorwürfe harmlos gewesen. Wehe dir, Jos Bosmans, dachte Deleu, wenn es nicht etwas wirklich Wichtiges ist.

Er trat ein und ertappte Cardoen bei einer schwachen Abwehrgeste, wie ein halb erfrorener Vogel, der nur noch mit einem Flügel schlagen kann. Der Mann flüsterte: »Ich hab das alles nicht gewusst, Mijnheer Untersuchungsrichter.«

Wo haben wir das nur schon mal gehört?, dachte Deleu und wandte sich Bosmans zu, der wie ein postmoderner Dracula mit hoch erhobenen Armen vor Cardoen stand.

»Was ist passiert?«

Während Bosmans schnaufend und abgehackt berichtete, raufte sich Deleu mit beiden Händen die kurz geschorenen Haare.

»Keine zwei Stunden später hat sie den Mercedes in der Louisastraat abgefackelt. Keine zwei Stunden später! Dabei steht der Wagen auf der Fahndungsliste!«
Jos Bosmans hieb mit der knorrigen Faust auf den antiken Schreibtisch, dass die Platte beinahe geborsten wäre. Er brüllte so sehr, dass sich seine Stimme überschlug: »Und die Beschreibung, meine Herren! Sowohl die Beschreibung des Wagens als auch die der Mörderin ist landesweit verbreitet worden! Und zwar nicht nur einmal, sondern mindestens zehn Mal!«
Wojtchkowski, Van der Goten und De Meester, die ebenfalls anwesend waren, wagten es nicht, den Mund aufzumachen. Sie begriffen jetzt erst, was für einen schrecklichen Fehler sie begangen hatten, und fragten sich, wem wohl der Schwarze Peter zugeschoben würde. Cardoen musste auf jeden Fall büßen. Seine Karriere war definitiv beendet, der Mann kam im öffentlichen Dienst nie wieder auf einen grünen Zweig.
Bosmans rieb sich mit beiden Händen die Augen, stützte die Ellbogen auf die Schreibtischplatte und befahl heiser: »Geht mir aus den Augen. Raus hier. Alle.«
Wie begossene Pudel zogen sich die vier zurück.
»Ich auch, Jos?«
»So ein Riesenbockmist, Dirk!«, sagte Bosmans und hob niedergeschlagen beide Hände. »Wir hatten sie!«
»Tja, aber jetzt ist sie weg«, erwiderte Deleu weitaus sachlicher, »und das bedeutet …«
»Das bedeutet, dass sie inzwischen sämtliche Brücken hinter sich abgebrochen hat und wir schon bald mit

neuen Opfern rechnen müssen«, unterbrach ihn Jos Bosmans.
»Wahrscheinlich. Verspaille wird ...«
»Verspaille wird gar nichts mehr«, unterbrach ihn Bosmans kurz angebunden.
Als Deleu seinen Vorgesetzten mit offenem Mund anschaute, geriet dieser erst in Rage: »Und erst dieser ... dieser Bürgermeister von Leest ... der zugelassen hat, dass seine Mitarbeiter falsche Sterbeurkunden ausstellen.«
»Was ist mit dem?«
»Ich habe ihm auf den Zahn fühlen lassen.«
»Und?«, fragte Deleu neugierig.
»Auf Anweisung natürlich!«, bellte Jos Bosmans.
»Auf wessen Anweisung?«
»Was denkst du denn?«
»Mist!«, sagte Deleu mit geballten Fäusten. »So ein Mist!«
»Genau«, antwortete Bosmans nun plötzlich gelassen. »Dass dieser Idiot ausgerechnet jetzt den Löffel abgeben musste! Bist du eigentlich inzwischen bei dem Notar gewesen?«
»Ja, aber ich bin leider zu spät gekommen«, antwortete Deleu seufzend.
»Was heißt zu spät?«
»Er wollte kein Sterbenswörtchen verraten. Stattdessen ist er mit den gesamten Unterlagen, was immer sie auch enthalten mögen, direkt zu Claude Verspaille gegangen.«

Bosmans, dessen Mund sich in eine scharfe Furche verwandelt hatte, betrachtete das Gespräch an dieser Stelle offenbar als beendet, denn er schlüpfte in seinen Lodenmantel und fragte: »Worauf wartest du noch? Wir müssen schnellstmöglich mit der Frau sprechen, die auf den Beitrag in *Oproep 20-20* reagiert hat und behauptet, mit Nadine Versluys gesprochen zu haben. Allerdings dümpelte die Gute zu dem Zeitpunkt längst in der Schelde. Außerdem habe ich gleich noch …«, Bosmans blickte auf die Wanduhr und schüttelte mit sorgenvoller Miene den Kopf, »… in zwei Stunden einen Termin mit Evelyne Pardieu in Brüssel.«

»Mit Evelyne?«, fragte Deleu überrascht.

»Ja, angeblich hat sie Neuigkeiten«, sagte Jos Bosmans, der bereits den Flur entlanglief.

Deleu sah ihm erstaunt hinterher und rannte los. Keuchend holte er seinen Chef ein.

»Was ist los, geht's dir zu schnell? Vielleicht solltest du allmählich an deine Pensionierung denken«, sagte Bosmans mit einem süffisanten Lächeln und marschierte mit großen Schritten zur Ausgangstür.

30

Als Michelle Bekaert am nächsten Morgen beim Frühstück saß, hatte sie einen salzigen Geschmack im Mund. Verstimmt rührte sie in ihrem frisch gepressten Orangensaft, stellte entnervt fest, dass ihr Ei nicht weich-, sondern hartgekocht war, und warf seufzend einen Blick über den halb gedeckten Frühstückstisch. Sie stand auf und ging zur Haustür, wobei sie die Leichenteile, die noch immer auf dem Berberteppich herumlagen, schlichtweg ignorierte.

Sie schlug das lokale Anzeigenblättchen auf und überflog die Inserate der Wohnungssuchenden. Nebenbei rührte sie in der Tasse mit dem zu dünnen Kaffee. Es gelang ihr nicht, sich zu konzentrieren, und schließlich schob sie die Zeitung zur Seite. Mit einem bitteren Zug um den Mund dachte sie daran, dass sie den Teppich noch säubern musste, und beschloss, das Ei trotzdem zu essen.

Zwei Zigaretten und ebenso viele Seufzer später machte sie sich endlich ans Werk. Lustlos legte sie das Werkzeug wieder in die Kiste und stellte sie in die kühle Abstellkammer. Dann trug sie die Kiste doch zurück ins Wohnzimmer, denn vielleicht brauchte sie das Werkzeug noch. Letzten Endes entschied sie sich doch wieder für ein paar Flaschen Cola.

Lächelnd hob sie die beiden abgehackten Hände vom Berberteppich auf und trug sie mit gerümpfter Nase zum Herd.

Wie auch immer, Vicky Versavel musste beseitigt werden. Von der Bildfläche verschwinden. Andererseits war dieser Identität sowieso kein langes Leben beschieden. Diese Versagerin besaß wahrscheinlich keinen roten Heller.

Am vergangenen Abend hatte Michelle das ganze Haus noch einmal gründlich durchsucht, doch außer einem Sparbuch mit läppischen 1000 Euro nichts Nennenswertes gefunden. Sie nahm das gelbgrüne Mäppchen vom Esstisch und sah sich noch einmal die Kontobewegungen an.

Kurz vor Monatsende hatte Vicky regelmäßig rund 400 Euro vom Sparbuch auf das Girokonto überwiesen. Die 1000 waren nur der Rest von ursprünglich 25 000 Euro. Vor dreieinhalb Jahren waren auf einen Schlag 20 000 Euro auf dem Sparbuch eingegangen. Ob das Geld überwiesen oder bar eingezahlt worden war, ging aus dem Kontoauszug nicht hervor, auch der Name des edlen Spenders wurde nicht ersichtlich.

Gerade als sie seufzend das Mäppchen wieder zuklappen wollte, fiel ihr auf, dass darin eine Visitenkarte der

KBC-Bank steckte. Sie zog diese heraus, drehte sie um und betrachtete sie aufmerksam. Öffnungszeiten, Name des Filialleiters – Michel Lacroix – Adresse und Telefonnummer.
Michelle tippte sich nachdenklich mit dem Zeigefinger gegen die Lippen und ließ die Karte wie ein routinierter Zauberer zwischen den Fingern ihrer rechten Hand rotieren.

»KBC-Banken- und Versicherungsgruppe Mechelen, Dominique Mardulier am Apparat, was kann ich für Sie tun?«, ertönte es freundlich.
»Hier ist Vicky Versavel«, meldete sich Michelle mit zugehaltender Nase, doch noch bevor sie den vorbereiteten Satz – »Ich bin Kundin in Ihrer Filiale« – aussprechen konnte, sagte der Herr am Telefon freundschaftlich: »Vicky, Mädchen, was ist denn mit dir los? Bist du mit dem falschen Bein zuerst aufgestanden?«
Michelle, vollkommen überrumpelt, schluckte zwei Mal, hatte sich aber sofort wieder unter Kontrolle und stellte sich wie eine professionelle Schauspielerin auf die Situation ein. »Wenn du wüsstest, Dominique!«, sagte sie und fügte scherzend hinzu: »Nein, mein Freund, falsch geraten, ich bin nur furchtbar erkältet.«
Die unheilvolle Stille umgab Michelle wie eine heranschleichende Giftwolke, und sie hielt den Atem an.
»Und?«, fragte der Mann forschend.
Sie beschloss, dem allmählich aus dem Ruder laufenden

Spielchen ein Ende zu bereiten: »Hör mal, Dominique, ich habe leider wenig Zeit. Ich möchte nur mein Sparbuch kündigen. Könntest du mir bitte die gesamte Summe aufs Girokonto überweisen?«

»Wieso? Hast du dir etwa ein neues Auto gekauft?«, fragte der stellvertretende Filialleiter. Mit dem Gedanken im Hinterkopf, dass man ein Sparbuch, den Anker der Kundenbindung, am bestens niemals ganz kündigt, fügte er noch hinzu: »Außerdem verfallen, wenn ich mich recht erinnere, in den nächsten vierzehn Tagen wieder einige Effekten für ungefähr zehntausend Euro.«

»Verkaufe sie doch bitte auch gleich, ich brauche dringend Bargeld«, entfuhr es Michelle in einem Anfall von Habsucht. Kaum war es heraus, begriff sie aufgrund des Schweigens in der Leitung, dass sie zu weit gegangen war.

Dominique Mardulier, ein erfahrener Profi in Sachen Kundenbindung, konnte diesmal ein hörbares Schlucken nicht unterdrücken und sagte gespielt heiter: »Aber Vicky, du wirst unser Institut doch nach all den Jahren nicht verlassen wollen, oder?«

»Nein, natürlich nicht. Ich brauche nur dringend Geld. Wie viel genau wird innerhalb der nächsten vierzehn Tage fällig?«

»Exakt zehntausend, Vicky, ich hab's inzwischen schon mal aufgerufen.«

»In Ordnung. Dann löse bitte das Sparbuch auf und verkaufe unverzüglich die Effekten. Alles Übrige sehen wir dann später«, sagte Michelle, die das Heft wieder in die Hand nahm, aber sicherheitshalber beschloss, sich nicht weiter nach anderen möglichen Geldanlagen von Vicky Versavel zu erkundigen. Ein breites Lächeln erschien auf ihren Lippen. Also hatte ihr Opfer ja doch Geld. Wie praktisch, dann konnte sie diese Identität für eine Weile beibehalten und die Leichenteile einfach in die Tiefkühltruhe packen, anstatt sie in der Gegend zu verteilen.

»Na schön. Wann möchtest du vorbeikommen?«, fragte Dominique Mardulier bedauernd.

»Vorbeikommen?«, fragte Michelle ungewollt schrill und hätte beinahe vergessen, sich die Nase zuzuhalten. »Dominique, wie lange kennen wir uns jetzt schon? Das wird sich doch wohl telefonisch regeln lassen?«

»Tut mir leid. Die Überweisung vom Sparbuch auf dein Girokonto kannst du telefonisch veranlassen, aber Effekten verkaufen ohne deine Unterschrift, das geht nun wirklich nicht. Schließlich dient es der Sicherheit unserer Kunden, dass bestimmte Formalitäten Vorschrift sind, und du wirst gewiss Verständnis dafür haben, dass ich ...«

»Dann erledige nur die Überweisung«, sagte Michelle barscher als beabsichtigt. »Ich habe heute wirklich keine Zeit.«

»In Ordnung. Ich faxe dir ein Überweisungsformular, du faxt es unterschrieben zurück, und morgen kommst du wegen der Effekten vorbei. Der Fälligkeitstermin ist schließlich noch nicht ganz erreicht. Abgemacht?«

Michelle entschloss sich zum Rückzug und antwortete daher freundlich: »Also gut, schick mir das Fax und warte ab, bis die Effekten fällig werden, aber überweise das Geld bitte innerhalb von vierzehn Tagen auf mein Konto.«

»Geht in Ordnung, Vicky.«

Sie stellte das Telefon auf Faxbetrieb um und ging hinüber zur Küchenanrichte. So viel Geld und nicht mal ein Kombigerät, dachte Michelle abfällig.

Sie rümpfte die Nase über den ekelhaften Geruch und war heilfroh, dass Fifis sterbliche Überreste wunderbar in den Plastikeimer passten, den sie unter der Anrichte hervorzog. Über die Blutspuren auf dem Dielenboden goss sie einen Schuss Bleichmittel. Wenn sie es eine Weile einwirken ließ und dann ein bisschen Bohnerwachs benutzte, müsste es reichen. Während sie den Teppich ausrollte, spie das Fax summend eine Nachricht aus.

Die Unterschrift von Vicky Versavel zu fälschen erwies sich als Kinderspiel – es waren einfach zwei ineinanderfließende Vs, so wie ein Kindergartenkind zwei Möwen gezeichnet hätte. Mit einem vergnügten Funkeln in den Augen schickte Michelle das Fax zurück.

Vicky Versavel besaß eine Scheckkarte, eine Kreditkarte und Schecks und damit mehr als genug Möglichkeiten, ihr Geld auszugeben.

31

Kennst du Elaine Parent?«, fragte Bosmans, während er seinen tropfnassen Lodenmantel aufknöpfte und auf den nächsten Stuhl warf. Er ließ sich auf die khakigrüne Samtbank in der hintersten Ecke der Taverne De Kleine Keizer sinken. Die Bänke und Tische in dem Lokal waren von mannshohen Mauern mit einer kuppelförmigen Aussparung im oberen Teil umgeben. Das ermöglichte eine Unterhaltung unter vier Augen, und doch brauchte man sich nicht von dem geselligen Treiben rund um die Theke ausgeschlossen zu fühlen.

»Kennen ist wohl zu viel gesagt. Aber natürlich habe ich schon viel von ihr gehört«, antwortete Deleu mit dem Lächeln eines Steuerfahnders, der einem Mehrwertsteuerbetrug auf der Spur ist.

»Hm«, brummte Bosmans, der sich nicht mal die Mühe machte, seinen Mantel zum Trocknen aufzuhängen. Er griff nach dem bereitstehenden schäumenden Hoegaarden und nahm durstig einen Schluck.

Deleu rechnete schon damit, dass Bosmans sich jetzt den Mund mit dem Ärmel seines grauen Pullovers abwischen würde, aber das tat er nicht.
»Wer ist sie, Dirk?«
»Na ja, so genau kann ich sie nicht beschreiben, aber ich weiß, dass sie eine äußerst gefährliche und international gesuchte Frau ist, die bereits mehrere Morde auf dem Gewissen hat. Sie lockt reiche Damen in die Falle und schnappt sich ihr Geld.«
»Woher weißt du das?«, fragte Bosmans gereizt. Er ärgerte sich offenbar über die Selbstverständlichkeit, mit der sein Freund ihm antwortete.
Dirk Deleu spürte instinktiv, dass Jos schlechte Laune hatte. Immer dasselbe. Nur, weil er besser informiert war als sein Chef, den zuvor vermutlich auch schon Evelyne in puncto Sachkenntnis übertrumpft hatte.
»Keine Ahnung, ich bin wohl beim Surfen über ihren Namen gestolpert«, antwortete Deleu gleichgültig.
»Aha. Im Internet«, murmelte Bosmans, bei dem es eine ganze Weile dauerte, bis der Groschen gefallen war.
Jos Bosmans und moderne Technik – zwei Welten prallen aufeinander, dachte Deleu, der sich zusammenreißen musste, um sich seine heimliche Belustigung nicht anmerken zu lassen.
»Hier«, sagte Bosmans energisch und hielt ihm die schlechte Kopie eines Zeitungsartikels unter die Nase.
»Aus welcher Zeitung stammt der?«, fragte Deleu. Nirgendwo war ein Hinweis zu erkennen, wann oder in welchem Blatt der Artikel erschienen war.

»Aus *Het Laatste Nieuws* irgendwann Mitte letzten Jahres. Lies mal«, sagte Bosmans und trommelte dabei ungeduldig auf dem massiven Eichentisch herum.
»Er ist doch nicht etwa von Peeters, oder?«, fragte Deleu lachend.
»Jetzt lies schon«, drängte Bosmans und hielt, ohne sich umzublicken, zwei Finger in die Luft, woraufhin die lächelnde Wirtin sofort noch zwei Bier zapfte. Deleu betrachtete heimlich ihre schlanke Figur.
»Und?«, fragte Bosmans. »Was sagst du dazu?«
Deleu schreckte aus seinen Tagträumereien auf. »Ich hab's noch gar nicht gelesen.«
»Wie bitte? Schläfst du jetzt mit offenen Augen?«
»Wir müssen auch mal mit Walter einen trinken gehen, Jos.«
»Was hat das denn jetzt damit zu tun?«
»Ach, schon gut«, sagte der Ermittler und vertiefte sich in den Zeitungsartikel.

Die gefährlichste Frau der Welt

LONDON – Ihr Name ist Elaine Parent, doch in den Polizeicomputern rund um den Globus wird sie als das »Chamäleon« geführt. Ihr erstes Opfer – eine junge Amerikanerin – tötete sie mit einer Machete und schnitt ihr anschließend mit einem Küchenmesser die Tätowierungen aus der Haut.
Elaine Parent steht im Verdacht, mindestens acht Greueltaten begangen zu haben. Acht Morde an jungen Frauen, mit nur einem Ziel: die Identität ihrer Opfer anzunehmen und unter de-

ren Namen, mit deren Ausweispapieren und deren Kreditkarten ein Luxusleben zu führen.
Mittlerweile seit acht Jahren schafft sie es, sich den Fängen der Justiz zu entziehen. »Ein paar Mal hatten wir sie sogar schon erwischt«, erklären die Ermittler. Jedoch ohne es zu wissen, denn jedes Mal hielten sie sie für eine andere.

Soweit bisher bekannt ist, schlug sie im Sommer 1990 zum ersten Mal zu. Beverly Ann McGowan, eine 34 Jahre Bankangestellte aus Pompano Beach in der Nähe von Miami, suchte über eine Zeitungsannonce eine Mitbewohnerin für ihr Apartment.
Wenige Tage später erzählte Beverly Ann ihren Freunden, sie habe die ideale Kandidatin gefunden: eine attraktive Engländerin, die für IBM arbeite und von Großbritannien in die USA versetzt worden sei. Alice sei ihr Name.
Beverly Ann behauptete, die junge Frau könne ihr die Zukunft vorhersagen, und zwar mit Hilfe ihres Ausweises und ihres Führerscheins, die sie ihr zu diesem Zweck gegeben habe. Alice habe ihr prophezeit, sie werde bald reich und in sechs Jahren dem Mann ihres Lebens begegnen.
Doch es kam anders. Am 18. Juli 1990 fand die Polizei die verstümmelte Leiche der 34-Jährigen am Ufer eines Flusses gut hundert Kilometer von ihrem Wohnort entfernt. »So etwas habe ich in 29 Dienstjahren noch nicht erlebt«, sagte der Gerichtsmediziner George Miller. Kopf und Hände waren abgehackt und ihre Tätowierung, ein Kaninchen, war ihr aus dem Bauch geschnitten worden. Doch eines hatte die Täterin übersehen: Beverly trug auch am Fußknöchel eine Tätowierung, so dass sie rasch identifiziert werden konnte.

Einige Tage später kaufte eine attraktive blonde Frau in einem Shopping Center mit der Kreditkarte von Beverly Ann für über 500 Euro Bücher. Außerdem hatte sie 750 Euro von ihrem Girokonto abgehoben. Elaine Parent alias Alice hatte sich in Beverly Ann McGowan verwandelt.

Die Jagd beginnt

Die Täterin reist als Beverly Ann nach London. Als sie dort einen Wagen mieten wollte, war die Kreditkarte bereits gesperrt. Die Ermittler saßen ihr dicht auf den Fersen. Keine 24 Stunden später, die Londoner Polizei hatte inzwischen eine Großfahndung nach der blonden Alice/Beverly/Elaine eingeleitet, trug sie bereits eine schwarze Perücke und hieß Sylvia Ann Hodgkinson.

In den darauffolgenden Jahren wurde Elaine Parent unter verschiedenen Namen überall auf der Welt gesichtet, von Australien bis Südafrika. Jedes Mal wohnte sie in den exklusivsten Hotels und umgab sich mit dem ausschweifendsten Luxus. Langwierige Ermittlungen mit Hilfe modernster Computerprogramme des amerikanischen Sicherheitsdienstes erbrachten 1996 endlich Resultate. Neun verschiedene Identitäten von Elaine Parent kamen ans Licht.

Auf ihren mondänen Streifzügen nannte sie sich Elaine Haviland, Alex Hart, Alexis Marshal, Bret Tremonet, Antonia Russell, Victoria Dark, Beverly Ann McGowan, Sylvia Hodgkinson und Charlotte Cowan. Nur was aus der echten Beverly Ann McGowan geworden war, wussten die Ermittler genau. Nach den anderen vermissten Frauen wurden intensive Fahndungen eingeleitet, da man befürchtete, dass sie dasselbe schreckliche Schicksal erlitten hatten.

Pannen bei den Ermittlungen

Das Chamäleon machte seinem Namen alle Ehre. Als die Täterin 1993 von der Polizei in Florida in einem nicht bezahlten Mietwagen erwischt wurde, fanden die Beamten zu ihrer großen Überraschung drei verschiedene Ausweise in ihrem Handschuhfach, und zwar auf die Namen Elaine Parent, Charlotte Cowan und Sylvia Hodgkinson. Die Frau, nach der seit Jahren so intensiv gefahndet wurde, konnte tatsächlich verhaftet werden, aber da der Richter den Zahlungsverzug als nicht schwerwiegend beurteilte, kam sie bereits kurze Zeit später auf Kaution wieder frei. Nur wenige Stunden, bevor die Ermittler ihr im Zusammenhang mit den drei Ausweisen auf den Zahn fühlen wollten. Der Vogel war – wieder einmal – ausgeflogen.

Ein bescheidener Durchbruch gelang 1996, als eine gewisse Charlotte Cowan aufgrund eines kleinen Verkehrsunfalls in dem Städtchen Tampain in Florida verhaftet wurde und sich herausstellte, dass sie wegen mehrerer schwerer Verbrechen gesucht wurde. Doch Charlotte Cowan beteuerte, völlig ahnungslos zu sein, und konnte für jede der Straftaten ein schlüssiges Alibi vorweisen. Im Laufe der Vernehmungen stellte sich heraus, dass sie vor Jahren einmal eine »junge, charmante Britin« kennengelernt hatte, die ihr die Zukunft vorhersagen wollte. Deren Name? Elaine Parent!

Glück gehabt

»Ich traf sie in einem Café in Orlando. Ich kann mich noch ganz genau daran erinnern, weil Elaine mir so merkwürdige Geschichten erzählte. Sie werde in Kürze ein Vermögen erben, sagte sie, aber weil ihr Bruder versuche, ihr einen Teil davon abzuluchsen, brauche sie eine neue Identität. Wir verabredeten, dass sie sich für den nächsten Tag meinen Personalausweis leihen durfte.«

Zu Elaines Überraschung brachte Charlotte ihre Schwester mit zu dem Treffen mit, und diese unerwartete Zeugin rettete ihr wahrscheinlich das Leben. Denn von den anderen jungen Frauen, deren Identität sich Elaine Parent »auslieh«, fand man nie auch nur die geringste Spur. Das Chamäleon wird verdächtigt, auch sie aus dem Weg geräumt zu haben.

»Wir sind uns so gut wie sicher, dass Elaine Parent auch heute noch ihr Unwesen treibt und versucht, andere Frauen in die Falle zu locken«, so ein Ermittler von Interpol. »Wer weiß, wie viele falsche Namen sie inzwischen bereits benutzt hat. Das macht die Sache für uns fürchterlich kompliziert, da wir nicht genau wissen, nach wem wir eigentlich fahnden sollen. Jedenfalls kann man behaupten, dass es sich bei ihr um die gefährlichste und meistgesuchte Frau der Welt handelt.«

Oder besser: um die gefährlichsten und meistgesuchten Frauen der Welt.

Ron LAYTNER/M. P.

»Und?«, fragte Jos Bosmans zum vierten Mal. »Was sagst du dazu?«

»Tja«, seufzte Deleu.

»Was heißt hier tja?«

»Ich weiß nicht.«

»Die Ähnlichkeit ist ziemlich frappierend, oder etwa nicht? Sie schlüpft in die Identität ihrer Opfer, um an deren Geld zu kommen. Anschließend verstümmelt sie die Leichen grausam. Sie schneidet Tätowierungen weg, um die Identifizierung zu erschweren …« Um seine These zu unterstreichen, zählte er die Argumente an den Fingern der rechten Hand ab.

»Noch etwas«, fiel Deleu ihm unhöflicherweise ins Wort. Doch Jos Bosmans ließ sich nicht stören und fuhr fort. »… und wird in einem gestohlenen Fahrzeug erwischt.«

»In einem nicht bezahlten Mietwagen!«, korrigierte Deleu und gab damit seinem besten Freund eine Probe seines fotografischen Gedächtnisses. »Ich weiß. Trotzdem … Was sagt denn Evelyne dazu?«

»Evelyne glaubt an einen Trittbrettfahrer. Es kann sich unmöglich um Elaine Parent handeln, denn die spricht kein Niederländisch«, antwortete Bosmans, als hätte er gerade das Rad neu erfunden. »Wusstest du übrigens, dass Robert Pardons Ehefrau schon mit einem anderen gesehen wurde?«

Deleu tunkte den Zeigefinger in den üppigen Bierschaum, leckte ihn genüsslich ab, hob zerstreut den Blick und sagte: »Tja, des einen Tod ist des anderen Brot, stimmt's?«

»Irgend so ein junger Gigolo«, kommentierte Bosmans. Als Deleu ihn vorwurfsvoll ansah, räusperte er sich verlegen und ließ das nebensächliche Thema fallen.

»Trotz Van Griekens felsenfester Überzeugung denkst du also immer noch, dass sie ihn mit der Wasserschock-Methode umgebracht hat?«, streute Deleu noch ein wenig Salz in die Wunde.

Schließlich hatte der Gerichtsmediziner definitiv festgestellt, dass die zarte, kaum vierzig Kilogramm schwere Frau unmöglich ein Schwergewicht wie ihren Mann unter Wasser gezogen haben konnte.
»Oder glaubst du, dass ihr Gigolo ihr dabei geholfen hat?«
»Nein«, fauchte Bosmans, »dem haben Kurt Verrijt und seine Folterknechte längst gründlich auf den Zahn gefühlt. Der war's nicht. Das weißt du genauso gut wie ich. Jetzt hör schon auf mit dem Unsinn.«
Deleu sah ihn unschuldig an und erwiderte dann: »Ich glaube trotzdem immer noch, dass sie zu zweit sind, Jos. Ein Paar, ein Mann und eine Frau.«
»Du glaubst also nicht an die Trittbrettfahrer-Theorie?« Bosmans klang ehrlich überrascht.
Deleu schüttelte langsam und nachdenklich den Kopf und warf sich noch eine geröstete Erdnuss in den Mund.
»Elaine Parent arbeitet allein«, setzte Bosmans etwas nachdrücklicher hinzu. »Auch in der Akte, die wir von der Sûreté erhalten haben, war nirgends die Rede von einem Mann.«
Als sein Freund daraufhin schwieg, fragte er: »Worauf basiert deine Theorie?«
»Ich weiß es nicht, Jos. Ich verlasse mich da wohl eher auf meine Intuition. Irgendetwas stört mich, ich kann nur nicht sagen, was genau. Noch nicht.«
Bosmans fuhr sich mit dem nikotingelben Zeigefinger über den Dreitagebart.

»Urinspuren auf der Klobrille«, sagte Deleu geistesabwesend.
»Ja und, was soll das bedeuten?«, fragte Bosmans gespannt. Deleus Intuition betrachtete er immer als Gottesgabe.
»Diese Morde enthalten männliche Komponenten. Eine männliche Symbolik. Ach, ich weiß nicht. Was hat Evelyne denn sonst noch so gesagt?«
»Genau das. Dass sich hinter manchen der Verstümmelungen eine Symbolik verbirgt. Für gewöhnliche Sterbliche allerdings schwer durchschaubar.«
»Genau. Es geht nämlich nicht ausschließlich um Geld. Ich befürchte, dass wir es wieder mal mit einem Irren zu tun haben, der irgendeine Mission hat. Irgendein Freak, oder wer weiß, vielleicht sogar zwei. Zwei skrupellose Wahnsinnige. Was mir nach dem Lesen des Zeitungsartikels nicht mehr aus dem Kopf geht, ist die Art und Weise, wie sie ihre potenziellen Opfer auswählt. Verstehst du?«
»Was soll ich verstehen?«, fragte Jos Bosmans zurück, der bei Deleus Gedankensprüngen völlig den Faden verloren hatte.
»Na ja, Elaine Parent findet sie, indem sie auf Wohnungsanzeigen antwortet.«
»Durch Anzeigen von alleinstehenden Frauen, die eine Mitbewohnerin suchen«, ergänzte Bosmans, dem es allmählich zu dämmern begann.
»In unserem Fall: Anzeigen von reichen, alleinstehenden Frauen«, fügte Deleu hinzu.

»Denk nur mal an die Frau, mit der wir uns treffen wollen. Die sich auf die Sendung im Fernsehen hin gemeldet hat!«, rief Bosmans aufgeregt.
Deleu zuckte mit den Schultern und leckte sich den Bierschaum von der Oberlippe.
»Sie behauptet, ihre Tochter habe auf eine Wohnungsanzeige reagiert. Genau wie in dem Zeitungsartikel, als die Frau dem Tod von der Klinge gesprungen ist, indem sie ihre Schwester zu der Verabredung mitbrachte, ist diese junge Frau in Begleitung ihrer Mutter gekommen!«
Deleu nickte nur und sagte: »Diese Frau, die bei Pardon war, als Nadia ihn verfolgt hat, weißt du noch?«
Bosmans fuhr sich mit beiden Händen durch die Haare und nickte.
»Die müssen wir finden. Sie ist eine Schlüsselfigur. Wir müssen Robert Pardons gesamter Entourage die Hölle heiß machen.«
Bosmans schlug mit der flachen Hand auf den Tisch und rief: »Wird gemacht, Dirk! Wird gemacht!« Als er instinktiv spürte, dass einige Gäste zu ihnen herübersahen, dämpfte er die Stimme: »Bis hin zu seinem Automechaniker, dem Zahnarzt, dem Apotheker in Antwerpen, bei dem er sich jeden Monat eine Extraration Kondome besorgt hat, und dem Kioskbesitzer an der Ecke, bei dem er sich einmal im Monat eine Schachtel Tictac gekauft hat.«
»Okay, das klingt gut«, sagte Deleu und machte eine beschwichtigende Geste. »Wie spät ist es eigentlich?«

»Mist!«, fluchte Bosmans, der auf seine Armbanduhr blickte und prompt sein Hoegaarden leerte. »Die Zeugin wartet schon auf uns, komm mit!«
»Welche Zeugin?«, fragte Deleu und stolperte hinter ihm her.
»Hab ich dir doch gesagt, die Frau, die sich auf *Oproep 20-20* hin gemeldet hat.« Bosmans drehte sich grinsend um und flüsterte: »Gott sei Dank, dass dein Kopf an deinem Hals festsitzt!«
Dirk Deleu antwortete mit einer wegwerfenden Geste, fixierte achselzuckend die verräuchterte Stuckrosette an der Decke und legte einen Zahn zu, als er merkte, dass sein Chef bereits an der Tür war. Er hielt sich die rechte Hand vors Gesicht, denn es wäre nicht das erste Mal gewesen, dass das Energiebündel Jos Bosmans ihm, wenn auch unbeabsichtigt, die Tür vor der Nase zugeschlagen hätte.

32

Jos Bosmans hastete, gefolgt von Dirk Deleu, in sein Büro. Die einfältig wirkende Frau in der ärmellosen Holzfällerweste thronte mitten vor seinem Schreibtisch, drehte den Kopf von rechts nach links und genoss die Aufmerksamkeit, die ihr zuteilwurde, in vollen Zügen. Es war, als sei sie Zeugin in einem Mafiaprozess.

Wenn das nicht mal wieder eine Niete ist, dachte Bosmans, während er der schmalen jungen Frau, die sich hinter dem breiten Rücken der Älteren verbarg, kräftig die Hand schüttelte.

»Mevrouw Noens, guten Tag. Ich bin Jos Bosmans, und das hier ist mein Kollege Dirk Deleu.«

»Sie hab ich schon mal im Fernsehn gesehen!«, trompete die Frau und deutete ungeniert mit ihrem schwieligen Zeigefinger auf Deleu. »Schau, Mie, so sieht ein echter Untersuchungsrichter aus«, wandte sie sich an ihre Tochter.

Als Bosmans sich räusperte und mit den Worten: »Entschuldigung, aber ich bin der Untersuchungsrichter«, den Irrtum richtigstellte, wandte die junge Frau verlegen den Blick ab.

Ihre Mutter, für einen Augenblick aus dem Konzept gebracht, kratzte sich unter ihrer behaarten Achsel und erwiderte: »Auch gut.«

»Na, dann erzählen Sie mal«, sagte Bosmans ziemlich kurz angebunden. Er kam sich vor wie in einer Seifenoper.

»Also, Mijnheer Untersuchungsrichter, wenn Sie wüssten, was ich mit der Frau, die Sie suchen, dieser Nadine Versluys, alles mitgemacht habe!«, klagte Rachel Noens mit in die Seiten gestemmten Händen im besten Schmierenkomödiantenstil.

Weder Deleu noch Bosmans reagierte.

Rachel Noens tippte mit der Fußspitze heftig auf den Boden und zeigte auf ihren Schuh. »Die schicke Madame hat mir mit ihren riesigen Füßen zuerst in den Bauch getreten und mir dann ihren Pfennigabsatz auf die Kehle gedrückt. Sie hat bestimmt Schuhgröße zweiundvierzig. Mir wird jetzt noch ganz anders, wenn ich daran denke. Jede Nacht träume ich davon.« Beifallheischend blickte sie ihre Tochter an, die jedoch ebenfalls nicht darauf einging.

»Schuhgröße zweiundvierzig?«, fragte Deleu.

Deleu und Bosmans sahen sich an, aber keiner fühlte sich zu einem weiteren Kommentar berufen.

»Meinen Sie, ich könnte Schmerzensgeld dafür verlangen, wenn das so weitergeht?«, jammerte die Frau.

Wieder erhielt sie keine Antwort. »Vielleicht aus der Rentenkasse. Mein Fons und ich, wir sind einfache Leute, wir kennen uns da nicht so gut aus, wissen Sie.« Auch auf das unvermeidliche kameradschaftliche Augenzwinkern hin blieb Bosmans ungerührt. »Ich hab eben noch zu meiner Mie gesagt, wenn wir schon mal hier sind, können wir gleich auch Leute fragen, die sich mit so was auskennen. Sie wissen da sicher viel besser Bescheid als wir, stimmt's? Was meinen …«

»Fragen Sie doch bei Gelegenheit einfach mal Ihren Versicherungsvertreter um Rat«, schnitt Bosmans ihr das Wort ab.

Deleus Schnaufen hätte man mit einiger Fantasie für die Symptome einer beginnenden Erkältung halten können.

Da klingelte Bosmans' Handy. Mit einer routinierten Bewegung schaltete er die Mailbox ein.

»Gut, Mevrouw Noens, jetzt erzählen Sie uns mal die ganze Geschichte.«

»Na, unsere Mie hat – Gott weiß warum, denn besser als bei uns zu Hause kann sie es nirgendwo haben – auf eine Anzeige in der Zeitung geantwortet. Stimmt's, Mie?«

Die zarte junge Frau fuhr zusammen, nickte und senkte verlegen den Blick.

»Daraufhin hat sich die schicke Madame mit unserer Mie verabredet. Gott sei Dank bin ich mitgegangen.«

»Haben Sie die Anzeige noch?«, fragte Deleu dazwischen.

»Nein«, antwortete Mieke Demunter und schnappte nach Luft. Als Deleu sie daraufhin durchdringend ansah, stotterte sie: »Ich … weiß nicht.«
»Auf welche Art und Weise haben Sie das Treffen vereinbart?«, wandte sich nun Jos Bosmans an das Mädchen.
Währenddessen versuchte die Mutter kopfschüttelnd, sich erneut in den Vordergrund zu spielen. Allerdings gelang es ihr nicht, denn das Gespräch ging jetzt wie ein Tischtennisball zwischen den Ermittlern und ihrer Tochter hin und her.
»Ich hab anfangs gar nichts davon mitbekommen, Inspecteur. Sie hat von einer Telefonzelle aus angerufen. Da versucht man, seine Kinder anständig zu erziehen, und dann so was!«
»Welche Fragen hat sie Ihnen gestellt?«, wollte Bosmans von Mieke Demunter wissen.
»Ob ich Arbeit habe, ob ich selbst für meinen Lebensunterhalt aufkommen kann und wo ich momentan wohne.« Sie unterbrach sich und betrachtete verlegen die Spitzen ihrer abgetragenen Sneakers.
»Und?«, fragte Deleu.
»Juffrouw!«, bekräftigte Bosmans seine Frage.
»Ich … ich habe gelogen«, flüsterte sie. »Ich habe behauptet, ich wohne allein. Außerdem hat sie mich gefragt, ob ich auch nicht lesbisch bin«, fügte sie rasch hinzu.
»Das hast du mir alles gar nicht erzählt!«, sagte Rachel Noens erstaunt. »Du lügst ja wirklich wie gedruckt!«

»Warum haben Sie gelogen?«, fragte Deleu.
»Weil ich unbedingt von zu Hause weg wollte!«, antwortete die junge Frau jetzt lauter. Sie hob den Kopf und sah ihrer Mutter geradewegs ins Gesicht.
Gerade als diese wütend hochfahren wollte, flog Bosmans Bürotür auf, dass sie an die Wand knallte und beinahe aus den Angeln gesprungen wäre. Alle Blicke richteten sich auf die Tür, in der Wachtmeester Degroef erschien, der am Arm der wutschnaubenden Nadia Mendonck hing. Sie zog den etwa achtzig Kilo schweren Mann hinter sich her.
»Lassen Sie mich endlich los! Ich muss unbedingt zu Bosmans, und Sie werden mich nicht davon abhalten!«
Als sie Bosmans erblickte, schrie sie mit einem wilden Blick in den rot umränderten Augen: »Ich will arbeiten! Und zwar sofort! Ich habe die Nase voll, zu Hause rumzusitzen, zu grübeln und die Wand anzustarren! Ich brauche Beschäftigung, verdammt noch mal!«
»Ist ja gut«, antwortete Jos Bosmans erstaunlich ruhig. »Ich sehe, dass Sie zu großen Aufgaben bereit sind. Und jetzt verlassen Sie bitte wieder mein Büro. Wir sprechen uns, wenn diese Unterhaltung hier beendet ist.«
Nadia Mendonck blieb stocksteif stehen.
»Sobald wir diese Unterhaltung hier abgeschlossen haben«, wiederholte Bosmans ein wenig nachdrücklicher, während der Wachtmeester mit ratlosem Blick am Revers seiner Uniform herumzupfte. Vergeblich

versuchte er, Nadia Mendonck wieder zu ergreifen, doch sie presste beide Arme fest an den Körper. Rachel Noens leckte sich die Lippen und beobachtete neugierig das Geschehen. Das war ja interessanter als jeder Familienstreit. Ihre Nachbarin Angèle würde ihr das niemals glauben, wenn sie es ihr später erzählte. Dirk Deleu stand ein wenig steif auf, ging auf Nadia zu, nahm sie am Arm und flüsterte ihr etwas ins Ohr. Daraufhin ließ sie sich ohne Zwang hinausführen.
»Kann ich den Damen etwas zu trinken anbieten?«, fragte Bosmans, als sei nichts geschehen.
»Nein, danke«, kam es wie aus der Pistole geschossen. Das »Ach, wenn das so ist, hätte ich gerne ein Bier« folgte wesentlich später, dafür klang es umso aufrichtiger.
»Wachtmeester?«, sagte Bosmans, der endlich wieder mit den beiden Zeuginnen allein sein wollte.
»Tut mir leid, Mijnheer Untersuchungsrichter, ich habe wirklich alles versucht, um sie …«, stotterte dieser und machte eine unbeholfene Geste.
»Bitte sorgen Sie für die Getränke, Wachtmeester!«, unterbrach ihn Jos Bosmans und legte all seine angeborene Autorität in diesen einen kurzen Satz.
Der Mann nickte, drehte sich um die eigene Achse und räumte sichtlich erleichtert das Feld.

Nachdem Deleu über eine halbe Stunde lang auf Nadia eingeredet hatte, kam er zurück. Er konnte seine Enttäuschung nicht verbergen. Jos Bosmans hatte nicht

auf ihn gewartet, sondern war gerade dabei, das Gespräch zu beenden.
»Der Kollege nebenan wird Ihre Aussagen aufnehmen. Auf Wiedersehen und nochmals danke für Ihre Mitarbeit.«
»Ich kann doch davon ausgehen, dass alles vertraulich bleibt, Mijnheer Untersuchungsrichter?«, trompetete Rachel Noens und schüttelte so enthusiastisch die Hand, dass sie ihm beinahe den Arm ausgekugelt hätte. Mit funkensprühenden Augen stürmte sie mit ihrer Tochter im Schlepptau zur Tür, wobei sie Deleu schlichtweg ignorierte.
Der Ermittler sah ihr nach und fragte: »Und, noch irgendwelche pikanten Details?«
»Nein, das Pikanteste hatten wir nach Nadias gelungenem Auftritt wohl hinter uns«, brummte Bosmans.
»Es steht schlimm um sie«, flüsterte Deleu und versuchte, den Gemütszustand seines Freundes einzuschätzen.
Der klappte schweigend seine Akte zu, stand auf, steckte das Hemd in die Hose und schritt würdevoll zur Tür.
»Bitte nicht, Jos«, beschwor ihn Deleu. »Tu's nicht. Nicht jetzt.«
Doch Bosmans setzte ungerührt seinen Weg fort.

33

Bei Vicky Versavel zu Hause läutete es an der Tür. Michelle Bekaert war gerade damit beschäftigt, ihre umfangreiche Sammlung exklusiver Designerkleidung auf dem Bett auszubreiten. Ihr lief es kalt den Rücken hinunter, und ihr Blick huschte zur Zimmertür. Doch dann riss sie sich zusammen und ging ans Fenster.

Als sie hinter der Gardine hervorlugte, sah sie, dass ein schäbig gekleideter Mann vor dem Haus stand. Sein Konfektionsanzug hing ihm wie ein Wischlappen um den mageren Körper. Er blickte zu ihr hinauf, eine Aktentasche fest unter den Arm geklemmt. Michelle fuhr hastig zurück. Sie spähte die Straße hinunter. Da stand ein Toyota Break. Ein Firmenwagen der KBC-Bank. Fluchend wich sie einen Meter zurück, ließ sich auf das gusseiserne Bett fallen und dachte fieberhaft nach. Als ihre Augen über den Maßanzug von Hugo Boss wanderten, erschien ein rätselhaftes Lächeln auf ihren Lippen. Dann nahm sie die getragenen, aber kein bisschen abgenutzten Salamander-Herrenschuhe mit den dicken Kreppsohlen sowie die große Flasche Chanel No. 5 aus der Yves-Saint-Laurent-Tasche, die perfekt zu dem Delsey-Koffer passte.

»Bosmans.«
Es folgte eine lange Stille, dann endlich ein nervöses Hüsteln.
»Hallo!«, rief Bosmans autoritär.
»Mijnheer Untersuchungsrichter?«
»Ja, mit wem spreche ich?«, fragte Bosmans gereizt, das Gespräch mit Nadia Mendonck noch frisch in Erinnerung.
»Hier ist Mieke Demunter«, sagte eine schüchterne Stimme. Bosmans glaubte, im Hintergrund Straßenlärm zu hören. Zwar hatte er noch ein paar heikle Fragen an das Mädchen, doch er zögerte zunächst. Bedächtig rieb er sich über das Kinn und fragte leise: »Was haben Sie auf dem Herzen?«
»Ich habe vorhin gelogen«, brachte sie stockend hervor. »Ich habe die Anzeige selbst aufgegeben. In *Het Laatste Nieuws.* Und ich habe die Zeitung nicht weggeworfen.«
»Ah, allmählich wird es interessant. Können Sie mir die Annonce so schnell wie möglich zukommen lassen?«
Stille.
»Ich möchte sie Ihnen ja gerne zukommen lassen, aber dann müssen Sie mir versprechen, dass …«, stotterte die junge Frau.

»… dass ich Ihrer Mutter nichts davon sage?«, fragte Bosmans.
Ihr »Ja« und das darauffolgende Seufzen klangen überaus erleichtert.
»Ich bitte Sie, das ist doch selbstverständlich. Könnten Sie mir die Anzeige bitte umgehend vorbeibringen?«
»Selbstverständlich, Mijnheer Untersuchungsrichter, und vielen Dank.«
»Noch etwas, Mieke.«
»Ja?« Wieder dieses schüchterne, gepresste Stimmchen.
»Wegen Ihrer Mutter. Sie sollten allmählich Ihr Leben selbst in die Hand nehmen. Sie sind zwanzig Jahre alt. Haben Sie vielleicht Angst, sie könnte Ihnen etwas antun?«
»Aber nein, das würde sie niemals!« Die junge Frau klang nun aufrichtig empört. »Unsere Mutter ist die Beste, wirklich! Sie meint es nur gut mit uns.«
»Zu gut«, erwiderte Jos Bosmans lachend. »Tut mir leid. Bitte entschuldigen Sie meine Einmischung, und danke für Ihre Ehrlichkeit.«
»Nichts zu danken«, antwortete Mieke mit fester Stimme, die ganz im Gegensatz zu dem Bild stand, das sich der zufrieden brummende Jos Bosmans von der jungen Frau gemacht hatte.

Während Dominique Mardulier widerwillig und unverrichteter Dinge davonging, bewunderte sich Michelle Bekaert anerkennend in dem majestätischen

Standspiegel. Der Anzug saß wie angegossen. Sie hatte kein Gramm zugenommen.
Der Filialleiter, der in Bonheiden wohnte, setzte sich in seinen Wagen, steckte sich ein herumliegendes Tictac in den Mund, sah noch ein letztes Mal an der Hausfassade hinauf und fuhr los.
Gegenüber dem Rijkswacht-Revier in Hofstede hielt er an, blickte kurz in den Spiegel und rückte seine Krawatte zurecht. Erst halb sechs, und schon wurde es dunkel. Er seufzte, überquerte den Tervurensteenweg und betrat zögernd das schwach beleuchtete Polizeirevier.
Der diensthabende Unteroffizier, der gerade Feierabend machen wollte, warf Mardulier einen entnervten Blick zu, als dieser unsicher hervorbrachte, er wolle eine Person als vermisst melden.
»Worum geht es genau, Mijnheer? Ist Ihnen vielleicht die Geliebte davongelaufen?«, fragte der Polizist gereizt.
»Nein, es geht um eine Kundin unserer Bank. Sie klang vorhin am Telefon so komisch, und sie hat sich eine hohe Geldsumme überweisen lassen.«
»Na und?«, erhielt er nur zur Antwort.
»Na ja, normalerweise kommt sie wegen jeder Kleinigkeit sofort bei uns vorbei, denn sie arbeitet nicht. Sie hat Zeit im Überfluss und einfach sonst nichts zu tun. Diesmal dagegen …«, seufzte der Bankangestellte und nestelte an seinem fleckigen Ehering herum.
»Vielleicht ist sie zur Konkurrenz gewechselt, weil sie

von Ihrer Einmischung genug hat«, sagte der Polizist hinter dem verkratzten perforierten Sicherheitsglas feindselig.
Der Mann am Schalter verzog brüskiert das Gesicht und antwortete achselzuckend: »Tja, vielleicht haben Sie recht, und ich war ein bisschen voreilig.« Er drehte sich um und sagte: »Bitte entschuldigen Sie.« Steifbeinig verließ er die Wache.
Der Unteroffizier blickte auf die Uhr, atmete erleichtert auf – um halb sechs noch eine Anzeige aufnehmen, bloß nicht! –, unterschrieb das Tagesprotokoll und fuhr mit seiner täglichen Feierabendroutine fort.
Als er nach etwa zwei Minuten widerwillig als Letztes seine Zeitung in die Aktentasche steckte, kam darunter eine zerknitterte Aktennotiz des Generalstabs zum Vorschein, die er am Morgen gelesen hatte. In der Mitteilung wurde darauf hingewiesen, ein besonderes Augenmerk auf Vermisstenanzeigen zu haben, besonders, wenn Personen unter rätselhaften Umständen verschwunden seien.
Der Polizist blieb einen Augenblick wie angewurzelt stehen und eilte danach zur Tür, wo er beinahe seinen Kollegen umgerannt hätte.
»Pass doch auf!«, rief dieser heiser. »Du kommst schon noch schnell genug nach Hause!«
Wie sehr sich der Polizist auch anstrengte, es gelang ihm nicht mehr, das Nummernschild des davonfahrenden Wagens zu entziffern. Der Toyota war bereits zu

weit entfernt. Als er um die Ecke bog, bemerkte der Mann ein Firmenlogo auf der Beifahrertür, doch auch das verschwand zu schnell für seine müden Augen. Er murmelte einen Fluch und dachte fieberhaft darüber nach, welche Ausrede er seinem Kollegen gleich auftischen sollte. Dann kehrte er langsam in die Wache zurück.

34

Dirk Deleu stand wutschnaubend im frischen Schnee vor der Redaktion von *Het Laatste Nieuws* und trat von einem Bein auf das andere. Die beißende Kälte und der pfeifende Wind konnten ihm offenbar nichts anhaben. Er warf einen Blick auf das halb beschlagene Zifferblatt seiner Rolex. Halb zwölf. Gustaaf Peeters' roter VW Passat stand allein auf dem Parkplatz. Der Ermittler stampfte mit den Füßen auf und rieb sich die kalten Hände.

Sein Handy klingelte, doch er hatte keine Lust, den Anruf entgegenzunehmen, er machte sich nicht mal die Mühe, die Mailbox einzuschalten. Er ließ es einfach klingeln und vergrub die Hände tief in den Hosentaschen.

Ruckartig zog er die Rechte wieder heraus und faltete den Zeitungsausschnitt auseinander, der in der Tasche gesteckt hatte.

»Ermittler versuchen, das Chamäleon in die Falle zu locken.«

Erst ballte Deleu die Hand fest zusammen, dann zerriss er den Artikel in unzählige winzige Schnipsel, die mit den fallenden Schneeflocken zu Boden rieselten.
Es handelte sich um einen Artikel des Journalisten Peeters, auf Basis der fingierten Anzeige publiziert, die Deleu und Jos Bosmans als Köder für die Frauenmörderin in *Het Laatste Nieuws* aufgegeben hatten. »Das Chamäleon, lächerlich!«, zischte Deleu. Mit diesem reißerischen Namen hatte die Presse die Mörderin bedacht. Auch die Tatsache, dass es sich um eine Frau handelte, schienen die Damen und Herren Journalisten bereits als gegeben hinzunehmen. Wo hatte der Mistkerl bloß diese Information aufgeschnappt? Wie hatte er davon erfahren?
Deleu stampfte weiterhin von einem Fuß auf den anderen und zerbrach sich den Kopf bei dem Versuch, eine Erklärung dafür zu finden.
Vergangenen Samstag war die Anzeige zum ersten Mal erschienen, und nun, am Montag, war der dazugehörige Artikel des legendären Gustaaf Peeters publiziert worden.
Der schielende Pierre hatte die Anzeige Anfang der Woche telefonisch durchgegeben. Sie war in fast demselben Wortlaut wie die von Mieke Demunter verfasst und stand ohne einen besonderen Zusatz unter den ganz normalen Kleinanzeigen.
Wer wusste eigentlich darüber Bescheid? Er selbst, Jos, Nadia, Pierre, Walter, Vanderkuylen, Verstappen und einige andere Kollegen von der Kripo.

Deleu schlug sich mit der geballten Faust gegen die Stirn, aber das Gefühl der Ohnmacht wollte nicht weichen. Er blickte auf. In den Redaktionsräumen brannte nur noch in einem Büro Licht. Was heckte dieser Idiot denn nun schon wieder aus? Der Ermittler hatte große Lust, gegen die Tür zu hämmern und das Gebäude zu stürmen.

Jos Bosmans knallte den Hörer auf die Gabel. Dieser Idiot von Deleu hatte einfach das Handy ausgeschaltet. Mist! Vor etwa einer Minute hatte Barbara völlig aufgelöst bei ihm angerufen. Nachdem ihr Mann den Artikel gelesen habe, sei er, außer sich vor Wut und ohne ein Wort zu sagen, mit Vollgas und durchdrehenden Reifen losgerast.

Der Untersuchungsrichter rutschte nervös auf seinem Stuhl herum und dachte angestrengt nach. Plötzlich kam ihm eine Idee. Er drückte auf den Buchstaben P in seinem Adressregister, wählte eine Nummer auf seinem Handy, zündete sich eine Belga an, inhalierte tief und blies den Rauch heftig durch die Nasenlöcher aus.

»Peeters.«

»Peeters, wo stecken Sie gerade?«, fragte Bosmans ohne Einleitung.

»Wer ist da am Apparat?«, fragte der Journalist mürrisch.

»Die Kripo«, lautete die knochentrockene Antwort.

»Wer von der Kripo?«

»Das spielt keine Rolle!«, fauchte Bosmans.
»Wollt ihr mich einsperren? Hab ich mich vielleicht strafbar gemacht? Gibt es neuerdings in Belgien wieder eine Zensur?«, höhnte Peeters. »Bilden Sie sich bloß keine Schwachheiten ein. Meine Quellen gebe ich grundsätzlich nicht preis. Niemals. Nur über meine Leiche!« Er wurde immer heftiger.
Jos Bosmans ignorierte seine hohlen Tiraden. »Jetzt hören Sie mir mal gut zu, denn ich werde es Ihnen nur einmal sagen. Das mit der Leiche würde ich mir noch mal gut überlegen. Denn nicht jeder ist so tolerant wie ich, und ich habe gute Gründe zu der Annahme, dass Sie noch heute Abend mit einer Tracht Prügel rechnen dürfen, die Sie nicht so schnell vergessen werden. Also, Sie Schmierfink, jetzt sagen Sie mir besser mal ganz schnell, wo Sie sich aufhalten, sonst überlassen wir Sie nämlich Ihrem Schicksal.«
»Ich bin in der Redaktion«, murmelte Peeters verschreckt.
»Bleiben Sie, wo Sie sind!«, rief Bosmans, während er bereits auflegte, und sprintete zur Tür. Unterwegs schlüpfte er in den Lodenmantel, setzte den bizarren Tirolerhut auf, schlang sich den Wollschal mit Schottenmuster um den Hals und zog die fingerlosen, schafwollgefütterten Handschuhe über.
Wenige Augenblicke später sprang er in seinen Mercedes und raste trotz des kalten Motors sofort mit Vollgas los.

Gustaaf Peeters wanderte nervös vor seinem Schreibtisch auf und ab und stützte seine Habichtsnase auf den Zeigefinger. In Gedanken analysierte er die Situation. Angenommen, ihn hatte gerade der Mörder angerufen? Dann aber nichts wie weg!
Verstappen, du Idiot, und wo bist du jetzt? Informationen rausrücken, noch dazu für viel Kohle, das kannst du. Aber meine Person schützen nicht! Oder hast du mich verraten, Vatersöhnchen? Hat dich vielleicht jemand durchschaut?
Peeters stieß den Becher mit lauwarmem Kaffee um, schlüpfte in den Mantel, nahm sich nicht einmal die Zeit, seinen PC auszuschalten, und löschte das Licht. Nachdem er die Tür abgeschlossen hatte, eilte er die Treppe hinunter. Dabei wühlte er in den Taschen nach seinem Autoschlüssel und nahm immer drei Stufen auf einmal.
Ein Stockwerk tiefer blieb er plötzlich wie angewurzelt stehen. Er schlug sich mit der flachen Hand gegen die hohe Stirn, drehte sich auf dem Absatz um und stürmte die Treppe wieder hinauf. Laut keuchend schloss er die Tür wieder auf und rannte zurück in die Redaktion.
Er zog eine Diskette aus dem Laufwerk, legte sie ordentlich wieder in die Schublade seines Kollegen Jan und verstaute lächelnd den Schlüssel dazu in dessen Versteck. Der Idiot glaubte wirklich, niemand wisse von dem Schlüssel zwischen Blumentopf und Untersetzer.

Peeters atmete auf, ging zu seinem Schreibtisch und blickte im Vorübergehen in den Spiegel seiner eitlen Kollegin. Die dicken Tränensäcke und die Geheimratsecken sprachen für sich. Als er vor etwa einem Monat einen Hautarzt konsultiert hatte, weil er regelmäßig ganze Haarbüschel im Abfluss entdeckte, war die Diagnose rasch gestellt: Stress.
Diesmal nahm er sich die Zeit, seinen Computer herunterzufahren, und sein Blick fiel auf das Foto von Mireille und Jonas. Seine Familie. Wie lange stand das Ding eigentlich schon hier rum und vergilbte? Jonas musste damals drei Jahre alt gewesen sein, inzwischen war er zehn. Peeters griff das Foto mit Daumen und Zeigefinger, rieb mit dem Ärmel das nikotinbeschlagene Glas sauber und betrachtete Mireille. Sie hatte sich kein bisschen verändert. Der Tumor, den die Ärzte vor genau zwei Monaten entdeckt hatten, war Gott sei Dank gutartig gewesen.
Lächelnd stellte er das gerahmte Bild wieder an seinen Platz, hängte sich seinen Fotoapparat um den Hals, schaltete das Licht aus und ging gelassen die Treppe hinunter.
Der wuchtige Tritt zwischen seine Beine wurde teilweise von der Kamera abgefangen, die er instinktiv zum Schutz vor sein bestes Stück hielt.
Während die Linse seines sündhaft teuren Nikon-Teleobjektivs zersplitterte, schrie Dirk Deleu außer sich vor Wut und aufgestautem Ärger: »Mörder!«
Gustaaf Peeters griff ins Leere, stürzte in den aufstäu-

benden Schnee und schmeckte das süße Blut, das von seiner aufgeplatzten Oberlippe tropfte. Als er seinen Angreifer auf sich zuspringen sah, rollte er sich zusammen wie ein Fötus und legte die Hände schützend um den Kopf.

Die quietschenden Bremsen des schweren Mercedes hörte er gar nicht, denn er hatte nur noch Augen für den Schnee, in dem er lag und der sich allmählich rot färbte.

»Dirk! Du bist mit sofortiger Wirkung suspendiert!«, hallte es durch die klare Winterluft. Dirk Deleu erstarrte. »Mijnheer Peeters, ich erwarte Sie morgen früh um neun Uhr in meinem Büro. Sie können bei mir persönlich Anzeige erstatten«, blaffte Bosmans, wobei er Deleu, der ungeschickt den Pulverschnee aus dem Rollkragen seines Pullovers klaubte, vollkommen ignorierte.

Peeters rappelte sich auf, wischte sich mit einem Taschentuch die Blutspur von der Unterlippe und zischte: »Es gibt keine Zeugen. Der Vorfall hier soll doch garantiert unter den Teppich gekehrt werden, stimmt's?«

»Keineswegs, Mijnheer Peeters. Nicht alle Polizisten sind korrupt, genau wie es auch unbestechliche Politiker und Journalisten geben soll. Es ist nur immer derselbe miese kleine Abschaum, der in die Schlagzeilen gerät oder sie gar macht. Sie kommen allein nach Hause? Guten Abend.«

Er drehte sich noch einmal um und flüsterte: »Morgen

steht es wieder fett auf allen Titelseiten. Geh doch gleich zum Fernsehen, wenn du's so nötig hast!«
Damit marschierte er, ohne Deleu auch nur eines Blickes zu würdigen, zurück zum Mercedes. Er sah auf die Uhr. Kurz vor Mitternacht.

35

Trumpf!«, rief Roland Alaerts, wischte sich mit dem linken Handrücken den Schaum aus dem dichten Bart und knallte mit der rechten Hand die Kreuz-Acht derart heftig auf den Tisch, dass die halb vollen Gläser wackelten. Er sammelte den Stich ein und zwinkerte seinem Kollegen Henri Scharlaeken zu, der grinsend den Daumen hob.

»Verdammt noch mal!«, murmelte Walter Vereecken leichenblass.

»Esel!«, zischte der schielende Pierre, der mit bitterböser Miene schräg gegenüber saß. »Du hast schon wieder deine Trümpfe nicht gezählt. Mensch, Walter, es sind neun Trümpfe. Neun! Du gibst.«

»Schon gut«, murmelte Walter mit ungläubigem Blick und schlug die treuen Hundeaugen nieder.

»Jeanneke!«, schrie Alaerts aus voller Brust, »lass noch mal die Luft aus den Gläsern!«

»Wie immer?«, rief die Wirtin zurück, die hinter der altmodischen Theke der Dorfkneipe De Ster die Gläser mit einem grauen Geschirrtuch polierte, als hinge ihr Leben davon ab. Eines nach dem anderen begutachtete sie im Gegenlicht der verräucherten Stehlampe, und erst wenn sie funkelten wie ein frisch geschliffener Diamant, hatten sie Anspruch auf ein Plätzchen hinter den kunstvoll gedrechselten Streben des verspiegelten Eichenregals.

»Ja, eine Runde auf die Kripo!«, sagte Alaerts grinsend und warf Vereecken, der inzwischen die graue Wand anstarrte, einen hämischen Blick zu.

»Null zu zwei für die Polizei«, frotzelte Kollege Scharlaeken, hieb Pierre, der noch immer fassungslos den Kartenstapel anblickte, auf den Rücken und kippte anschließend sein restliches Bier in einem Zug hinunter.

»Wie immer.« Alaerts konnte es nicht lassen, Salz in die Wunde zu streuen. »Aber nehmt es euch nicht so sehr zu Herzen, Jungs. Hauptsache, ihr habt Glück in der Liebe.«

Walter Vereecken umklammerte die Räder seines Rollstuhls so fest, dass die Knöchel weiß hervortraten, und hob den Blick wieder. Alaerts schwieg.

»Danke, Schätzchen«, riefen alle im Chor, als die Wirtin die Getränke brachte und gerade rechtzeitig mit einem geschickten Sprung Scharlaekens grapschenden Händen entkam.

»Die gehen auf meinen Deckel«, seufzte Pierre.

»Wie weit seid ihr eigentlich mit eurem Superfall?«, fragte Alaerts, in dem Versuch, das Gespräch in eine andere Richtung zu lenken.

»Wir haben hunderttausend Spuren«, seufzte Pierre, »aber es ist keine einzige brauchbare dabei. Diese Frau ist glitschiger als ein Aal.«

»Dafür ist die Klatschpresse hinter uns her wie der Teufel hinter der armen Seele«, unterbrach ihn Scharlaeken. »Sie reiten richtig darauf herum. Heute Morgen noch habe ich einen Artikel gelesen, wo war das gleich, im …«

»Im *Playboy?*«, foppte ihn der schielende Pierre.

»Nein, in der *Neuen Revue*«, fiel Alaerts ein. »Der *Playboy* ist zu teuer, außerdem versteht er die Artikel nicht.«

»Nein, ihr Blödmänner, es war eine seriöse Zeitschrift, irgendwas Wissenschaftliches.«

»Was Wissenschaftliches? Dann bleibt ja nur noch die Fernsehzeitung übrig«, stellte Vereecken fest.

»Die *Sonntagszeitung*«, fiel es Scharlaeken ein. »Das war's, die kauft meine Frau jede Woche.«

»Dürften wir jetzt endlich mal erfahren, was drinstand?«, seufzte Pierre und rutschte ganz nach vorn auf den Stuhlrand.

»Na ja, in dem Artikel wird euer Chef, Jos Bosmans, ziemlich scharf kritisiert …«

»Die Leute werden allmählich hysterisch«, unterbrach Alaerts seinen Kollegen. »Bei uns steht das Telefon nicht mehr still. Seitdem die Suchmeldung und die Personenbeschreibung im Fernsehen gesendet wurden, sehen die Menschen überall Gespenster. Es ist schlimmer als nach der Flucht von Dutroux.«

»Geht ihr denn jedem Hinweis nach?«, fragte Vereecken ungläubig.
»Natürlich nicht, sonst säße ich jetzt wohl kaum hier«, erwiderte Alaerts lachend. Er sah auf die Uhr. Viertel nach zwölf.
»Bisher war also nichts Zweckdienliches dabei?«, sagte Vereecken desinteressiert. Es klang nicht mal wie eine Frage.
»Nicht viel«, antwortete Alaerts, »jedenfalls nichts Interessantes.«
»Wer bestimmt denn, was interessant ist und was nicht?«, fragte Pierre gereizt.
»He, mal langsam, die Herren von der Kripo. Passt dir irgendwas nicht?«, entgegnete Scharlaeken prompt.
»Wenn ihr genauso gut ermittelt, wie ihr Karten spielt, wird jedenfalls nicht besonders viel herauskommen«, pflichtete Alaerts seinem Kollegen bei.
»Ohne Fleiß kein Preis«, seufzte der schielende Pierre und unterstrich seinen wenig sinnvollen Einzeiler mit einer ausladenden Geste.
»Jetzt mal im Ernst«, trennte Vereecken die beiden Streithähne. »In den letzten Tagen ist uns nichts Interessantes untergekommen. Falls du etwas Neues erfährst, kannst du es mir ruhig sagen, denn mich hat Untersuchungsrichter Bosmans gerade zum Informationskoordinator ernannt.«
»Das heißt, du darfst seine rote Akte abheften«, äußerte Pierre geringschätzig.
»Immer dasselbe Kneipengeschwätz«, sagte die Wirtin

hinter der Theke. Wie immer hörte sie mit einem Ohr mit. »Letzte Runde!«

»Head of the Intelligence Coordination Department«, höhnte Pierre mit schwerer Zunge.

»Jetzt halt endlich den Mund, Pierre!«, antwortete Vereecken verärgert.

»Eine Sache war allerdings schon ziemlich merkwürdig«, unterbrach Alaerts gähnend das Gezänk. »Gestern Abend. Die Sache mit dieser Vicky Versavel. Weißt du noch, Henri?« Er schob den kantigen Unterkiefer nach vorn und sah seinen Kollegen an, der gleichgültig mit den Schultern zuckte. »Genau«, fuhr er dann fort. »Das hätte ich glatt vergessen. Ich leide wohl schon an Verkalkung.«

»Zu wenig Sex«, diagnostizierte Pierre grinsend.

Henri Scharlaeken holte tief Luft, aber sein Freund war schneller als er.

»Der Bankangestellte, der sich bei uns gemeldet hat, weil er sich Sorgen um eine seiner Kundinnen macht. Hast du das wirklich schon vergessen?«

»Was war denn?«, fragte Vereecken ungeduldig.

»Also, dieser Typ, ein etwas älterer Filialleiter der KBC-Bank, hat sich Sorgen gemacht, weil eine seiner Kundinnen nicht vorbeigekommen ist, um bestimmte Unterlagen zu unterschreiben. Ich weiß es nicht mehr genau. Du solltest dich bei Gelegenheit mal nach den Einzelheiten erkundigen.«

»Henri Scharlaeken nestelte unterdessen am Gummireifen von Vereeckens Rollstuhl herum. »Wo sitzen denn hier die Ventile? Ich lass dir jetzt mal die Luft raus.«

Ohne hinzusehen, schlug Walter Vereecken nach Scharlaekens Hand, die dieser blitzschnell zurückzog.

»Die Frau ist jedenfalls alleinstehend und stinkreich, und der Bankangestellte machte sich Sorgen um sie. Wir sind gestern an ihrem Haus vorbeigefahren und haben geklingelt, aber es hat niemand aufgemacht.«

»Wo wohnt sie denn?«, fragte Pierre neugierig.

»Diese Information habt ihr natürlich nicht weitergeleitet«, rügte Vereecken trocken.

»Wenn, dann müsstest du es ja wohl am besten wissen, Mijnheer Koordinator«, antwortete Scharlaeken mit herausforderndem Blick.

»Sie wohnt in Walem, nicht weit von hier. Man kann es gar nicht verfehlen, das Haus ist riesig. Außerdem ist es das einzige in der ganzen Straße. Wartet, ich habe die Adresse hier noch irgendwo«, sagte Roland Alaerts und fasste in die Brusttasche seines zerknitterten Diensthemdes.

36

Um Punkt neun Uhr morgens betrat Gustaaf Peeters, eine qualmende Zigarre im Mundwinkel und die Hände tief in den Taschen vergraben, das Büro von Jos Bosmans. Er blieb vor dem Schreibtisch des Untersuchungsrichters stehen und sagte kein Wort.
Bosmans blickte über den Rand seiner rechteckigen Lesebrille hinweg. Er ärgerte sich über die Dreistigkeit und die Selbstsicherheit seines Gegenübers und sagte, ohne ihn anzusehen: »Setzen Sie sich.«
»Nicht nötig. Ich will keine Anzeige erstatten«, erwiderte Peeters, der stocksteif stehen blieb.
»Was wollen Sie dann hier?«, fragte Bosmans. Er klang keineswegs erleichtert.
»Ich wollte mich bei Ihnen entschuldigen.«
Der Untersuchungsrichter musterte ihn forschend, doch noch bevor er reagieren konnte, sagte der Journalist: »Deleu hat recht, ich hätte die Story niemals veröffentlichen dürfen.«
Jos Bosmans nickte nur und vertiefte sich wieder in

seinen Bericht. Peeters drehte sich um und ging zur Tür.

»Wer war Ihr Informant?«

»Jetzt kommen Sie schon, Mijnheer Bosmans. Sie wissen doch …«

»… dass Sie Ihre Quellen niemals preisgeben. Ja, das weiß ich. Aber das ist ein altes Journalistenklischee. Ein Klischee, das möglicherweise noch weitere fünf, sechs oder noch mehr unschuldige Frauen das Leben kosten wird. Wenn Sie damit leben können … Sie müssen es ja wissen.«

Er ignorierte Gustaaf Peeters, schob seine Lesebrille ein Stück höher und wandte seine Aufmerksamkeit wieder dem vor ihm liegenden Bericht zu.

»Netter Versuch«, sagte der Journalist und kehrte zu Bosmans Schreibtisch zurück.

Er zog sich einen Stuhl heran, drehte ihn mit der Rückenlehne zum Untersuchungsrichter und setzte sich rittlings darauf wie ein Jockey, der sich zum Endspurt bereitmacht.

»Meine Quellen verrate ich nicht, aber möglicherweise habe ich einige interessante Informationen für Sie, die den Ermittlungen einen entscheidenden Schub in die richtige Richtung geben könnten.«

Bosmans, auf einmal ganz Ohr, schützte Desinteresse vor. Er hob nicht mal den Blick.

»Man hat mir gestern ein Angebot gemacht. Jemand hat sich mit dem Vorschlag an mich gewandt, mir gegen viel Geld wichtige Informationen zuzuspielen. Ich habe abgelehnt, aber wenn Sie wollen, sage ich Ihnen, wer es war. Mir ist wirklich daran gelegen, die Ermittlungen voranzubringen, Mijnheer Bosmans.«

»Mit anderen Worten, Sie wollen vermeiden, dass die Konkurrenz Ihrem Mann für teures Geld die Informationen abkauft. War Ihr Budget etwa nach den letzten Eskapaden aufgebraucht?«

»Dann eben nicht«, antwortete Peeters, stand auf, schob den Stuhl weg, drehte sich um und ging zur Tür.

»Nichts für ungut, Peeters«, sagte Bosmans. »Setzen Sie sich.«

Der Journalist gehorchte.

»Tut mir leid. Ich bin ziemlich gereizt in letzter Zeit, aber ich weiß Ihr Verhalten zu schätzen. Deleu hat einen Fehler gemacht, und ich bin dankbar, dass ich meinen besten Fahnder nicht von den Ermittlungen abziehen muss. Jetzt erzählen Sie schon, welche spektakulären Enthüllungen haben Sie für mich in petto?«

Der Journalist dachte zunächst angestrengt nach und sagte dann zögernd: »Robert Pardon.«

»Was ist los mit ihm?«, rief Jos Bosmans und gab seinen gespielten Gleichmut auf.

»Ein Parteifunktionär wollte mich über das Doppelleben Robert Pardons aufklären. Er hat behauptet, konkrete Beweise über schwarze Parteispenden vorlegen zu können, und ich dachte, vielleicht käme noch mehr heraus, wenn der Mann einmal anfinge zu reden. Pardon scheint mir in diesem Fall eine Schlüsselrolle zu spielen, oder etwa nicht?«, fragte Gustaaf Peeters mit gefährlich funkelnden Augen.

»Da wissen Sie mehr als ich«, erwiderte Bosmans gleichgültig. »Wer war denn dieser Parteifunktionär?«

»Desmet, Jan Desmet aus Mechelen.«

»Danke«, sagte Bosmans, und es klang sogar aufrichtig. Als Gustaaf Peeters mit einem guten Gefühl zur Tür ging, hörte er den Untersuchungsrichter noch hinter ihm sagen: »Sollte ich je eine Sensationsmeldung haben, bekommen Sie sie, Peeters.«

Der Journalist antwortete, ohne sich umzublicken, mit dem Siegeszeichen und verließ das Büro.

37

Der schielende Pierre, der sein Auto genau gegenüber der monumentalen Eingangstür geparkt hatte, klingelte diskret, während Vereecken, der sitzen geblieben war, die Gardinen im Auge behielt.
Als Pierre, das Ohr an der Sprechanlage, zum vierten Mal auf die Klingel drückte, fühlte Walter Vereecken, wie ihm ein Schauer über den Rücken lief – wie in guten alten Zeiten. Im zweiten Stock, am fünften Fenster von links hatte sich eine Gardine bewegt. Zweifellos. Wenn auch nur ganz kurz.
Pierre drehte sich um, spreizte die Hände und zuckte die Achseln. Vereecken, der die Körpersprache seines Kollegen in- und auswendig kannte, blickte nach oben und zeigte auf das bewusste Fenster.
Pierre zwinkerte ihm zu, überquerte die Straße, stieg ein und fuhr, ohne ein Wort zu sagen, los. Er parkte den Wagen um die Ecke und half Vereecken in den Rollstuhl.
»Gut, Walter! Du bewachst die Eingangstür, und ich

gehe eine Runde um den Block. Vielleicht gibt es auf der Rückseite noch einen Ausgang. Bist du sicher, dass sich die Gardine bewegt hat?«, fragte Pierre, während er seinen Freund zur Haustür schob, wobei er darauf achtete, sich so dicht wie möglich an der Hauswand zu halten.
»Hundertprozentig.«
»Alles klar bei dir? Ich geh mich jetzt mal umsehen, okay?«
»Mach, dass du wegkommst!«
Pierre zuckte mit den Schultern. Während er um die Straßenecke bog, hörte er Walter noch sagen: »Sogar ohne Beine bin ich immer noch schneller als du!«
Vereecken sah seinem Freund lächelnd hinterher, als er, die Hände tief in den Taschen des braunen Trenchcoats verborgen, um die Ecke bog. Sie waren noch immer ein starkes Team, zwei Partner, mit denen man rechnen musste, ein Duo, das in der Vergangenheit schon so manchen Erfolg erzielt hatte. Er besaß die Beobachtungsgabe und Pierre, der zwar einen leichten Knick in der Optik hatte, dafür aber eine Stecknadel fallen hören konnte, ein ausgezeichnetes Gehör. Er war gespannt, was an dem Tipp der beiden Streifenpolizisten dran war.
Um eine Spiegelung zu vermeiden, presste Vereecken das Gesicht gegen die kalte Scheibe in der Vordertür und sah hinein. Die große, marmorne Eingangshalle war nur spärlich möbliert. Neben der hölzernen Wendeltreppe stand eine wuchtige, schmiedeeiserne Gar-

derobe, auf der anderen Seite eine Topfpalme. Es war keine Menschenseele zu sehen. Gerade als er den Kopf wieder zurückziehen wollte, bemerkte er, dass die LED-Anzeige am Aufzug aufleuchtete. Der Lift fuhr abwärts. Vereecken rollte seinen Stuhl einen halben Meter rückwärts und dachte fieberhaft nach. *Pierre rufen? Nein, unmöglich!*

Die Haustür schwang auf, und heraus kam ein junger Mann. Er war schlank, nicht besonders groß, trug einen schicken Anzug, eine noch schickere Frisur und hatte eine Ray-Ban-Sonnenbrille auf der Nase. Als er Vereecken bemerkte, zuckte er kurz zusammen, fing sich aber sofort wieder. Er stemmte den Fuß gegen den Rollstuhl, schob ihn ein Stück zurück, murmelte: »Entschuldigung«, und zwängte sich zwischen Tür und Rollstuhl hindurch.

»Hätten Sie vielleicht eine Minute Zeit?«, fragte Vereecken und atmete mit geblähten Nasenflügeln das süßliche Parfüm ein, das den jungen Mann wie eine Wolke umgab.

Woher kenne ich nur diesen Duft?, fragte er sich.

»Tut mir leid, Mijnheer, ein andermal vielleicht. Ich habe es ziemlich eilig«, sagte der junge Mann hastig und entfernte sich mit großen Schritten. Seine Tasche schwang rhythmisch hin und her wie das Pendel einer Standuhr.

Verdammt!, dachte Walter Vereecken. Pierre ist natürlich in die andere Richtung gelaufen!

Die Hoffnung, dass Pierre dem Mann dennoch begegnen würde, schmolz dahin wie Schnee in der Sonne. Walter Vereecken sah, wie die beiden Flügel des Garagentores aufschwangen.

»He … Hallo, Mijnheer!«, rief er und griff instinktiv nach seiner rechten Achsel, wo früher sein Schulterholster gehangen hatte. Der Ruf »Stehen bleiben, Polizei!« blieb ihm im Halse stecken. Langsam rollte er den Stuhl in Richtung Garage. Es war ohnehin zu spät, um noch irgendetwas zu unternehmen. *Lass dir nicht in die Karten gucken, Walter. Noch nicht! Nicht jetzt schon die Trümpfe auf den Tisch werfen. Es sind neun, neun Trümpfe.*

Das schwarze Golf Cabrio schoss mit quietschenden Reifen aus der Garage, und ohne vom Gas zu gehen, raste der Fahrer davon.

»PRB 356« notierte Vereecken in seinen Taschenkalender, nachdem der Golf abgebogen und außer Sichtweite war. Als er den Kalender wieder einsteckte, kam Pierre, außer Atem und wild gestikulierend, um die Ecke gerannt. »Was war denn hier los?«, keuchte er.

»Ein Mann ist mit dem Aufzug runtergekommen, hat das Haus verlassen und ist weggefahren.«

»Kennzeichen?«

Grinsend klopfte sich Walter Vereecken auf die Brusttasche, und mit einem anerkennenden Nicken tupfte sich Pierre mit dem Taschentuch Gesicht und Hals trocken.

In ungefähr demselben Augenblick, in dem Pierre mit quietschenden Reifen losfuhr, nahm in der Kneipe De Kleine Keizer ein magerer, schäbig gekleideter junger Mann gegenüber von Jos Bosmans Platz. Er bestellte ein Hoegaarden Grand Cru.

»Ich kann's gebrauchen«, sagte er, während er den obersten Knopf seines Hemdes öffnete und seinen trostlosen mausgrauen Schlips um ein, zwei Zentimeter lockerte.

»Ich höre«, sagte Jos Bosmans, die Nerven gespannt wie Drahtseile. Bisher hatten seine Informationen weder Hand noch Fuß. Jan De Smet, ein aalglatter, gerissener Parteigenosse von Robert Pardon, hatte letztendlich kein Sterbenswörtchen verraten. Der Jos-Bosmans-Effekt. Niemand wollte mit diesem Fall auch nur das Geringste zu tun haben.

Das Einzige, was Bosmans dem Politiker entlocken konnte, waren ein paar einschlägige Anspielungen auf dubiose Wege der Parteifinanzierung in den achtziger Jahren. Ganz offensichtlich redete De Smet die ganze Zeit um den heißen Brei herum, doch der Untersuchungsrichter hatte keinerlei Handhabe gegen ihn und konnte ihn daher keinen Augenblick in Verlegenheit bringen. Noch immer gab es keine konkreten Hinweise. Er wusste nicht einmal, wonach er eigentlich suchte.

Als ihm das hohle Gerede zum Hals heraushing und er gerade unverrichteter Dinge wieder gehen wollte, sprach ihn auf dem Flur jener junge Mann an, der ihm jetzt gegenübersaß. Er wollte offenbar unbedingt etwas loswerden und schwitzte so sehr, dass er sich in regelmäßigen Abständen den Schweiß vom aschfahlen Gesicht wischen musste. Bosmans unterdrückte seine Neugier und schwieg.

Das erwies sich als die richtige Taktik, denn der junge Mann fing an, auf seinem Stuhl hin und her zu rutschen. Er blickte sich mehrmals unruhig um, und schließlich flüsterte er: »Ich glaube, ich habe einen sehr nützlichen Hinweis für Sie, Mijnheer Untersuchungsrichter, aber eines müssen Sie mir versprechen.«

»Diskretion«, riet Bosmans und grinste dabei liebenswürdig von einem Ohr zum anderen.

»Äh ... ja, genau«, sagte der junge Mann und hob zögerlich das Glas Hoegaarden an die Lippen, wobei er Bosmans anstarrte, als könne er womöglich Gedanken lesen.

»Ich habe ein Problem, allerdings möchte ich bei der Partei nicht in Misskredit geraten, verstehen Sie?«

»Werden vielleicht manche Dinge absichtlich totgeschwiegen?«, fragte Bosmans.

»Nein, nein, das ist es nicht. Ich ... ich habe regelmäßig gewisse Zahlungen für Mijnheer Pardon getätigt. Geheime Zahlungen. Sie wissen doch, was ich meine?«

Bosmans stellte sich dumm.

»Zahlungen, von denen keiner etwas wissen durfte, vor allem nicht seine Frau.«

»Ja, ich verstehe«, antwortete Bosmans gleichgültig.

»Aber um welche Art von Zahlungen handelte es sich denn nun genau, Mijnheer Martens?«

»Bitte sagen Sie Kevin zu mir.«

»Also gut, Kevin«, brummte Bosmans, der kurz davor war, den schäbigen Jungen am Schlips über den Tisch zu ziehen und ihm in sein aschfahles Gesicht zu schlagen.

»Nun ja … ich … musste jeden Monat … die Miete für Mijnheer Pardons Suite bezahlen. Er hatte nämlich unter einem falschen Namen, genauer gesagt, unter meinem Namen, eine Suite im Brüsseler Crest Hotel gemietet«, stotterte Kevin.

»Warum haben Sie das nie der Parteispitze gemeldet?«

«Um ehrlich zu sein, weil ich jeden Monat von Mijnheer Pardon einen kleinen Obolus dafür bekommen habe, dass ich die Suite bezahlt habe und die Rechnungen auf meinen Namen ausstellen ließ. Dabei wurde die Miete als Spesen deklariert, die ich aus der Parteikasse bezahlt habe.«

»Und?«

»Es kommen weiterhin Rechnungen auf meinen Namen, aber ohne die Unterschrift von Mijnheer Pardon kann ich sie nicht bezahlen. Ich … ich weiß wirklich nicht mehr ein noch aus.« Dem jungen Mann brach wieder der Schweiß aus, und er trank durstig von seinem Bier. »Meinen Sie, Sie könnten mir helfen?«

Bosmans, in Gedanken schon im Crest Hotel, brummte etwas Unverständliches, schlüpfte in den Mantel, fragte: »Welche Zimmernummer?«, und stand auf.

»Sechsunddreißig.«

Der Untersuchungsrichter zog sein Handy aus der Tasche des Lodenmantels und verschwand ohne einen Gruß.

»Mijnheer Untersuchungsrichter!«

Noch bevor Bosmans die erste fluoreszierende Taste drücken konnte, klingelte das Telefon.

»Bosmans! Ja, Pierre. Ja. Bitte kommen Sie in mein Büro. Ja, Pierre. Ich auch. Und jetzt legen Sie bitte auf. Ich muss dringend mal telefonieren!«

38

Dirk Deleu kam erfrischt aus der Dusche. Er trug einen karierten Pyjama und dazu passende Pantoffeln. Barbara und er hatten sich gerade leidenschaftlich geliebt, und nun versetzte er ihr im Vorbeigehen einen liebevollen Klaps auf den Hintern. Anschließend trank er ein großes Glas Orangensaft in einem Zug aus.

Das war doch mal ein richtig gelungener Abend. Rob war mit Freunden ausgegangen, und die kleine Charlotte machte ausnahmsweise mal nicht die Nacht zum Tage, sondern schlief wie ein Engelchen. Nicht mal von ihrem recht lautstarken Treiben vorhin war die Kleine wach geworden.

Deleu gähnte und blickte auf seine Rolex. Viertel vor acht. Er blätterte die Zeitung durch und sah nach, was es im Fernsehen gab. Jetzt erst gemütlich mit Barbara einen schönen Film angucken – es schien ihm eine Ewigkeit her zu sein, seit sie zum letzten Mal dazu gekommen waren –, danach früh ins Bett und am nächsten Morgen gesund und munter wieder raus aus den Federn. Sein Handy war ausgeschaltet, und den Telefonstecker hatte er wohlweislich aus der Dose gezogen. Barbara hatte zwar protestiert – was, wenn Rob dringend Hilfe brauchte? –, aber Deleu hatte geantwortet, dass er dann schon von allein nach Hause käme.

»Wollen wir uns *Kramer gegen Kramer* angucken, Schätzchen? Alt, aber immer wieder gut. Genau wie ich, stimmt's?«

»Sie schläft jetzt schon so lange, findest du nicht auch?«, fragte Barbara, die sich ebenfalls ein großes Glas Orangensaft eingeschenkt hatte.

»Vielleicht plötzlicher Kindstod«, scherzte Deleu, doch diese Art von schwarzem Humor konnte Barbara beim besten Willen nicht vertragen. Wie der Blitz sauste sie die Treppe hinauf.

Deleu fuhr sich durch das wirre Haar. Herrje!, dachte er, seit Charlotte da ist, hat sich alles gründlich verändert.

Barbara kam mit der putzmunteren und hellwachen Charlotte in den Armen hinunter und sagte: »Rutsch mal, Bärchen.«

Gerade als Deleu schnaufend und widerwillig seine bequeme Position aufgab, klingelte es an der Tür.

»Wer kann das sein, um diese Uhrzeit?«, stöhnte er.

»Sieh nach, dann findest du's vielleicht raus«, erwiderte Barbara.

Als Dirk Deleu mühsam aufstand und seufzend zur Tür schlurfte, rief Barbara hinter ihm her: »Alter Schluffi!«

Draußen suchte eine tropfnasse Nadia Mendonck mit einem raschen Sprung Schutz in dem stattlichen Flur von Deleus Haus.
»Wow! Klasse Outfit. Geschmackvoll kombiniert mit den passenden Pantoffeln. Sofort ausziehen, Kollege!«
Der erstaunte Deleu warf heimlich einen raschen Blick hinter sich. Dann grinste er breit.
»Bist du etwa nass geworden?«
»Blödmann!«, hallte es laut durch den hohlen Gang.
Drinnen ging die Wohnzimmertür auf. Barbara, Charlotte noch immer auf dem Arm, zwinkerte Nadia zu und lud sie mit einem Nicken zum Eintreten ein. Die Ermittlerin schüttelte bedauernd den Kopf.
»Ist es mal wieder so weit?«, fragte Barbara, obwohl sie die Antwort bereits kannte.
Nadia zuckte gottergeben mit den Schultern und sagte: »Er ist stinksauer.«
»Wer?«, krächzte Deleu.
»Na, Bosmans natürlich! Schon seit einer halben Stunde versucht er vergeblich, dich zu erreichen. Aus lauter Verzweiflung hat er dann mich angerufen. Zweite Wahl, aber besser als gar nichts, du weißt schon. Jedenfalls müssen wir sofort zu ihm ins Büro. Offenbar gibt es wichtige neue Entwicklungen.«
»Was ist so wichtig, dass es nicht bis morgen warten kann?«, fragte Deleu. Trotz seines aufsässigen Tonfalls befand er sich bereits auf halbem Wege die Treppe hinauf.

»Komm doch kurz rein, Nadia. Der Hagebuttentee ist noch heiß.«

»Okay. Aber nur ganz kurz«, sagte Nadia, schlüpfte aus ihren Armeestiefeln und folgte Barbara auf Strümpfen ins Wohnzimmer.

»Wie geht's dir denn?«, fragte Dirks Frau voller Anteilnahme und forderte die Ermittlerin mit einer Geste auf, sich zu setzen. Nadia umfasste ihre Teetasse mit beiden Händen und starrte in das knisternde Kaminfeuer. Barbara hielt die kleine Charlotte auf einmal völlig ungeschickt im Arm, als wäre sie ein fremdes Baby.

Schon bereute sie ihre Worte. »Tut mir leid, du hörst diese blöde Frage bestimmt zwanzig Mal am Tag, oder?«

Nadia Mendonck stand auf, ging zu ihr hinüber und streichelte Charlotte über das zarte Köpfchen.

»Nein, ganz im Gegenteil. Danach fragt mich nie jemand. Alle meiden das Thema wie die Pest. Du brauchst dich also nicht zu entschuldigen. Ich kann und will darüber reden. So weit bin ich inzwischen.«

»Geht's dir denn schon ein bisschen besser?«, fragte Barbara, noch immer unsicher.

»Der schlimmste Schmerz lässt allmählich nach«, seufzte Nadia, »aber nur ganz langsam. Seit ich wieder arbeite, geht es mir besser. Ich habe jetzt nicht mehr so viel Zeit zum Grübeln.«

»Das muss sehr schwer für dich sein«, sagte Barbara und legte eine Hand Nadias Schulter.

Nadia nickte nur. »Ich habe ihn geliebt. Mein Gott, wie sehr habe ich diesen ungehobelten Bären geliebt.«

»Ich weiß«, sagte Barbara lächelnd.

»Hast du vor Charlottes Geburt eigentlich gearbeitet?«, fragte Nadia und starrte die Teekanne an.

»Ja, klar. Aber du weißt ja, wie das geht«, seufzte Barbara. »Waschen, putzen, kochen, Tee trinken …«

»Den Mann verwöhnen, wenn er nach Hause kommt«, fügte Nadia grinsend hinzu.

»So ungefähr«, bestätigte Barbara prustend und mit funkelnden Augen. »Trotzdem möchte ich wieder zurück in meinen Beruf. So in drei Jahren, wenn unser Mäuschen hier in den Kindergarten geht.«

»Was bist du eigentlich von Beruf?«

»Innenarchitektin. Sieht man das denn nicht?«, murmelte Barbara und deutete mit dem Kinn in Richtung Wohnzimmer, wo es aussah, als hätte eine Bombe eingeschlagen.

»Ach, das geht doch noch. Rutger war oft keine fünf Minuten zu Hause, da hat er mein Wohnzimmer schon in einen Slum verwandelt.« Die Ermittlerin schluckte und sah Dirks Frau verwirrt an, die jedoch nicht reagierte. »Kannst du nach den drei Jahren denn wieder zurück in deine alte Stelle?«

»Ich denke schon. Andererseits kann man nie wissen. Mein Arbeitgeber muss mir zwar meinen Arbeitsplatz garantieren, aber drei Jahre sind lang. Ich hoffe, dass ich mich wieder an den Rhythmus gewöhnen werde«, antwortete Barbara und sagte dann: »Dirk hat mir ein bisschen was darüber erzählt, wie du wieder angefangen hast zu arbeiten.«

In dem Moment hörte sie ihren Mann die Treppe hinunterpoltern.

Die beiden Frauen sahen sich erneut an, diesmal mit schalkhaft funkelnden Augen.

39

Ja, Pierre, natürlich weiß ich das alles. Aber es gibt keinen einzigen konkreten Hinweis, nichts, was eine Hausdurchsuchung rechtfertigen würde. Diese alleinstehende Dame, wie heißt sie gleich wieder?«, fragte Bosmans gereizt.

»Versavel, Vicky Versavel«, murmelte der schielende Pierre, der seine Enttäuschung kaum verbergen konnte.

»Vielleicht ist sie im Urlaub oder zu Besuch bei Verwandten«, sagte Bosmans mit ausgebreiteten Armen.

»Der Bankangestellte behauptet aber, Juffrouw Versavel fahre nie länger als einen Tag weg und habe auch keine Verwandten. Das haben wir überprüft, stimmt's, Walter?«, suchte Pierre bei seinem Kollegen Rückhalt.

»Stimmt«, bestätigte Vereecken nickend.

Jos Bosmans seufzte tief, ließ sich auf seinen Stuhl fallen und stützte die Hände auf den Oberschenkeln ab.

»Jetzt kommen Sie schon, Mijnheer Bosmans! Keine

Verwandten, alleinstehend, reich, urplötzlich verschwunden! Und ein junger Mann fährt einfach so mit ihrem Auto weg.«

»War es denn überhaupt ihr Auto?«, gab Bosmans zurück.

»Ich habe mir das Kennzeichen aufgeschrieben«, antwortete Walter Vereecken verärgert, »und auf dem Weg hierher habe ich überprüfen lassen, auf wen der Golf angemeldet ist. Die Halterin ist Vicky Versavel.«

»Eindeutig zu viele Zufälle«, seufzte Bosmans.

Inzwischen waren Deleu und Nadia Mendonck hereingekommen, hatten sich bisher aber noch nicht in die heftige Diskussion eingemischt.

»Sind Sie sicher, dass es ein junger Mann war?«, fragte Bosmans nachdenklich.

»Was wollen Sie damit sagen, Chef?«, fragte Walter Vereecken misstrauisch zurück.

»Ich will wissen«, antwortete der Untersuchungsrichter bissig, »ob es nicht auch eine verkleidete Frau gewesen sein könnte!«

»Na, ich werde ja wohl noch einen Mann von einer Frau unterscheiden können!«

»Warum haben Sie ihn nicht aufgehalten?«, fuhr Bosmans ihn an, wobei sein linkes Augenlid heftig zuckte – ein Tic, der bei Eingeweihten sofort alle Alarmglocken zum Schrillen brachte. Bosmans' Geduld war allmählich erschöpft.

Walter Vereecken antwortete nicht, wandte den Blick ab und starrte auf seine Schuhe.

»Weil er …«, sagte Pierre zögernd.
»Ja, ja«, unterbrach ihn Bosmans. »Ich habe für einen Moment nicht daran gedacht. Entschuldigen Sie, Walter, tut mir leid.«
»Schon gut, Chef.«
»Jetzt hören Sie mir mal gut zu, denn das ist mein letztes Wort«, sagte Bosmans gewichtig. »Wir haben da auf jeden Fall eine interessante Spur, und ich werde das Haus rund um die Uhr observieren lassen. Aber unter den gegebenen Umständen kann ich keinesfalls einen Durchsuchungsbeschluss ausstellen. Es gibt einfach nicht genügend konkrete Hinweise. Stellen Sie sich vor, die Frau ist nur mal kurz einkaufen gegangen, kommt zurück, und in der Zwischenzeit hat die Kripo ihr ganzes Haus auf den Kopf gestellt! Wie würde Ihre Frau darauf reagieren, Pierre?«
Dirk Deleu applaudierte, langsam und herausfordernd. Bosmans wandte ihm den kantigen Schädel zu. Zum Teufel, Deleu, dachte Walter Vereecken, der seinen Kollegen seit je für seine nüchterne Einstellung bewundert hatte, jene Mischung aus Lässigkeit und Selbstbewusstsein, die er auch den Vorgesetzten gegenüber bewies.
»Ah, Mijnheer Deleu, Mevrouw Mendonck, einen schönen guten Morgen«, giftete Bosmans.
»Ich halte diese Spur für wirklich vielversprechend, Jos«, sagte Deleu und ignorierte Bosmans' Stichelei einfach. »Du weißt, dass in achtzig Prozent aller aufgeklärten Fälle der Zufall eine Rolle gespielt hat. Mei-

ner Meinung nach sollten wir unbedingt dranbleiben und nicht lockerlassen.«

»Aber wie? Wie denn?«, erwiderte Bosmans grantig.

»Die Schüssel!«, rief Vereecken und schlug sich gegen die Stirn. Alle Blicke waren jetzt auf ihn gerichtet. »Äh, Entschuldigung«, sagte er, als er sich wieder beruhigt hatte. »Ich habe da eine Idee. Auf dem Dach des Hauses ist eine riesige SAT-Schüssel montiert. Vielleicht …«

»Jacops!«, rief Deleu plötzlich. »Jean Jacops von der Spectrum-Einheit! Hast du bei dem nicht noch etwas gut?«

Bosmans verzog skeptisch das Gesicht, enthielt sich aber einer bissigen Bemerkung.

»Komm schon, Jos, das ist *die* Möglichkeit, ins Haus zu kommen! Wir können alles durchsuchen, und wenn wir Spuren finden …«

»Und wenn wir keine finden?«

»Wir müssen doch zumindest nach dem Sender suchen, Mijnheer Bosmans«, kam Walter Vereecken Deleu zu Hilfe.

»Okay«, sagte der Untersuchungsrichter beschwichtigend. »Dann kümmert euch drum. Aber denkt daran, laut Vorschriften muss als Erster ein Polizeibeamter reingehen, und zwar ein richtiger, einer in Uniform.«

»Natürlich«, seufzte Deleu.

»Dein ›natürlich‹ kenne ich! Bis es so weit ist und du wieder alles vergisst.« Niemand reagierte auf den Ausbruch. »Wie gesagt, organisiert das meinetwegen. Aber

Vorsicht: Wenn ihr da drin nichts findet, seid ihr in Nullkommanichts wieder draußen. Und noch etwas: Wenn das rauskommt, wenn Jacops es an die große Glocke hängt, weiß ich von nichts. Verstanden?« Als alle Bosmans überrascht anstarrten, hüpfte sein Adamsapfel auf und nieder. »Jetzt guckt doch nicht so. Ich verhalte mich nicht anders als alle anderen Belgier.«

Niemand sagte ein Wort. Bosmans grinste fies, und Deleu öffnete hustend das Kippfenster einen Spalt. Der blaue Dunst wallte in dicken Schwaden hinaus in die windstille Luft.

Schließlich räusperte sich Bosmans und sagte: »Na gut, aber jetzt mal was ganz anderes. Ich habe nämlich auch Neuigkeiten.«

Nadia Mendonck, die die Szene verwundert verfolgt hatte, tippte Deleu auf die Schulter und flüsterte: »Entschuldige, aber irgendwie blicke ich hier nicht mehr durch.«

»Die Spectrum-Einheit ist unter anderem für das Aufspüren illegaler Sender zuständig.«

»So viel weiß ich auch.«

»Stimmt, das lernt ihr in der Schule. Steht alles im Standard-Organigramm, oder?«

Der Rippenstoß saß. Deleu krümmte sich und schnappte nach Luft. Nadia hauchte ihm ins Ohr: »Das habe ich übrigens auch in der Schule gelernt.«

»Die Kollegen von Spectrum sind außerdem die einzigen, die ohne Durchsuchungsbeschluss in ein Gebäude eindringen dürfen, wenn der Verdacht besteht, dass sich dort ein illegaler Sender befindet. Voilà. Das ist der Witz an der Sache«, keuchte Deleu.

»Und ihr …«

»Wir spazieren einfach mit rein. Hast du's jetzt verstanden?«

»Arroganter Pinsel!«, fauchte Nadia und starrte Deleu verächtlich an.

»Los, sag's schon!«, flüsterte dieser heiser, während er Nadia ein kleines bisschen zu lange in die Augen sah.

»Männer!«

»Pssst!«, zischte Pierre, in dem gut gemeinten Versuch, die beiden wieder zur Ordnung zu rufen. Jos Bosmans' linkes Augenlid zuckte bereits wieder gefährlich.

Als Deleu und Nadia Mendonck ihn gespielt unschuldig ansahen, brachte Bosmans mit einer energischen Geste sein Publikum zum Schweigen. »Jetzt setzt euch erst mal hin!«, begann er gewichtig. Alle Blicke waren auf ihn gerichtet, und für einen Moment genoss er schweigend seinen Sieg. Deleu tippte mit der Schuhspitze hörbar auf den Holzfußboden, aber Bosmans ließ sich nicht irritieren. Er wusste, dass er die Situation unter Kontrolle hatte. »Ich habe Neuigkeiten«, sagte er grinsend, in der Absicht, die anderen noch etwas zappeln zu lassen.

»Ich auch«, sagte Deleu und wandte sich zum Gehen. »Ich muss nämlich um sechs Uhr mit dem Auto in der Werkstatt sein. Den Termin habe ich schon vor vierzehn Tagen vereinbart.«

»Ich habe Neuigkeiten in Bezug auf Robert Pardon.«
Bosmans zog ein letztes Mal hektisch an seiner Belga, warf einen Blick auf den übervollen Aschenbecher und tunkte die Kippe schließlich in die nächstbeste Kaffeepfütze.
Pierre schluckte, hielt aber wohlweislich den Mund.
Dirk Deleu drehte sich zwar nicht wieder um, blieb aber stehen und hörte aufmerksam zu.

40

Während ein achtköpfiges Team unter der Leitung des ersten Wachtmeesters Robert Vanderaerden intensiv nach Fingerabdrücken suchte, schob Jos Bosmans mit seinem Parker-Kuli den Van-Gogh-Kunstdruck an der Wand ein Stück beiseite.
Wieder einmal hatte ihn seine Intuition nicht getrogen. Bingo! In Robert Pardons geheimem Liebesnest gab es tatsächlich einen Tresor.
»Vanderaerden!«, rief Bosmans und winkte den Wachtmeester herbei.
»Mijnheer Bosmans!« Vor lauter Eifer hätte er beinahe Haltung angenommen.
»Kommen Sie mal hier herüber, und sehen Sie sich das an!«
Der erste Wachtmeester lief rasch zu Bosmans hinüber und keuchte: »Das gibt's doch nicht! Ein Safe!«
»Und das, obwohl dieser Gigolo von einem Hotelmanager behauptet hat, es gebe hier keinen Safe!«, knurrte Bosmans.

»Der war von unserer Ankunft ohnehin nicht gerade begeistert«, sagte Bob Vanderaerden grinsend.

»Suchen Sie zuerst nach Fingerabdrücken, und schicken Sie jemanden zu diesem John-Cleese-Verschnitt von Manager. Fragen Sie ihn, ob er den Safe öffnen kann. Wenn nicht, rufen Sie unverzüglich Fichet Bauche an. Die sollen uns sofort einen Techniker rausschicken«, ordnete Jos Bosmans an, während er das Bild vorsichtig wieder an seinen Platz rutschen ließ.

»Wir können ihn auch selbst öffnen«, schlug Vanderaerden vor. »Das nötige Material habe ich dabei.«

»Wie bitte? Um einen Safe zu knacken?«

»Semtex«, antwortete Vanderaerden feixend, wobei die kugelrunde Nase in dem schmalen Gesicht besonders auffiel. Bosmans antwortete mit einer abwehrenden Geste. »In seinem früheren Leben war Vervloet nämlich ...«

»... Tresorknacker?«, fiel Bosmans ihm ins Wort. »Tun Sie, was Sie für nötig halten, Bob. Hauptsache, Sie vernichten dabei keine Spuren. Apropos, haben Sie eigentlich schon etwas Brauchbares gefunden?«

»Jede Menge Fingerabdrücke und Haare im Abfluss. Die reinste Höhle des Ali Baba, Mijnheer Untersuchungsrichter.«

»Wohl eher eine Lasterhöhle«, scherzte Bosmans. »Was meinen Sie? Haben wir noch ausreichend Material von Robert Pardons Leiche?«

»Genug, um ein ganzes Regiment kleiner Pardons daraus zu klonen«, antwortete Vanderaerden grinsend.

»Lieber nicht«, seufzte Bosmans. »Wenn Sie allerdings brauchbare Fingerabdrücke haben, möchte ich«, er blickte auf seine Armbanduhr, »dass sie heute noch im Labor mit Pardons und allen nicht identifizierten Fingerabdrücken in der Akte verglichen werden. Vor allem mit denen von der Frau im Taxi. Okay?«
Der erste Wachtmeester nickte und verließ das Zimmer. Bosmans ließ sich auf das runde Wasserbett fallen und dachte über den augenblicklichen Stand der Ermittlungen nach.
Während er mit seinem Team Robert Pardons Apartment auf den Kopf stellte, war ein weiteres Team unter der Leitung von Deleu unterwegs zu dem Haus von Vicky Versavel. Darüber machte er sich keine Sorgen. Was ihn beunruhigte, war vielmehr das Fax von Lacante, dem Leiter der Sûreté. Diese Nachricht bereitete ihm wirklich Kopfzerbrechen.
Das Skelett der Person, die sie für Françoise Bourgeois gehalten hatten, stammte nämlich von einem Mann. Bosmans kniff die müden Augen zusammen. Hatte die schwarze Witwe ihren Partner ermordet, die Leiche im Haus der Bourgeois deponiert und sich als Lesbe ausgegeben? Eine gewagte Hypothese. Doch die Nachbarn von Nathalie Barthez und Françoise Bourgeois hatten eindeutig von vier Frauen geredet.
Nachdenklich leckte Bosmans über die Kuppe seines Zeigefingers und befeuchtete damit die Unterlippe. Das Brennen wurde dadurch jedoch nur noch stärker. Er knurrte und schürzte die Lippen.

Die mikroskopischen Untersuchungen hatten ergeben, dass die merkwürdigen Einkerbungen am Schambein des Mannes auf einen schweren operativen Eingriff hindeuteten. An eine Identifikation war bisher jedoch nicht zu denken. Die zweite schlechte Nachricht war, dass die Suche nach Geldanlagen auf den Namen Bourgeois bislang ergebnislos verlaufen war. Bosmans verdächtigte die französischen Kollegen allerdings, bisher noch nicht mit den Recherchen begonnen zu haben. Dieser Nichtsnutz von Lacante behauptete nämlich, es sei sowieso sinnlos, solange man nicht die Namen aller Beteiligten in diesem Fall kenne.
Bosmans massierte sich die Schläfen. Ein Mann also! Er grinste. Seinen Vorschlag, das Skelett einfach nach seinem Namen zu fragen, hatte Lacante offenbar in den falschen Hals bekommen. Bosmans verdrängte den Gedanken und ging vom Schlaf- ins Badezimmer.

41

Jean Jacops' Augen in dem bauernschlauen Gesicht huschten hin und her. Ihm war die Aktion nicht ganz geheuer. Vielleicht hätte er sich lieber nicht darauf einlassen sollen, auch wenn er bei Walter Vereecken noch in der Kreide stand. Dessen Onkel, ein Jugendrichter, hatte Jacops' Sohn nämlich trotz seines jüngsten Vergehens vor der Jugendhaft bewahrt. Diesmal hatte der Junge ein Moped gestohlen und weiterverkauft.

Jacops befürchtete, dass es bei der Aktion um ganz andere Dinge als um einen illegalen Sender ging. Neugierig beobachtete er Deleu und Nadia Mendonck. Dann wurde seine Aufmerksamkeit auf einen bombastischen Bürostuhl gelenkt, der mit der Rückenlehne zur Wand stand. Die kunstvoll geschnitzte Kopfstütze war in der Mitte gespalten, und dieser Schaden war sicherlich nicht dem Versuch zuzuschreiben, das Möbelstück künstlich auf antik zu trimmen, denn das Holz war am unteren Ende des Spalts gesplittert.

Jacops' Neugier gewann schließlich die Oberhand, und er blieb vor dem Stuhl stehen. In dem frisch gebohnerten, tadellos gepflegten Holzfußboden entdeckte er zwei Löcher, jedes mit etwa einem halben Zentimeter Durchmesser. Er ging in die Hocke und fuhr mit dem Zeigefinger vorsichtig über eine der beiden Vertiefungen. Der Rand fühlte sich rau an. Vorsichtig pulte er mit dem Nagel des kleinen Fingers einen kleinen braunen Pfropfen aus der Öffnung, studierte ihn und roch daran. Tatsächlich, Bohnerwachs. Er verrieb das dunkelbraune Zeug in seiner Handfläche, und je länger er rieb, desto transparenter wurde es.

Als Dirk Deleu mit einem Satz auf ihn zusprang und ihn grob zurückriss, war nur noch ein klebriger rostbrauner Streifen übrig. »Hände weg, Jacops! Das ist Beweismaterial.«

Jean Jacops hob abwehrend die Hände und verdrehte die Augen. *Diese Deppen von der Kripo. Immer müssen die sich so aufspielen.* Er zuckte mit den Schultern, blickte sich aber erneut aufmerksam um.

»Vielen Dank für deine Hilfe, Jean«, flüsterte Deleu. »Wenn ich mal was für dich tun kann, sag mir Bescheid, okay?«

»Ja, aber ich muss doch ...«, stotterte Jean Jacops.

»Nicht nötig«, antwortete der nervös am Revers seines Gabardinemantels zupfende Pierre. »Die Spuren, die wir gefunden haben, reichen aus, um das Haus zu versiegeln.«

Während der Mann von der Spectrum-Einheit in Richtung Haustür ging, hielt Deleu ihm ein Formular unter die Nase. »Würdest du bitte hier noch unterschreiben, Jean?«

»Aber da steht ja gar nichts drauf! Ich kann doch kein Blankoformular unterzeichnen.«

»Na schön«, antwortete Deleu gleichgültig und zückte den Füller aus der Brusttasche seines Sakkos. »Dann fahr schon mal ins Präsidium und warte da so lange, bis wir die Untersuchungen hier abgeschlossen haben. Es wird sicher weit nach Mitternacht.«

Jacops sah den Kollegen von der Kripo ausdruckslos an, als schaue er durch ihn hindurch, und zog an den Fingern seiner rechten Hand, dass die Knöchel knackten. Er nahm den Füller entgegen, kritzelte seufzend seine Unterschrift an die Stelle, auf die Deleu mit dem Finger zeigte, und ging beleidigt zur Tür.

»Nochmals vielen Dank«, rief Deleu ihm schmunzelnd hinterher. Manchmal war Feingefühl wirklich nicht seine Stärke.

Jean Jacops nickte abwesend und ging, ohne dass ihm weiterer Dank gezollt wurde, hinaus in den Flur.

42

Gleich die erste Seite war äußerst aufschlussreich. Bosmans fluchte verhalten, als er den Namen Claude Verspaille entdeckte. Er blickte sich verstohlen um und ließ dann den abgegriffenen ledernen Taschenkalender in der fusseligen Innentasche des Lodenmantels verschwinden. Anschließend sah er sich in dem geräumigen Hotelzimmer um, ging hinüber zu dem riesigen, runden Wasserbett und legte dort mit Hilfe einer Pinzette seine Fundstücke aus: zwölf Polaroid-Fotos, alle von exklusiven Callgirls, drei von ihnen höchstwahrscheinlich Transvestiten. Alle waren groß, schlank und – dem Haaransatz nach zu urteilen – blond gefärbt.

Eine der Damen, ganz offensichtlich eine Frau – selbst wenn die Brüste korrigiert waren, so schienen sie doch aus Fleisch und Blut zu sein –, war sogar drei Mal abgebildet, jedes Mal in einer anderen Aufmachung. Wahrscheinlich war sie Pardons bevorzugte Gespielin gewesen.

Bosmans runzelte die Stirn und dachte daran, wie Mieke Demunter die Verdächtige beschrieben hatte: tief liegende grüne Augen, hohe Wangenknochen, asymmetrisch geschnittene blonde Haare, groß und schlank, außerdem große Füße.
Möglich war es. Die Frau auf den Fotos trug jedes Mal eine andere Perücke, aber die Beschreibung traf durchaus auf sie zu. Er musste sich sofort mit dem Mädchen in Verbindung setzen.
Während er die Frau in der Pierrot-Verkleidung nochmals eingehend betrachtete, schüttelte er verständnislos das graue Haupt. Er dachte an seine wiederbelebte Beziehung zu Maud und ihre Momente einfachen, aber intensiven häuslichen Glücks. Sie waren zwar selten, doch es gab sie. Maud redete sogar von Heirat. Eine zweite Hochzeit. Ihm lief es kalt den Rücken hinunter. Heiraten, feiern, Kinder, Enkel …
Bosmans konzentrierte sich wieder auf die Fotos. Wer waren diese Frauen? Was bewegte sie? Warum waren sie so, wie sie waren? Seine Töchter Truus und Eva kamen ihm in den Sinn, ganz flüchtig nur. Er verscheuchte den Gedanken an die beiden sofort. *Keine Zeit für Sentimentalitäten, Bosmans.*
Ob die Fotos in irgendeinem Zusammenhang mit den Telefonnummern in dem Kalender standen? »Ist eine von ihnen die Mörderin oder der Mörder?«, fragte er sich laut, während ihm vor Aufregung das Herz bis zum Hals klopfte.
Bei mindestens dreien der abgebildeten Personen muss-

te es sich um Transvestiten handeln, wie die muskulösen Waden, die kräftigen Oberschenkel und die ausgeprägten Knie verrieten.
Hatte sich Robert Pardon etwa in der Transvestitenszene getummelt? Keine der zahlreichen Spuren wies bisher in diese Richtung, obwohl sie das Leben und Treiben des Politikers minutiös unter die Lupe genommen und bereits Dutzende Informanten befragt hatten. Bisher gab es keinerlei Verbindungen zum Transvestitenmilieu.
Bosmans warf einen hastigen Blick auf seine Armbanduhr. Halb zwölf. Er hatte beide Hausdurchsuchungen gleichzeitig durchführen lassen. Am liebsten hätte er noch am vergangenen Abend losgelegt, aber ohne die notwendige logistische Unterstützung wäre es sinnlos gewesen. Er raffte die Fotos zusammen, deponierte sie mit der Pinzette in einer Plastiktüte und eilte ins untere Stockwerk.
Der Hotelmanager, der verzweifelt auf ihn zustürzte, prallte heftig mit dem Rücken gegen die Tür des Foyers. Noch ehe der ratlose Mann sich kopfschüttelnd und unter Schmerzen aufgerappelt hatte, saß Jos Bosmans in seinem Mercedes.
Der Untersuchungsrichter schüttelte den Schnee von seinem Rücken wie ein Hund und gab Gas, ohne den Dieselmotor vorzuglühen. Mit durchdrehenden Reifen raste er nur knapp an einem Fahrradfahrer vorbei, der sich nach vorn über den Lenker gebeugt hatte und einen ungleichen Kampf gegen die Kräfte der Natur

focht. Die Telefonnummern in Robert Pardons Notizbuch mussten so schnell wie möglich zu Menschen aus Fleisch und Blut werden, sie mussten eine Identität und eine Geschichte erhalten. Bosmans wählte die gespeicherte Nummer seines Büros. Beim Telefonieren beide Hände am Lenkrad zu haben fühlte sich ungewohnt an. Die Freisprechanlage war allerdings kein Geschenk von seinem Arbeitgeber, sondern von seiner Frau.

»Kripo Mechelen, Inspecteur Verstappen am Apparat. Was kann ich für Sie tun?«

Bosmans, der vorgestanzte Höflichkeitsfloskeln hasste, blies eine dicke Qualmwolke in Richtung Handy und stampfte mit dem linken Fuß auf, der schon wieder eingeschlafen war. Maud drängte ihn schon seit Wochen, endlich einen Spezialisten aufzusuchen. Sie glaubte, er habe Ablagerungen in den Blutgefäßen. Und wenn schon! Sollte er sich die Adern etwa mit diesen ekelhaften Ballons reinigen lassen? Oder gab es dafür inzwischen Widerhaken? Nein, er wollte gar nicht daran denken.

»Hallo?«

Auch das noch, dachte Bosmans. Verstappen, dieses Schwiegerpapa-Söhnchen. Den konnte er gebrauchen wie Zahnschmerzen. Schon beim Gedanken an den aalglatten Ermittler, der sich von seinem Schwiegervater gerner mal helfen ließ, bekam er Sodbrennen.

»Hier Bosmans. Ist noch jemand im Büro um diese Zeit?«, fragte er mit zynischem Lächeln.

»Natürlich, Mijnheer Bosmans. Vanderkuylen und Opdebeeck sind hier, und Vereecken muss sich auch noch irgendwo herumtreiben.«

»Gut. Keiner geht nach Hause. Lassen Sie alles stehen und liegen, und warten Sie auf mich. Ich bin in etwa zehn Minuten da. Trommeln Sie so viele Leute wie möglich zusammen. Ach ja, und rufen Sie auch Mieke Demunter an. Nein, halt, lassen Sie das Mäcchen lieber von jemandem abholen.«

»Aber was …?«

Klick.

Während der Mercedes auf der glatten Straße hin und her schlingerte, dachte Bosmans über die Situation nach. Der Fall war wahnsinnig kompliziert. Eine vielköpfige Hydra. Spuren in Hülle und Fülle. Wer mochte, direkt oder indirekt, alles darin verwickelt sein? Vangeffelen, der Filialleiter der ASB-Bank, der inzwischen in Frührente geschickte Versicherungsmakler der Allgemeinen, der zwielichtige Politiker Robert Pardon – sie alle waren reingelegt worden. Und die beiden Finanzgenies hatten wahrscheinlich ein dickes Schmiergeld eingestrichen und die Versicherungssumme ohne weiteres ausgezahlt. Was war bloß von diesem Politiker zu halten? Dass er die Dienste von Callgirls in Anspruch genommen hatte, kein Thema, aber Transvestiten?

Und Mieke? Die verklemmte Tochter eines ungehobelten Drachen. Das Mädchen war höchstwahrscheinlich der Mörderin begegnet. Ihr mussten sie unverzüglich die Fotos vorlegen. Und diesem Taxifahrer ebenfalls. Obwohl die Frau, die er gefahren hatte, auch eine ganz gewöhnliche Prostituierte gewesen sein konnte. Nein, unmöglich. Die Fingerabdrücke stimmten mit denen der mutmaßlichen Mörderin überein. Auch der Taxifahrer De Meyer musste sie also gesehen haben. Mörderin oder Mörder? Nein, es musste eine Frau sein! Oder hatte Deleu mal wieder recht mit seinem Gefühl und es steckte tatsächlich ein Mann dahinter? War der Mörder ein Transvestit? War der junge Mann, der aus dem Haus der Versavel gekommen war, ein Transvestit ... und der Mörder? Und die Sûreté? Er musste unbedingt noch einmal mit Lacante sprechen. Sie mussten in der Transvestitenszene ermitteln.

Bosmans seufzte und konzentrierte sich auf die Straße, die vom gelblichen Licht der Laternen nur schwach erleuchtet wurde. Es folgte eine scharfe Linkskurve.

Er fasste in die Innentasche des Mantels, während er mit dem Knie das Lenkrad festhielt, und blätterte noch einmal den ledergebundenen Taschenkalender durch. Es waren nur fünfzehn Telefonnummern, zwar alle mit Namen, aber ohne Adressen.

Gleich auf der ersten Seite die Namen von zwei prominenten Politikern, einem konservativen und einem liberalen, sowie der Name Claude Verspaille. Genau in der Mitte, auf der linken Hälfte, folgten fünf weitere Namen: Manuela Lo Bionca, Irena Tappas, Victorine Vervoort, Lucia Di Matteo und Christine Hiels, auf der rechten Hälfte: Bianca Benoit, Geneviève Ron-

dags, Tamara Roma, Jill Ayckborn, Tessa Van Doren und Michelle Bekaert.
Bosmans seufzte. Einige Damen trugen ganz offensichtlich Künstlernamen, das sah man auf den ersten Blick, dafür brauchte man kein studierter Kriminologe zu sein.
Als er mit den Fingern über die letzte Seite fuhr, fühlte er eine Verdickung. Mit dem Fingernagel kratzte er über die Innenseite des Kalenderrückens. Ja, tatsächlich, eine Unebenheit! Da verbarg sich etwas zwischen dem harten äußeren Rand und der gelben Pappe. Er ritzte die Pappe auf und riss sie ungeduldig ab. Heraus kamen drei Fotos. Als er sie nervös umdrehte, setzte sein Herz für ein paar Schläge aus. Der Mercedes geriet ins Rutschen, drehte sich halb um die eigene Achse, schlitterte auf den Bürgersteig und kam vor dem Eingang eines Apartmenthauses zum Stehen. Ein Passant zeigte Bosmans einen Vogel und machte einen weiten Bogen um den stotternden Wagen. Als der Motor ausging, nickte er schadenfroh und überquerte mit gehässigem Lächeln die Straße.
Jos Bosmans hatte den Mann nicht einmal bemerkt. Wie in Trance starrte er die drei Fotos auf seinem Schoß an.

43

»KBC-Bank Mechelen, Michel Lacroix am Apparat«, meldete sich der Filialleiter gut gelaunt.
Dirk Deleu spielte nervös am Antennenstummel seines Handys herum.
»Hallo, hier Inspecteur Dirk Deleu von der Kripo Mechelen.«
»Ah! Womit kann ich Ihnen behilflich sein, Inspecteur? Haben wir etwas angestellt?«
Deleu, der wirklich nicht in der Stimmung für Witzchen war, fuhr sachlich fort: »Nein, es geht um Ihre Kundin Vicky Versavel. Ich rufe von ihrem Haus aus an.«
Sofort schlug die Laune des Filialleiters um. »Vicky Versavel«, wiederholte er bedrückt und offensichtlich äußerst besorgt.
»Ich möchte, dass unverzüglich sämtliche Konten, Scheck- und Kreditkarten von Mevrouw Versavel gesperrt werden, da ein begründeter Betrugsverdacht besteht«, sagte Deleu, der seine Worte sorgfältig abwägte.

»Aber …«
»Hören Sie, Mijnheer Lacroix«, schnitt er dem Filialleiter das Wort ab, »ich weiß, dass die Bank streng genommen eine offizielle schriftliche Erlaubnis braucht, aber in diesem Fall können wir einfach nicht warten, bis irgendein Sachbearbeiter …«
»Nicht nötig, Inspecteur«, unterbrach Lacroix den Ermittler nun seinerseits. »Ich werde sofort die nötigen Schritte einleiten. Sie können sich auf uns verlassen. Wir hatten bereits eine Zeit lang den Verdacht, dass mit Mevrouw Versavel etwas nicht stimmt. Ich würde Sie nur bitten, mir die Unterlagen dann schnellstmöglich zu faxen.«
»Natürlich«, antwortete Deleu. »Vielen Dank für Ihre freundliche Unterstützung, Mijnheer Lacroix. Heute Nachmittag liegt das Fax auf Ihrem Schreibtisch. Auf Wiederhören.«
Er wartete eine Antwort des Filialleiters gar nicht erst ab, sondern legte sofort auf. Dann steckte er das Handy in die Hosentasche und öffnete vorsichtig die linke Schiebetür eines modernen Kleiderschranks, als befürchte er, es lauere eine bissige Ratte darin. Als das Telefon der Versavel klingelte, erstarrte er mitten in der Bewegung.
Er und Nadia Mendonck, die bäuchlings auf dem Dielenboden lag und einen braunen Fleck untersuchte, wandten gleichzeitig die Köpfe in Richtung des Geräuschs. Keiner von beiden rührte sich. Deleu setzte sich als Erster in Bewegung und ging steif zum Tele-

fon. Er wischte sich die feuchten Hände an der Hose ab und sah Nadia an. Sie nickte. Nach dem fünften Läuten hob er mit einer raschen Bewegung den Hörer ab.

»Hallo?«

»Hallo, mit wem spreche ich?«

»Ein Mann«, flüsterte Deleu, die rechte Hand auf dem Hörer. Nadia Mendonck sog an ihrem Zeigefinger. Der Ermittler drückte den Hörer ans Ohr und fragte: »Wer ist denn da?«

»Spreche ich mit Inspecteur Deleu?«

Ihm kam die Stimme irgendwie bekannt vor. »Ja, hier Dirk Deleu. Und wer sind Sie?«

»Entschuldigung, Inspecteur«, sagte der Mann, »ich bin's noch mal, Michel Lacroix von der KBC-Bank. Wir haben eben miteinander telefoniert.«

»Woher wussten Sie denn, wo Sie mich erreichen können?«, fragte Deleu erstaunt.

»Na, weil Sie es mir gerade gesagt haben.«

Nadia Mendonck, die atemlos mithörte, schlug sich gegen die Stirn und fuhr kopfschüttelnd mit der Untersuchung des Fußbodens fort.

»Ach so, natürlich. Entschuldigung. Was kann ich für Sie tun, Mijnheer Lacroix?«

»Ich wollte Ihnen noch etwas sagen, aber Sie hatten schon aufgelegt. Wir haben nämlich die EC-Karte von Vicky Versavel vorliegen. Wir haben sie heute erst in unserem Geldautomaten gefunden. Sie wurde nach drei falschen PIN-Eingaben eingezogen.«

»Drei falschen PIN-Eingaben?«, wiederholte Deleu.
»Ja, jemand muss versucht haben mit der Karte Geld abzuheben und hat dreimal die falsche Zahlenkombination eingegeben. Daraufhin hat unser Automat die Karte eingezogen.«
Der Ermittler spürte, wie ihm das Blut in den Kopf stieg, und fragte hastig: »Hat jemand die Karte angefasst?«
»Ja, die Angestellte, die den Automaten befüllt.«
»Okay, das ist kein Problem. Könnten Sie bitte dafür sorgen, dass niemand sonst die Karte berührt?«
»Wegen der Fingerabdrücke?«
»Richtig. Ich schicke sofort jemanden vorbei, der die Karte abholt. Vielen Dank für den Anruf und für Ihre Mithilfe!«
»Gern geschehen, Inspecteur.«
Deleu legte den Hörer auf und informierte Nadia über den Stand der Dinge. »Rufst du bitte im Präsidium an? Jemand muss die Karte abholen«, sagte er und wandte sich wieder dem Kleiderschrank zu.
Kein Zweifel: Die Kleider auf der rechten Seite der Stange waren erheblich kleiner als die anderen.
Deleu schob die Spitze seines Kugelschreibers unter den Kragen einer eleganten Bluse und zog sie ein Stück zurück. Größe achtunddreißig. Die meisten anderen Kleidungsstücke waren Größe vierundvierzig und sechsundvierzig. Hatte Vicky Versavel also doch nicht allein gelebt? Während er mit dem Kugelschreiber das nächste Kleidungsstück zu sich hinzog, ein tief ausge-

schnittenes kleines Schwarzes, ertönte aus dem Keller ein rauer Fluch.

»Dirk, Nadiaaaa …!«

Als die beiden Ermittler dicht hintereinander die enge Wendeltreppe hinunterstürzten, sahen sie im schwachen orangeroten Schein einer einsamen Glühbirne den schielenden Pierre, der in großer Erregung vor sich hin fluchte.

Die letzten Sekunden waren ihm wie Stunden vorgekommen, und nun hielt er den Deckel einer cremefarbenen Tiefkühltruhe fest umklammert.

Deleu schnappte nach Luft und übersprang die letzten drei Treppenstufen.

»O nein!«, schrie Nadia Mendonck, noch bevor sie einen Blick in die Tiefkühltruhe geworfen hatte.

Auf dem mit rostbraunen Flecken übersäten Teppich lagen die Reste dessen, was einmal eine menschliche Hand gewesen sein musste. Die gelblich geforenen Knochen und Knöchel waren intakt, und es hingen sogar noch einige bläuliche Fleischreste daran.

44

Jos Bosmans lachte, aber es war kein herzliches Lachen. Der königliche Staatsanwalt Claude Verspaille lag mit einem kindlichen Verlangen in den Augen auf einem Metallbett, angekettet an einen kunstvoll verzierten Pfosten. Er war unbekleidet, und auf seiner rechten Hinterbacke saß ein nackter kleiner Junge.
Bosmans unterdrückte seinen Ekel und sah sich zum x-ten Male die beiden anderen Fotos an.
Das erste zeigte einen amtierenden Minister, splitterfasernackt bis auf gepunktete Boxershorts und blaugraue Strümpfe mit Eton-Logo, ein breites Grinsen im feisten Gesicht. Auf seinem fetten Oberschenkel saß eine dralle Blondine. Auf dem zweiten Foto war ebenfalls ein Minister zu sehen, allerdings ein ehemaliger. Nackt und ölglänzend lag dieser auf dem Bauch, die Arme hinter dem Kopf verschränkt und ein verzücktes Lächeln auf den feuchten Lippen.
Rittlings auf ihm saß eine Blondine mit Fingernägeln wie gefährliche Krallen und hielt eine Sektflöte in der

Hand. Die seidig schimmernden Schenkel der Frau umklammerten den Brustkorb des Exministers. Ross und Reiter.
Ein wenig widerstrebend wandte Jos Bosmans den Blick ab und legte die Fotos auf den Beifahrersitz.
So war Pardon also an die Macht gekommen. Das Beweismaterial würde Verspaille den Todesstoß versetzen, das war so sicher wie das Amen in der Kirche. Er bräuchte es nur anonym an die Presse zu schicken. Adieu Claudy.
Doch Bosmans zögerte. Verspaille würde die beiden anderen zweifellos mitreißen. Außerdem saß der amtierende Minister in der Regierung, und wenn diese Geschichte an die Öffentlichkeit gelangte, würde das eben dieser Regierung, die seiner Meinung nach ziemlich gute Arbeit leistete, einen ungeheuren Schaden zufügen. Abgesehen davon wäre ein solcher Skandal mal wieder Wasser auf die Mühlen der Rechten.
Der Untersuchungsrichter geriet heftig ins Schwitzen. Zu Beginn seiner Karriere hatte er sich geschworen, nicht zu jenen Justizbeamten zu gehören, die Schweinereien unter den Teppich kehrten, wenn es ihnen in den Kram passte. Er wusste, dass er diesen Gewissenskonflikt hier und jetzt lösen musste.
Als sein Handy klingelte, raffte er die Fotos zusammen und ließ sie in die Innentasche seines Mantels gleiten. Er eignete sie sich an, als wären sie sein persönlicher Besitz, und machte sich nicht die Mühe, das Beweismaterial zu schützen. Sein Entschluss stand

fest. Diese Fotos sollten nie ans Licht der Öffentlichkeit gelangen. Niemals.

»Bosmans!«

»Ich bin's, Dirk! Bingo!«, keuchte Deleu mit bebender Stimme. »Vicky Versavel liegt im Keller. Zerstückelt. In ihrer eigenen Tiefkühltruhe.«

Bosmans schnappte nach Luft, blieb aber auffällig gelassen. Entgegen jeder Erwartung schien sich der brodelnde Strudel plötzlich zu beruhigen. Befand er sich endlich im Auge des Orkans?

»Jos, bist du noch da?«, rief Deleu und klopfte auf die Rückseite seines Handys.

»Ja, ich bin noch da.«

»Leitest du die nötigen Schritte ein oder ich?«

»Sind die sterblichen Überreste tiefgefroren?«, fragte Bosmans zurück, so sachlich, dass es eher nach einer Feststellung als nach einer Frage klang.

»Ja«, antwortete Deleu.

»Dann leiten wir erst mal gar nichts ein.«

»Was soll das denn heißen?«

»Genau das, was ich gesagt habe. Wir unternehmen vorläufig nichts. Sorge dafür, dass alles unverändert bleibt. Zieh die Gardinen zu und alle Streifenwagen sowie die dazugehörigen Kollegen ab.«

»Meinst du …« Deleu zögerte. »Meinst du, das Ungeheuer kehrt zurück an den Tatort?«

»Geld! Darum geht es. Der Täter oder vielmehr die Täterin hat noch kein Geld rausgeschlagen. Oder etwa doch? Was meinst du?«

»Nein, ich habe mit der Bank telefoniert, weil mir schon so etwas schwante. Ich habe sämtliche Konten sperren lassen, und der Filialleiter war …«

»Komm sofort in mein Büro. Pierre und Nadia sollen das Haus bewachen.«

»Aber …«

»Sofort!«

Der barsche Befehl ließ Dirk Deleu erstarren.

45

Als Deleu in den frühen Morgenstunden mit dem dicken Laborbericht unterm Arm Bosmans' Büro betrat, erschrak er. Sein Freund saß in Hemdsärmeln am Schreibtisch. Er sah blass aus. Die obligatorische Belga hing in seinem Mundwinkel, und er hämmerte wie von Sinnen auf die Tastatur seines Laptops ein. Zerstreut blickte er auf, und der Schatten seiner Nase zeichnete eine unbarmherzige schwarze Sichel auf die eingefallenen Wangen.

»Setz dich«, seufzte er, während die tief liegenden Augen wieder den Computerbildschirm suchten und er sich den letzten Bissen eines undefinierbaren Snacks in den Mund schob.

»Wann hast du eigentlich zum letzten Mal dein Bett gesehen?«, fragte Deleu aufrichtig besorgt. Aus dem Gemurmel, das er zur Antwort erhielt, meinte er herauszuhören, dass Schlaf unter den gegebenen Umständen an allerletzter Stelle kam. Er hakte nicht weiter nach, sondern setzte sich, schlug den Bericht auf und wartete.

»Wo ist Nadia?«
»Immer noch im Haus von Vicky Versavel.«
»Wie geht es ihr?«
Die vollkommen zusammenhangslose Frage ließ Deleu aufblicken.
»Na?«, fauchte Bosmans und schob gereizt die Lesebrille zurück auf die Nasenwurzel.
»Ich glaube, ganz gut.«
»Ganz gut«, wiederholte der Untersuchungsrichter, und das tiefe Brummen, das darauf folgte, klang alles andere als freundlich.
»He, Jos!«, wehrte sich Deleu. »Ich bin nicht dein Sohn, okay? Wirf mal einen Blick in den Spiegel. Leichenblass siehst du aus, wie der Tod auf Socken!« Er holte tief Luft, selbst erstaunt über seinen heftigen Ausbruch.
»Ach, und du? Glaubst du etwa, du kommst daher wie das blühende Leben?« Ein Speicheltropfen flog Bosmans aus dem Mund. »Halte dich bloß bedeckt! Zügle dein großes Mundwerk, oder ich rufe unseren Freund Peeters an.« Ungeniert zielte er unter die Gürtellinie und konzentrierte sich dann wieder mit einem selbstzufriedenen Grinsen auf seine vorherige Tätigkeit.
»Ich hab's gewusst! Ich hab gewusst, dass du mir das noch mal aufs Butterbrot schmieren würdest. Gestern habe ich es noch zu Barbara gesagt. Ich kenne dich, Jos Bosmans. Du bist nachtragend!«
Bosmans knibbelte nervös an seiner Lippe herum und seufzte: »Entschuldige, Dirk, tut mir leid.«

Dann hielt er sich das rechte Nasenloch zu und atmete tief durch das linke ein, wie ein routinierter Kokainschnupfer.
»Bin etwas erkältet«, erklärte er, ohne sein Gegenüber anzusehen.
Dirk Deleu kannte seinen Freund in- und auswendig. Wenn Jos ihm nicht in die Augen sah, gab es Schwierigkeiten, große Schwierigkeiten. »Was ist los?«
Bosmans legte alle zehn Finger gestreckt auf die Tastatur, seufzte und klappte den Laptop zu. Diesmal blickte er seinem Freund geradewegs ins Gesicht. »Ich schlafe schon seit zwei Tagen in meinen Amtsräumen.« Er spreizte demonstrativ die Hände, zog den Kopf ein und sagte: »So, jetzt weißt du's.«
»Maud?«
Bosmans schüttelte grinsend den Kopf, zog ein schmutziges blassgrünes Taschentuch hervor und schneuzte sich ausgiebig die Nase. Dass sich Dirk Sorgen um ihn machte, tat ihm gut. »Nein, nein«, erwiderte er mit einem entwaffnenden Grinsen, das um die aufgesprungenen Lippen spielte. »Das Leben besteht nicht nur aus Wiederholungen. Diesmal hat es einen anderen Grund.« Mit einem Blick auf Deleus skeptische Miene fuhr er fort: »Es ist nicht so, wie du denkst. Es liegt daran … na ja, ich befürchte, dass bestimmte Unterlagen aus der ein oder anderen Akte verschwinden könnten.«
»Wie bitte?«
»Ich habe Grund zu der Annahme, dass er mich, kurz

vor Abschluss der Ermittlungen, kaltstellen will, indem er mich kompromittiert.«

»Wer denn, Jos?« Deleu blickte sich misstrauisch um, als hätten die Wände Ohren. Bosmans hielt sich sonst nie in seinen Amtsräumen auf. Er hatte sich hier in Mechelen ein kleines Büro eingerichtet, in dem er tun und lassen konnte, was er wollte: Zuhälter, Nutten und Gangster empfangen, Geständnisse aus Tatverdächtigen herauspressen, Informanten unter Druck setzen und so weiter. Hier war er frei wie ein Vogel, hier sah ihm kein Verwaltungsleiter auf die Finger, hier musste er nicht wegen jeder Kleinigkeit einen Bericht schreiben et cetera. Deleu war jetzt vollends verwirrt.

»Sonst bist du doch so gut wie nie da, und jetzt übernachtest du sogar dort? Was ist los? Rede endlich Klartext!«

»Wo befinden sich die offiziellen Unterlagen zu diesem Fall? Wo werden die Akten bei Bedarf neu zusammengestellt? Wo befinden sich die Originale der Autopsieberichte und der Tatortbeschreibungen? Wo, Dirk?«

»In Brüssel, im Gerichtsgebäude.«

»In meinen Amtsräumen, Deleu!«

»Ja, natürlich. Sorgfältig unter Verschluss. Na und?«

Jos Bosmans lächelte und rieb sich die rot umränderten Augen. Er bot Deleu eine Belga an. Beide Männer rauchten schweigend.

»Nachts ist da doch kein Schwein. Nur tagsüber musst du aufpassen.«

»Tagsüber hält mein Kanzleivorsteher Trentels die Augen offen. Ihm kann ich vertrauen.«
Deleu rutschte nervös auf der Stuhlkante hin und her und flüsterte verschwörerisch: »Nachts wird das Gerichtsgebäude doch bewacht?«
»Dirk«, seufzte Bosmans, »du bist ein guter Ermittler. Der beste von allen, wenn es um die Fahndung nach Serientätern geht. Aber in diesem Fall …«
»Zweite Liga gegen Nationalmannschaft«, erwiderte Deleu ein wenig patzig. »Raus mit der Sprache, Jos, du brauchst nicht um den heißen Brei herumzureden. Nicht mir gegenüber.«
Bosmans seufzte. »Ich will's mal so sagen: Im Gerichtsgebäude gibt es noch andere Untersuchungsrichter, die manchmal bis spätabends Überstunden machen. Habe ich mich deutlich genug ausgedrückt?«
»Ebenso Staatsanwälte und anderes Gesindel«, zischte Deleu mit wütendem Blick.
»Richtig. Verspaille. Ich habe ihn in der Hand. Alles klar? Weißt du jetzt genug? Was hast du mir da übrigens mitgebracht?«
»Den Bericht des kriminaltechnischen Labors, die Ergebnisse der Autopsie und den ganzen anderen Kram«, brachte der Ermittler überrumpelt hervor. »Die Kollegen haben Ungeheures geleistet, sie haben die ganze Nacht durchgearbeitet.«
»Und?«, fragte Bosmans, dessen Müdigkeit dahinschmolz wie Eis in der Mikrowelle.
»Ich greife nur mal das Wichtigste heraus«, begann

Deleu, während sein Chef den Kopf reckte und ihn erwartungsvoll ansah. Das grelle Neonlicht in dem ansonsten dunklen Büro umkränzte sein wirres Haar. Wie ein Heiligenschein, dachte Deleu, und während die unpassende Metapher ihm noch ein wenig im Kopf herumspukte, sagte er trocken: »Die Fingerabdrücke stimmen überein.«
»Ja, und?«
»Sie sind identisch mit denen, die wir im Wagen und im Apartment von Robert Pardon gefunden haben.«
»Wie viele?«
Dirk Deleu sah ihn verwirrt an.
»Sind es zwei Täter, oder ist es nur einer?«
»Nur ein Set von Fingerabdrücken wiederholt sich überall. Es ist ein Täter«, antwortete Deleu.
»Eine Täterin«, verbesserte Bosmans ihn selbstgefällig. Deleu kratzte sich am Ohr und hielt wohlweislich den Mund. Er gähnte, und im selben Moment schwang die Tür von Bosmans' Büro auf.
»Registriert?«
»Nein«, seufzte Deleu, »auch nicht in Frankreich.«
»Todesursache?«, fragte der Untersuchungsrichter, ohne aufzublicken.
»Das Opfer wurde zu Tode gefoltert. Die Frau muss unglaublich gelitten haben. Es war …«
»Sie steigert sich«, murmelte Bosmans, »sie ähnelt tatsächlich einem Menschenhai, der Blut gerochen hat und alles zerreißt, was sich bewegt. Erspare mir die Einzelheiten. Nichts Brauchbares also.«

»Nein, außer den Fingerabdrücken.«
Inzwischen war Jan Verstappen, Verspailles Schwiegersohn, geräuschlos hereingekommen. Reglos stand er in einer Ecke von Bosmans' Büro.
»Verstappen?«
»Alle werden observiert, Mijnheer Bosmans. Alle, bis auf zwei.«
»Und warum die nicht?«
»Eine von ihnen, Jill Ayckborn, hält sich offenbar in Großbritannien auf. Das behauptet zumindest ihr Manager …«
»Pah, Manager! Zuhälter wollten Sie wohl sagen«, brauste Bosmans auf.
»Die andere«, Verstappen blätterte in seinem abgegriffenen Notizbuch herum, »Michelle Bekaert. Die Handynummer existiert nicht mehr.«
»Wer kümmert sich darum?«
»Pierre recherchiert gerade über den Mobilfunk-Anbieter.«
Als hätte er es geahnt, betrat genau in dem Moment der schielende Pierre schnaufend das Büro.
»Das Handy war auf den Namen Nadine Versluys angemeldet!«
Es wurde so still, dass man eine Stecknadel hätte fallen hören können.
Deleu fand als Erster die Sprache wieder.
»Bingo, Leute! Volltreffer! Ihr Name ist also Michelle Bekaert!«
»Oder Vicky Versavel oder Françoise Bourgeois oder

wie auch immer. Wer sagt, dass es ihr richtiger Name ist? Welche von den Frauen ist es?«, fragte Bosmans und breitete die Fotos auf seinem Schreibtisch aus.
Verstappen wählte das richtige Foto aus und hielt es hoch. »Die muss es sein!«, sagte er triumphierend.
»Wie auch immer sie heißen mag, das ist zweifellos die Mörderin.« Bosmans hielt sich das Foto vor die Nase und warf Deleu einen verstohlenen Blick zu. »Pierre und Dirk, leitet die Personenbeschreibung bitte unverzüglich an Interpol weiter! Hat man in Robert Pardons Apartment ein Handy gefunden?«
Deleu ließ die dicke Akte auf den Schreibtisch seines Chefs fallen und fing an, in der Tatortbeschreibung zu lesen.
Walter Vereecken, der auf den Lärm hin ebenfalls hereingekommen war, griff zum Telefon. Die Nummer des Mobilfunk-Anbieters Mobistar kannte er inzwischen auswendig.
Pierre nahm das Handy von Bosmans und fragte Vereecken: »Mobi?« Dieser bejahte, sagte er: »Okay, dann übernehme ich Proxis und KPN!«
»Wer hält sich zur Zeit noch im Haus von Vicky Versavel auf?«, fragte Bosmans, stieß dabei seine Kaffeetasse um und wischte die bräunliche Flüssigkeit fluchend mit dem Ärmel seines khakifarbenen Hemdes vom Tisch.
»Nadia.«
»Allein?«
»Ich glaube schon.«

»Dann schicke sofort zwei Rijkswachter hin, Dirk«, wies Bosmans seinen Freund an. »Und zwar in einem Zivilfahrzeug.«

Deleu warf seinem Chef einen vernichtenden Blick zu und verschwand.

»Walter, du rufst Commissaris De Maeght an und sagst ihm, dass er diese Nutten und Transvestiten unverzüglich festnehmen soll. Auf persönlichen Befehl von Jos Bosmans.«

»Und dann, Chef?«

»Ich will von ihnen wissen, wo und wann sie Robert Pardon getroffen haben und ob Pardon noch ein festes Verhältnis hatte.«

Walter Vereecken packte die Räder seines Rollstuhls, vollführte routiniert eine halbe Drehung und rollte hinaus.

»Ich hab sie!«, rief Pierre und kritzelte mit Filzstift eine Nummer auf seine Handfläche. »Soll ich sie anrufen, Chef?«

»Nein«, flüsterte Jos Bosmans. »Warten Sie noch. Wir müssen uns erst eine wirkungsvolle Strategie überlegen. Okay. Also, wenn Sie alle das erledigt haben, womit Sie gerade beschäftigt sind, gehen Sie nach Hause. Teambesprechung um … sieben Uhr in meinem Büro.«

»Morgen früh?«, scherzte Verstappen.

Bosmans brummte etwas Unverständliches und griff nach seinem Handy. Während er die Nummer des kriminaltechnischen Labors eintippte, sagte er: »Das war's, meine Herren!«

Die Gesellschaft zerstreute sich.
»Verstappen!«
Der Angesprochene blieb stocksteif stehen und drehte sich langsam um.
»Wo bleibt denn die Demunter?«
»Ach ja!«, seufzte Verstappen erleichtert. Bosmans musterte ihn eindringlich.
»Die Familie ist in Urlaub. Serneels ist hingefahren, und die Nachbarin hat gesagt ...«
»Verdammt noch mal!«, fluchte Jos Bosmans. »Ausgerechnet jetzt müssen die in Urlaub fahren. Ausgerechnet jetzt!«
Erneut wandte sich Verstappen zum Gehen.
»Verstappen!« Bosmans' Tonfall klang noch immer befehlend, diesmal allerdings mit einem leicht ironischen Unterton. Wieder blieb dieser abrupt stehen.
»Was ist eigentlich mit dem Bericht des Notars passiert?«
Verstappen lief langsam rot an. »Ich ... ich habe ihn Oberstaatsanwalt Verspaille gebracht, Mijnheer Bosmans.«
»Was stand da so alles drin?«, fragte Bosmans mit einem liebenswürdigen Lächeln, das ganz und gar nicht zu seinem barschen Tonfall passte.
»Keine Ahnung«, stotterte Verstappen.
Der Untersuchungsrichter spitzte die Lippen, tippte sich mit dem Zeigefinger gegen die Nasenspitze und sagte mit einem Funkeln in den Augen: »Wenn Sie das nächste Mal mit Ihrem Herrn Schwiegervater sprechen

– und ich schätze mal, Sie werden ihn schon in wenigen Minuten anrufen –, dann richten Sie ihm doch bitte aus, Jos Bosmans habe prophezeit, seine Zeit sei abgelaufen. Bei Gelegenheit überbringen Sie ihm außerdem diesen Umschlag hier, mit den besten Empfehlungen von mir.« Bosmans öffnete eine Schreibtischschublade und steckte Verstappen einen zugeklebten braunen Umschlag zu. Der Ermittler schluckte, nahm den Umschlag zögernd in Empfang und drehte sich steif um.

»Nicht aufmachen! Und vor allem nicht damit zur Presse gehen!«

Der letzte Satz ging Jan Verstappen durch Mark und Bein. Ihm lief es eiskalt den Rücken hinunter, und er schlich, ohne sich noch einmal umzudrehen, zur Tür hinaus.

Deleu umklammerte das Lenkrad seines Golfs und steuerte die alte Kiste behutsam mit an die sechzig Stundenkilometern durch den stiebenden Schnee.

Auf dem Flur hatte der gehetzte Vanderkuylen ihm erzählt, dass sie den Wagen von Vicky Versavel auf dem Parkplatz hinter dem Bahnhof von Mechelen gefunden hatten.

Der Ermittler fluchte unterdrückt. Die Mörderin wusste, dass sie ihr auf den Fersen waren, und hatte Vicky Versavels Wagen irgendwo abgestellt, um ihn loszuwerden. Mist! Er kramte sein klingelndes Handy aus der Innentasche seiner Marlboro-Jacke.

»Deleu!«
»Dirk? Ich bin's, Nadia. Hier tut sich was Verdächtiges. Ein dunkelgrauer Audi A6 steht mit laufendem Motor auf der gegenüberliegenden Straßenseite.«
»Kannst du erkennen, wer am Steuer sitzt?«
»Nein, der Wagen hat getönte Scheiben«, antwortete Nadia keuchend.
»Hast du dir das Kennzeichen notiert?«
»Ja, und überprüft. Ein Leihwagen von Avis.«
»Auf welchen Namen wurde er ...?«
»Bekaert ... Michelle Bekaert.«
Deleu fühlte das Blut in seinen Schläfen pochen, versuchte sich zu beherrschen und murmelte: »Nadia, das ist sie. Das ist die Mörderin. Gib Jos Bescheid und fordere sofort Verstärkung an. Sag, sie sollen ganz Mechelen abriegeln. Ich bin unterwegs, Nadia! Ich bin in fünf Minuten bei dir.«
»Soll ich runtergehen und versuchen, in die Reifen zu schießen?«
Deleu wurde leichenblass. »Auf gar keinen Fall! Verlasse das Haus über die Hintertreppe. Ich hole dich da ab. Und Nadia ...«
»Ja?«
»Tu bitte nichts Unüberlegtes!«
Prompt wurde die Verbindung unterbrochen.

46

Als Dirk Deleu um die Ecke bog, sah er Nadia sofort. Sie wartete vor Vicky Versavels Haustür und winkte ihm zu. Ihm standen die Haare zu Berge. Seine Kollegin öffnete die Beifahrertür und stieg ein.

»Und?«

»Sie ist weggefahren. Hatte es offenbar eilig.«

»Mist!«, fluchte Deleu und hieb mit beiden Fäusten auf das Lenkrad. »Warum? Hat sie dich etwa gesehen? Wann ist sie los?«

»Gerade mal vor einer Minute. Da lang«, sagte Nadia atemlos, und noch während sie in die entgegengesetzte Richtung zeigte, klingelte ihr Handy.

»Mendonck!«

»Nadia, ich bin's, Pierre. Der Audi wurde in der Nähe der KBC-Filiale gesehen.«

»Mist!«, fluchte Nadia jetzt ihrerseits. »Sie will Geld, Dirk. Sie steht vor der Bank. Wo ist die Filiale, Pierre?«

»Um die Ecke. Ein paar Straßen weiter. Zwei Wagen sind unterwegs.«

Nadia gab Deleu mit der geballten Faust zu verstehen, dass er Gas geben sollte, und wiederholte triumphierend: »Um die Ecke, zwei Wagen sind unterwegs.«
Genau in dem Moment, als Deleu sagte: »Die werden doch wohl keine Streifenwagen geschickt …«, wurde er von gellendem Sirenengeheul unterbrochen.
Der graue Audi kam rückwärts um die Ecke, prallte mit der hinteren Stoßstange gegen den linken Kotflügel des Golfs und raste in entgegengesetzter Richtung davon. Mit aufheulendem Motor gab Deleu Vollgas. Endlich fanden die durchdrehenden Reifen Halt, und der Golf schoss los wie ein getunter Rennwagen.
In dem verzweifelten Versuch, Deleu auszuweichen, trat der Fahrer des ersten Streifenwagens mit voller Wucht auf die Bremse. Der Wagen schlitterte quer über die Straße, rammte einen geparkten Lieferwagen und prallte dann mit einem ohrenbetäubenden Knall gegen eine Hausfassade.
Während Deleu mit aller Kraft versuchte die Spur zu halten, raste der zweite Streifenwagen direkt hinter ihm her. Stoßstange an Stoßstange lieferten sie sich eine Verfolgungsjagd mit dem Audi wie in einem schlechten Film.
Der Golf und das Polizeifahrzeug rasten durch eine scharfe Kurve. Auf der Geraden hinter der Kurve drehte sich der Streifenwagen plötzlich um die eigene Achse und kam auf einem verwilderten Grundstück zum Stehen. Das Letzte, was Deleu im aufstiebenden Schnee im Rückspiegel sah, war, wie die Beifahrertür

aufging und ein heftig gestikulierender Mann in Uniform ausstieg.

»Da ist sie!«, schrie Nadia, ihr Handy umklammernd. »Sie biegt rechts ab!«

»Verdammt! Sie fährt in Richtung Bruul. Das ist eine Einbahnstraße!« Deleu hatte die Worte kaum ausgesprochen, als der Audi auch schon in die verbotene Richtung abbog. »Halt dich fest!«, rief er heiser. »Jetzt geht's aufs Ganze!«

Der Audi raste durch die Einkaufsstraße, als teste er eine Rennstrecke. Ein entsetzter Fußgänger rettete sich mit einem Hechtsprung zwischen zwei geparkte Autos und entging wie durch ein Wunder einem schweren Unfall. Während der Audi in Richtung Vijfhoek donnerte, tauchte am anderen Ufer der Dijle auf der Fonteinbrücke der Stadtbus Nummer 6 auf. Der entsetzte Busfahrer trat heftig auf die Bremse, und das Gefährt kam rutschend zum Stehen. Der Fahrer des nach rechts schwenkenden Audis, ein wahrer Virtuose, vollführte ein kontrolliertes Rutschmanöver und schoss knapp an dem ausscherenden Heck des trägen Busses vorbei über den Fußweg. Dabei knallte das rechte Hinterrad mit voller Wucht gegen einen Betonblock. Die Hinterachse musste beschädigt worden sein, denn der Wagen rumpelte nur noch im Schneckentempo weiter. Deleu trat auf die Bremse und blieb wenige Zentimeter vor der Flanke des Busses stehen. Er erkannte, dass er nicht weiterkam, da der Bus inzwischen quer stand und die Straße vollständig blo-

ckierte. Zuerst dachte der Ermittler daran, in eine Seitenstraße abzubiegen, besann sich dann aber eines Besseren. Der Umweg hätte viel zu viel Zeit gekostet.
Fast gleichzeitig mit Nadia sprang er aus dem Auto und rannte schlitternd durch den Schnee.
»Dirk! Warte!«
Deleu blickte über die Schulter zurück und trat einen herbeigeeilten Gaffer mit voller Wucht gegen die Brust. Der ältere Mann fuchtelte mit den Armen und ging zu Boden.
»Ruf Jos Bosmans an. Fordere Verstärkung!«
»Keine Zeit!«, rief Nadia Mendonck, während sie das Letzte aus ihrem zarten Körper herausholte. Sie schaffte noch einen Zwischensprint, und die Profilsohlen ihrer Armeestiefel bewiesen ihre Praxistauglichkeit. Sie erreichte ihren Kollegen.
»Hast du deine Waffe dabei?«, rief er ihr zu.
Nadia nickte nur.
»Handy!«, brüllte Deleu mit ausgestreckter Hand. Sie gab ihm das Telefon und konzentrierte sich auf den Audi, der langsam weiterholperte. Diese verfluchte deutsche Wertarbeit!
»Pierre, ich bin's, hör mir gut zu«, hustete Deleu. »Der Audi ist stark beschädigt, wir verfolgen ihn gerade zu Fuß. Fährt in Richtung Bahnhof. Brauchen Verstärkung. Reichlich!«
Der Audi holperte mit einer noch immer respektablen Geschwindigkeit von etwa zwanzig Stundenkilometern über eine rote Ampel auf den Kardinaal Mercier-

plein. In der Mitte des Platzes brach die Hinterachse, und der Wagen kam knirschend und quietschend zum Stehen.

Deleu, der sich etwa hundertfünfzig Meter hinter dem Auto befand, kniff die Augen zu Schlitzen zusammen. Er versuchte, die Gestalt zu erkennen, die aus dem Wagen stieg und knapp zwischen zwei hupenden Autos hindurch davonrannte. Der aufwirbelnde Schnee und zwei frontal aufeinanderprallende Autos raubten ihm jedoch die Sicht. »Siehst du sie?«, fragte er Nadia keuchend, während er nach seinem Schulterholster griff. Die Walther steckte an ihrem Platz. Sehr beruhigend.

»Consciencestraat! Sie läuft zum Bahnhof. Los, gib alles! Wir haben sie!«

Nadia Mendonck, die vor Anstrengung schon einen roten Schleier vor Augen hatte, sah seitlich zu Deleu hinüber, aber statt einer Antwort hörte sie lediglich einen jämmerlichen Hustenanfall.

»Steck dir doch noch eine an«, keuchte sie, während sie das Pochen in ihren Schläfen ignorierte.

Als sie den chaotischen Kardinaal Mercierplein mit den durcheinanderschreienden Autofahrern, dem scheppernden Metall und den herumliegenden Trümmern überquerten, sah Nadia einen flatternden schwarzen Mantel in der Unterführung verschwinden.

»Zum Bahnhof, Dirk!«

»Ich übernehme die Bahnsteige, du den Rest!«, röchelte Deleu. »Fang bei den Schaltern an. Fordere die

Bahnpolizei zur Unterstützung an. Alle Ausgänge sofort absperren ... Den Bahnverkehr anhalten!«

»Die Bahnpolizei!«, schrie Nadia Mendonck und riss vor dem Fahrkartenschalter einen jungen Mann grob zurück, der gerade mit seiner Freundin zusammen Fahrkarten kaufte.

Der Schalterbeamte sah nicht mal auf. Während er mit einer schildkrötenhaft langsamen Bewegung die Hinfahrkarten nach Löwen in die Schiebevorrichtung fallen ließ, blickte er desinteressiert über seine Hornbrille und sagte: »Junge Frau, Sie müssen schon warten, bis Sie an der Reihe sind.«

»Polizei!«, rief Nadia Mendonck. »Ich brauche Unterstützung von der Bahnpolizei, und zwar sofort!«

Der untersetzte Mittfünfziger ließ sich nicht aus der Ruhe bringen, rieb sich über das Doppelkinn, sah mit skeptischem Blick auf seine Armbanduhr und sagte, höflich lächelnd, aber aufreizend träge: »Bert, tja, der schläft jetzt wohl, junge Frau. Es ist Mittagspause. Zwischen zwölf und ein Uhr sind alle zu Tisch.«

Nadia Mendoncks ohnehin schon gerötetes Gesicht lief puterrot an. Sie hieb mit der Faust auf den Schalter, dass die Fahrkarten in der Schublade erzitterten, fluchte herzhaft und schrie: »Eine Frau in einem langen schwarzen Mantel. Wo?«

Der junge Mann, offenbar ein Student, sagte zögernd: »Entschuldigung, Mevrouw, aber ich habe eben einen Mann in einem langen schwarzen Mantel in Richtung der Bahnsteige gehen sehen. Er schien es ziemlich eilig …«

Den letzten Satz hörte Nadia schon nicht mehr, denn sie eilte mit großen Schritten auf die Bahnhofsgaststätte zu und hielt mit einem Auge den Durchgang zu den Bahnsteigen im Blick, mit dem anderen sah sie in das dunstige Lokal hinein. Nur drei Reisende saßen darin. Zwei Männer, in eine gesellige Unterhaltung vertieft, tranken am langen Tresen ein Bier, und an einem der Tische schlürfte eine in Pelz gehüllte ältere Dame eine Tasse Kaffee und aß dazu Leonidas-Pralinen aus einer offenen Schachtel auf ihrem Schoß.

Nadias Verstand arbeitete auf Hochtouren. Die Bahnsteige. Sonst konnte sie nirgends hingerannt sein. Nachdenken! Sie eilte zurück zum Fahrkartenschalter.

»Sagen Sie diesem Bert, er soll sofort zum anderen Ausgang gehen und ihn bewachen«, rief sie dem Bahnbeamten zu. »Und zwar bewaffnet! Und lassen Sie den Bahnhof räumen! Wir verfolgen eine äußerst gefährliche Person!«

Der Mann hinter dem Schalter hatte jetzt offenbar verstanden, worum es ging. Er zog den Kopf ein und griff nervös zu seinem Diensttelefon.

Gleich duckt er sich noch unter seinen Tisch, dachte Nadia Mendonck und dirigierte gleichzeitig zwei Reisende, einen Mann und eine Frau, die angeregt plaudernd zu den Bahnsteigen unterwegs waren, mit unmissverständlichen Gesten in die entgegengesetzte Richtung. Der dunkelhäutige Mann setzte zu einem

Protest an, doch Nadias Blick sagte ihm, dass es keinen Sinn hatte.

Vorsichtig ging die Ermittlerin in Richtung der Bahnsteige weiter. Ihre Schritte in der scheinbar unendlich langen, schwach beleuchteten Unterführung klangen hohl. Das Pflaster war stellenweise in einem äußerst schlechten Zustand. Jedes noch so kleine Geräusch hallte hohl in dem Gewölbe wider. Sehr gut, dachte Nadia, während sie ihre Walther aus dem Schulterholster zog. Die schwere Pistole vermittelte ihr einerseits ein angenehmes Gefühl, andererseits machte sie die Waffe nervös. Sie hatte sich noch nie Gedanken darüber gemacht, dass sie damit wirklich einmal auf einen Menschen schießen müsste. Nadia nahm sich vor, keinesfalls überstürzt zu handeln, und entsicherte die Waffe vorerst nicht. Sie ließ den gestreckten Arm wieder sinken und verbarg die Pistole in den Falten ihres Mantels.

Rechts befanden sich die Toiletten. Vielleicht gab es dort eine Klofrau, die gerade als Geisel genommen wurde. Nadia rann der Schweiß in Strömen von der Stirn und tropfte ihr in den Kragen, wo er sich anfühlte, als ob er auf der Stelle gefror. Ihr Atem kondensierte in kleinen weißen Wölkchen in der kalten Unterführung.

Als sie mit angehaltenem Atem in die Damentoilette hineinschlich, umklammerte sie die Pistole, als wäre sie ihr letzter Halt in diesem Leben. Wo bist du, Dirk?, fragte sie sich in Gedanken. Erleichtert stellte sie fest, dass die Damentoiletten leer waren. Die Waffe im Anschlag, stieß sie mit der Fußspitze eine nach der anderen die mit Klosprüchen verunzierten Türen auf. Die drei Kabinen waren ebenfalls leer.

Mit dem Mantelärmel wischte sie sich den Schweiß aus dem Gesicht und atmete tief ein und aus. Kein Mensch weit und breit. Als hätten alle instinktiv gespürt, dass Spannung in der Luft lag. Tief fliegende Schwalben, Vorboten nahenden Unheils. *Wo bist du nur, Dirk Deleu?*

Nadia Mendonck ging zu der Tür, auf der ein altmodischer Herr mit Spazierstock abgebildet war. Sie wagte kaum, Luft zu holen. Ein junger Mann in einem auffallend schicken Anzug stand am Urinal. Nadia konnte ihn nur von hinten sehen und wusste nicht, was sie tun sollte. Trotz der heiklen Situation konnte sie den Anflug eines Lächelns nicht unterdrücken, als sie dachte: Gott sei Dank dreht er sich nicht um. Da der Mann sie offenbar nicht gehört hatte, schlich sie möglichst geräuschlos weiter zu den Kabinen.

Zwei der Türen waren angelehnt. Nur die mittlere schien abgeschlossen zu sein, obwohl kein Laut zu hören war. Der Mann am Urinal hustete, hatte aber wohl immer noch nicht begriffen, was los war. Mit der Fußspitze stieß Nadia die beiden angelehnten Türen weiter auf. Beide leer. Sie verlagerte ihr Gewicht von einem Fuß auf den anderen, fluchte im Stillen, weil beim Hinhocken ihr linkes Knie knackte, und spähte unter der Tür hindurch.

Als sie den Saum eines schwarzen Mantels erblickte, dachte sie: Mein Gott, hier drin ist sie! Ihre verwirrten Sinne registrierten gleichzeitig ein Rascheln und den Hauch eines schwülen Parfüms. Sie blähte die Nasenflügel. Chanel No. 5, dachte sie. Instinktiv rollte sie sich zur Seite.

Das Stilett traf keine lebenswichtigen Organe, bohrte sich aber tief in Nadias rechte Schulter. Der stechende Schmerz ließ sie mitten in der Bewegung erstarren. Krampfhaft drückte sie sich mit dem Rücken gegen die Wand. Sie sah ein von Hass und schierer Mordlust verzerrtes Gesicht. Blitzende Zähne, stechende Augen, nichts als Hass ... Ein Anblick, der sich ihr für ewig ins Gedächtnis einbrannte.

Die Frau im Männeranzug drehte sich um und rannte davon. Fassungslos starrte Nadia Mendonck ihre Pistole an. Sie war noch immer gesichert.

»Diiiiirk! Diiiiirk!«

Ihr markerschütternder Schrei ließ Dirk Deleu, der vergeblich von Bahnsteig zu Bahnsteig hastete, erstarren. Er ging gerade eine Treppe hinunter, auf dem Weg ins untere Stockwerk, um von dort aus Bahnsteig sieben zu erkunden.

»Dirk, ich bin verletzt! Hilf mir! Hier ... unten!«

Nadias Worte klangen immer schwächer. Immer drei Stufen auf einmal nehmend, sprang Dirk die Treppe hinunter. Seine Sinne registrierten zwei Dinge gleichzeitig: Nadia Mendonck, die gekrümmt und leichenblass um die Ecke stolperte, und einen jungen Mann,

der mit einem blutigen Stilett zum Ausgang rannte. Dort versperrte gerade eine vollschlanke Dame mit einer Riesenschachtel Pralinen in der linken Hand die Tür, auf die der Mann blindlings zusteuerte. Nur noch fünf Meter trennten den Mann von der reichlich mit Päckchen beladenen Pelzträgerin.
»Halt! Stehen bleiben, oder ich schieße!«

Noch während Bert Bleux von der Bahnpolizei versuchte, die Aufmerksamkeit der dicken Dame auf sich zu lenken, hörte er fünf ... sechs ... sieben laute Schüsse. Er riss die Hände schützend über den Kopf und warf sich instinktiv zwischen die Fahrräder.
Nach den Explosionen wurde es unheimlich still. Als sei die Welt stehen geblieben. Bleux rieb sich mit schmerzverzerrtem Gesicht das aufgeschürfte Knie und schlich zur Tür, die rostige Dienstwaffe im Anschlag. Die Dame lag bäuchlings zwischen den Pralinen und zitterte am ganzen Leib. Der Bahnpolizist lugte vorsichtig um die Ecke und hielt den Atem an. Zwei Meter vor dem Ausgang lag ein sterbender Mann, über den sich zwei bewaffnete Personen beugten, ein Mann und eine Frau. Die Frau war an der Schulter verletzt. Das markige »Stehen bleiben!«, das er hatte rufen wollen, blieb ihm im Halse stecken, wo es auf den Brechreiz traf, der seinen Mageninhalt mit Wucht nach draußen beförderte.
Die schmauchende Pistole noch immer in der Hand, ging Dirk Deleu in die Hocke und zog mit einem Ruck

die schwarze Perücke nach hinten, die über die Augen des Mörders gerutscht war.
Der Rücken des jungen Mannes im italienischen Maßanzug war blutüberströmt. Er stöhnte und hob den Kopf, wobei sich die Lippen zu einer schmerzverzerrten Grimasse verzogen. Zwei stechende grüne Augen blickten Dirk Deleu hasserfüllt an, allerdings nur ganz kurz. Als sie erloschen und der Sterbende hörbar seinen letzten Atemzug ausstieß, erkannte der Ermittler zu seinem Erstaunen, dass jetzt nicht mehr ein grimmiger, sondern ein geradezu seliger Ausdruck auf dem Gesicht lag. Er schloss die Lider des Toten und drehte sich um. Er stand auf und nahm Nadia Mendonck vorsichtig am Arm. »Soll ich deine Schulter …«
»Nein, lass nur«, sagte Nadia, befreite sich mit einer schmerzlichen Grimasse aus seinem Griff, ging in die Hocke und lehnte sich mit geschlossenen Augen an die kalte Wand. Zitternd presste sie die Finger gegen die offene Wunde.
Deleu zuckte verwirrt mit den Schultern. Während sich Bert Bleux vorsichtig näherte, kehrte der Ermittler zu dem toten Mörder zurück. Er lag auf dem Bauch, das Gesicht zum Ausgang, die Arme und Beine weit abgespreizt, und sah aus wie eine abgestürzte Fledermaus. Deleu bückte sich, fuhr in Höhe der Brust mit einer Hand unter die Leiche und murmelte etwas Unverständliches.
Nadia Mendonck öffnete die Augen und betrachtete

ihre blutverschmierten Finger. Dann merkte sie, was ihr Kollege da tat, und machte vor Überraschung den Mund auf, als Deleu die suchende Hand unter dem Schritt des Toten wieder hervorzog. Sie wollte gerade das Gesicht abwenden, doch dann sah sie, wie Dirk Deleu leichenblass wurde. Er stieß einen lauten Fluch aus, und in diesem Kraftausdruck entlud sich seine ganze aufgestaute Wut.

47

Obwohl es draußen Stein und Bein fror, lockerte Dirk Deleu die Krawatte und öffnete den obersten Hemdknopf. In dem überfüllten Saal war es brütend heiß. Er nippte an seinem Mineralwasser und blinzelte in das Blitzlichtgewitter, das ihn jetzt zum x-ten Male überfiel. Er dachte bei sich, dass die Fotografen inzwischen sicher schon an die tausend Aufnahmen gemacht hatten, und blickte dabei verstohlen zu seinem Freund, dem Untersuchungsrichter. Jos Bosmans sah verschwitzt aus, meisterte aber trotzdem das journalistische Sperrfeuer mit Bravour. Problemlos wechselte er je nach Bedarf vom Französischen ins Deutsche oder Englische.

»Untersuchungsrichter Bosmans, wo bleibt eigentlich Oberstaatsanwalt Verspaille?«, rief eine dünne rothaarige Vogelscheuche im Hintergrund mit heiserer Stimme.

»Kein Kommentar!«, blaffte Bosmans.

»Aber warum ist er nicht hier?«

»Er hat die Windpocken«, antwortete der Gefragte trocken.
Deleu zog die Augenbrauen hoch und grinste.
»Vielleicht ist er ja in Ohnmacht gefallen?«, rief jemand aus dem Hintergrund. Es war Gustaaf Peeters. Er fügte hinzu: »Mijnheer Bosmans? Wie steht es mit dem Rechtshilfeersuchen? In Frankreich wird doch auch ermittelt. Gibt es da einen Zusammenhang?«
»Meine Damen und Herren«, sagte Bosmans. »Wir können bisher nur eines mit Sicherheit sagen, nämlich, dass Michel Bekaert seine Mordserie in Frankreich begonnen hat.«
»Können Sie uns die ganze Geschichte erzählen?«, rief jemand in der Menge.
Bosmans rieb sich die Augen und sah auf die Uhr.
»Sind wir hier auf einer Pressekonferenz oder auf einem Basar?«, fragte ein Journalist provokant.
Bosmans seufzte vielsagend. »Na schön«, sagte er barsch, »wenn Sie die ganze Geschichte hören wollen, sollen Sie zumindest die Kurzversion erfahren. Die Familie Bekaert hat früher in Tongeren gewohnt. Der Vater war ein wohlhabender Industrieller, die Mutter eine Art Femme fatale. Sie hatten zwei Kinder, ein Mädchen und einen Jungen. Die Zwillinge Michelle und Michel. Aussagen der Mutter lassen vermuten, dass der Vater pädophile Neigungen hatte und sich regelmäßig an der Tochter verging.«
»Woher haben Sie diese Informationen?«, fragte einer der Zuhörer.

Jos Bosmans blickte zerstreut über seine Lesebrille hinweg und antwortete: »Wir haben alte Zeitungsausschnitte mit Berichten über den Fall gefunden …«

»Aus welcher Zeitung denn?«, fragte ein älterer Journalist skeptisch.

Bosmans ignorierte den Einwurf. »… die uns dazu bewogen haben, die Scheidungsakte der Familie Bekaert ausfindig zu machen und gründlich durchzuarbeiten. Dürfte ich jetzt vielleicht mit meinen Ausführungen fortfahren?«

Nach Bosmans Ausbruch wurde es still im Saal.

»Die Zeitungsartikel berichten von den Ereignissen, die der Scheidung vorausgegangen waren, hauptsächlich dem tragischen Tod der Tochter Michelle. Das Kind muss bei dem Versuch, den Zudringlichkeiten des Vaters zu entgehen, in die Tiefkühltruhe gefallen sein, und der Zwillingsbruder hat den Deckel zugeschlagen. Vater und Mutter Bekaert glaubten, ihre Tochter sei hinaus auf die Straße geflüchtet, und so ist das Kind erfroren. Der Fall erregte lange Zeit die Gemüter, und der Prozess zog sich über drei Jahre lang hin. Der Vater kam schließlich aus Mangel an Beweisen ungeschoren davon, und der damals siebenjährige Sohn Michel wurde der Mutter zugesprochen. Die Frau kehrte mit dem Jungen nach Anduze, ihrer Heimatstadt, zurück. Über das, was danach geschah, wissen wir bisher nur wenig, aber Tatsache ist, dass der kleine Junge irgendwann bei einer Pflegefamilie landete. Die Sûreté machte die Familie über die Leitung

des Krankenhauses ausfindig, in dem Michel Bekaert eine Geschlechtsumwandlung durchführen ließ. In diesem Krankenhaus lernte er auch sein – vermutlich – erstes Opfer kennen, den Transsexuellen Viktor Laplagne. Im Gegensatz zu Laplagne, der die ganze Prozedur durchlaufen hatte, war Bekaert jedoch nur zur Hälfte umgestrickt worden.« Bosmans' leicht grobe Bemerkung brachte den überfüllten Saal zum Lachen.
»Michel Bekaert, halb Frau, halb Mann, ging also hinaus in die Welt – mit den Folgen, die ich Ihnen bereits ausführlich erläutert habe.« Bosmans warf erneut einen Blick auf die Uhr.
»Warum hat er die Geschlechtsumwandlung durchführen lassen? Wollte er etwa die Stelle seiner Schwester einnehmen?«, fragte eine beleibte Dame.
»War es Penisneid gegenüber seinem Vater?«, hakte eine andere Journalistin nach, eine blondierte junge Frau mit einem Piercing im linken Nasenflügel.
»Das müssen Sie ihn schon selbst fragen«, erwiderte Bosmans, der nun ganz offensichtlich die Nase voll hatte. Er saß jetzt schon seit anderthalb Stunden hier. »Noch Fragen?«, seufzte er.
»Wie ist die Sûreté Viktor Laplagne auf die Spur gekommen?«
Bosmans, der gerade durstig aus seinem Mineralwasserglas trank, gab Deleu einen Wink, und dieser übernahm das Mikrofon.
»Das Skelett von Laplagne, welches als das von Françoise Bourgeois durchgehen sollte, wurde verkohlt in

deren abgebranntem Haus gefunden, zusammen mit der verbrannten Leiche ihrer Lebensgefährtin. Da man von einem Verbrechen aus Leidenschaft ausging, sind die Ermittlungen damals eingestellt worden.«

»Ach, das gibt's also auch in Frankreich!«, rief jemand.

Deleu ließ sich nicht aus dem Konzept bringen, ignorierte die Bemerkung und fuhr ungerührt fort: »Aufgrund der belgischen Hinweise auf Françoise Bourgeois wurde die Leiche exhumiert und erneut untersucht. Dabei hat man festgestellt, dass es sich um das Skelett eines Mannes handelte, das überdies eigenartige Einkerbungen am Schambein aufwies.«

»Warum haben Sie nicht schon viel früher eingegriffen, wenn Sie wussten ...«

»Die Untersuchungen wurden erst vor drei Tagen abgeschlossen«, unterbrach Bosmans den vorlauten Journalisten. »Außerdem ist es etwas anderes, eine verkohlte Leiche zu obduzieren, die schon seit drei Jahren unter der Erde liegt, als eine Grippe zu diagnostizieren oder einen Zeitungsartikel zu schreiben. Doch um wieder auf das eigentliche Thema zurückzukommen: Außerdem wurde durch eine gründliche stomatologische Untersuchung festgestellt, dass die fehlenden oberen Schneidezähne erst post mortem entfernt worden waren.«

»Genau«, pflichtete Deleu ihm bei.

»Was spielt das für eine Rolle?«, fragte ein anderer Journalist.

Dirk Deleu und Jos Bosmans setzten gleichzeitig zu einer Erwiderung an. Der Untersuchungsrichter forderte Deleu mit einer Geste zum Weiterreden auf.

»Françoise Bourgeois hatte eine Brücke«, erklärte Deleu. »Ihr fehlten die beiden oberen Schneidezähne. Mit anderen Worten, der Mörder hat bei Viktor Laplagne, der für Françoise Bourgeois gehalten werden sollte, bewusst diese beiden Zähne entfernt.«

»Warum hat Michel Bekaert die Geschlechtsumwandlung nur zur Hälfte durchführen lassen?«, fragte ein Journalist von der Zeitung *De Standaard.*

»Das wissen wir nicht. Der Leiter des Hôpital Bonaventure, der behandelnden Privatklinik in Anduze, erzählte uns nur, dass Bekaert und Laplagne auf einmal beide gleichzeitig von der Bildfläche verschwunden waren. Noch weitere Fragen? Nein? Gut. Dann vielen Dank, meine Damen und Herren«, sagte Bosmans, raffte seine Unterlagen zusammen und verschwand schnell und ohne viel Aufhebens von der Bildfläche.

»Mijnheer Bosmans?«

48

Jos Bosmans hatte eine Hand tief in der Manteltasche vergraben, in der anderen hielt er eine zerknitterte Zeitung. Neben ihm ging Maud, den Kopf an seine Schulter gedrückt, einen Arm um seinen geschlungen.

»Nein, Schatz, du brauchst dir keine Sorgen zu machen. Ich bin mir ganz sicher, dass Dirk in allen Punkten der Anklage freigesprochen wird. Es waren Menschenleben in Gefahr. Ich an seiner Stelle hätte genauso gehandelt.«

»Das habe ich seit je an dir bewundert. Wusstest du das, mein Lieber?«

»Was denn?«, fragte Bosmans zerstreut, in Gedanken noch bei dem Zeitungsartikel.

Maud musterte ihren Mann lächelnd, legte ihm die Hand auf die Brust und sagte: »Dass du hinter deinen Leuten stehst und dass du dir selbst treu geblieben bist. Dass du dich immer an die Vorschriften gehalten hast. Immer geradlinig und ohne …«

Der Rest ihrer Ansprache ging an Jos Bosmans vorüber. Für einen Moment blieb für ihn die Welt stehen. Die Fotos!, ging es ihm durch den Kopf. Die beiden Politiker vergnügten sich noch immer in der Innentasche seines Lodenmantels. Maud umfasste mit der Hand den Kern seines Dilemmas. Allerdings ahnte sie nichts. Sie nahm Jos die Zeitung ab und warf einen Blick auf die Titelseite.

Königreich Belgien auf dem richtigen Weg!

Nach dem freiwilligen Rücktritt der Minister De Clerq, Vandelanotte und Tobback verzichtet nun auch ein hoher Justizbeamter freiwillig auf seinen Posten.
Der königliche Staatsanwalt Claude Verspaille hat soeben …

Jos riss Maud die Zeitung aus der Hand, zerknüllte sie und warf sie achtlos in einen öffentlichen Mülleimer.
»He, was machst du denn da?«
»Wir ziehen demnächst sowieso in die Provence, mein Schatz!«
»Ja, Jos, wenn die Kinder erst mal groß sind …«

Glossar und Hinweise zur Aussprache der niederländischen Wörter

Die folgenden Hinweise sind praktischer Art und sollen das Lesen erleichtern. Sie erheben keinen Anspruch auf hundertprozentige phonetische Korrektheit.

ae (kommt nur noch in Eigennamen vor) = langes *a*
eu = *ö* (etwa in *Deleu*)
ij (und auch *y*, nur noch in Eigennamen) = *äi* (etwa in *Dijle*)
g vor und nach einem Vokal = *ch* wie im deutschen Wort *lachen*
oe = *u*
ou = *au*
u = *ü*
ui (auch *uy*, in Eigennamen, etwa Vanderkuylen) = *öi*

Ein *w* am Ende, etwa in *mevrouw*, hört man fast nicht. Doppelte Vokale, wie in *mijnheer* werden lang ausgesprochen.

Das Niederländische in Flandern und in den Niederlanden unterscheidet sich in mancher Hinsicht, in etwa vergleichbar mit dem Deutschen in Deutschland und in Österreich.

Mijnheer = Anrede: Herr
Mevrouw = Anrede: Frau
Inspecteur = Dienstgrad bei der Polizei, entspricht in etwa dem deutschen Kommissar
Commissaris = zwei Dienstgrade über dem Inspecteur
Rijkswachter = Angehöriger der Rijkswacht (Polizeieinheit)
Oliebollen = runde Krapfen, mit oder ohne Rosinen
Untersuchungsrichter = Richter, der für die Ermittlungen in Straffällen zuständig ist

Die Polizei in Belgien

Belgien hat ein kompliziertes Polizeisystem mit teilweise überlappenden und sich gelegentlich sogar widersprechenden Aufgabenbereichen der einzelnen Abteilungen. Seit einiger Zeit bemüht man sich mit Reformen, das System zu vereinfachen, aber noch immer sind zahlreiche Stellen für unterschiedliche Angelegenheiten zuständig.

Verbrechen und Verstöße gegen die Straßenverkehrsordnung werden beispielsweise von der nationalen Polizei geahndet. Die kommunale Polizei sorgt für Recht und Gesetz in den Verwaltungsbezirken der Städte. Bis heute erschweren Animositäten zwischen den Abteilungen oftmals die Ermittlungen.

Eine Besonderheit stellt die Rijkswacht dar. Sie wurde im 18. Jahrhundert unter der französischen Regierung nach dem Vorbild der *Gendarmerie nationale* gegründet. Die Rijkswacht war anfänglich eine militärische Einheit und unterstand dem Verteidigungsministerium. Seit 1992 wurde die Rijkswacht demilitarisiert. Die Meinungen über die Rijkswacht waren in der Bevölkerung seit je geteilt: Während die einen ihre Dis-

ziplin und die exzellente Ausbildung lobten, kritisierten andere die korrupten Offiziere und rechtsextremen Elemente. Den größten Schaden erlitt das Image der Rijkswacht durch ihr Versagen im Fall Dutroux.
Im Jahr 2001 wurden Rijkswacht, Gemeentepolitie und Gerechtelijke Politie zu einer Polizeibehörde zusammengefasst, die auf zwei Ebenen strukturiert ist, der nationalen und der kommunalen Polizei.

Gregg Hurwitz

Die Scharfrichter

Thriller

Tim Rackley ist US Marshal in Los Angeles. Als seine sechsjährige Tochter brutal ermordet und der Täter wegen eines juristischen Formfehlers freigesprochen wird, gerät seine Welt aus den Fugen. Das Verlangen nach Rache wird übermächtig, und so schließt sich Rackley einer Organisation an, die sich das Ziel gesetzt hat, solche ›Fehler‹ der Rechtsprechung zu beseitigen. Als skrupellose Mitglieder bei ihren Aktionen ein Blutbad anrichten, begreift Rackley, dass es eine Qual sein kann, sich zum Herrn über Leben und Tod aufzuschwingen …

»Hurwitz gelingt es, unsere dunkelsten Begierden zu dramatisieren, und uns zugleich daran zu erinnern, warum wir ihnen nicht nachgeben dürfen.«
Washington Post

Knaur Taschenbuch Verlag